세상에서 제일 싫어!

세상에서 제일 싫어! 2
연인 N세대 연애 소설

초판 1쇄 찍은 날 § 2003년 7월 8일
초판 1쇄 펴낸 날 § 2003년 7월 18일

지은이 § 연인
펴낸이 § 서경석

편집장 § 문혜영
편집책임 § 이종민
마케팅 § 정필 · 강양원 · 이선구 · 김규진 · 홍현경

펴낸곳 § 도서출판 청어람
등록번호 § 제1081-1-89호
등록일자 § 1999. 5. 31
어람번호 § 제4-0011호

주소 § 경기도 부천시 원미구 심곡1동 350-1 남성B/D 3F (우) 420-011
전화 § 032-656-4452 팩스 § 032-656-4453
http://www.chungeoram.com
E-mail § eoram99@chollian.net

ⓒ 연인, 2003

값 9,000원

ISBN 89-5505-749-0 (SET)
ISBN 89-5505-751-2 04810

※ 파본은 본사나 구입하신 서점에서 교환하여 드립니다.
※ 저자와 협의하여 인지를 붙이지 않습니다.

연인 N세대 연애 소설

세상에서 제일 싫어!

2

○제7-2장
　고백의 촛불 '아름다운 설레임' / 7
○제8장
　뜻밖의 기쁨 '반가운 얼굴 소중한 친구' / 39
○제9장
　이별의 예감 '위험한 고백' / 85
○제10장
　엇갈린 사랑 '이젠 널 놓아줄게' / 137
○제11장
　소중한 사랑을 위해 '날개' / 181
○제12장
　아픈 눈물 '더 이상 함께할 수 없음에 흐르는' / 225
○제13장
　사랑스러운 바보의 마지막 고백 '내마음은 너만 찾아' / 259
○제14장
　에필로그 '예쁜 해피엔딩?!' / 291

　캐릭터 이야기 / 302

고백의 촛불 '아름다운 설레임'

제7-II장 고백의 촛불
아름다운 설레임

 순간 노크도 없이 휙 열리는 방문. 놀라서 뒤를 돌아보니 은빈이가 나와 미소 언니를 번갈아 쳐다보며 인상을 쓰고 있었다. 아니, 정확히 말하면 은빈의 무서운 눈길은 미소 언니를 향해 있었다.
 "둘이 방에 박혀서 뭐 하는 거야! 파티하게 빨리 나와."
 "아. 그래."
 은빈이 녀석의 등쌀에 못 이긴 나와 미소 언니, 은빈에게 떠밀려 거실로 나왔다.
 어느새 거나하게 벌어진 풍경. 지호와 은혜는 무슨 얘기를 하는지 둘이 소곤소곤거리며 깔깔 웃고 있었다. 나머지 애들은 잔에 술을 따르고 먹음직스러운 예쁜 케이크에 불을 붙이고 있다.

"자자!! 은빈이 형, 얼른 와~ 오늘의 주인공~"

시끌벅적. 시장판을 연상케 하는 분위기. 이런 분위기, 정말 오랜만이다. 우리들은 쭈욱 둘러앉아 생일 파티 분위기를 팍팍 풍겨대기 시작했다. 하나같이 모두 즐거워 죽겠다는 표정.

"노래 시작~!! 왜 태어났니~ 왜 태어났니~ ♪"

그, 그런 노래를 부르면 은빈이가 가만히 있지 않을 텐데. 역시 나의 예상대로 맞은편에 앉아 있던 은빈이 녀석의 얼굴이 무섭게 일그러진다.

"이것들이! 노래 똑바로 못 불러?"

은빈의 고함에 흠칫 놀라는 아이들. 결국 아이들은 매우 정상적인 축하 노래를 불렀고 은빈은 만족한 듯한 표정으로 촛불을 후~ 불어서 껐다. 순간 느닷없이 케이크에 얼굴을 푹!! 박는 은빈. 허걱!! 다시 보니 은빈이가 얼굴을 박은 게 아니었다. 은빈이의 머리에 얹혀져 있는 정체 불명의 손. 그 손의 주인공은 바로 스포츠 머리 은빈이 친구! 주, 죽었다. 은빈이 녀석, 가만히 있지 않을 거얏! 조금 뒤에 몰아닥칠 무시무시한 폭풍을 예상하며 숨을 죽이고 있던 나. 그러나 얼굴에 케이크를 흠뻑 묻히고 고개를 드는 은빈의 표정을 보고 방정맞게 웃어버리고 말았다.

"하하하하하하하!! 너무 웃겨!! 큭큭큭!"

순간 싸악 조용해진 주위. 심상치 않은 분위기에 조심스럽게 은빈을 쳐다보니 은빈이 녀석, 휴지로 얼굴을 닦아내며 나를 노려보고 있다.

"아씨, 너 누가 웃으래? 따라 나와."

캑! 휴지를 휴지통에 던져 넣으며 무서운 눈으로 날 노려보는 은빈. 무, 무섭다.

"내가 케이크에 얼굴 박은 게 그렇게 웃기냐?"

"어."

그러자 내 말에 눈썹을 씰룩씰룩거리기 시작하는 은빈.

"우씨, 이거 네가 다 먹어."

"뭐?"

"다른 사람 아무도 먹지 마. 은세별, 너 혼자 다. 먹.어."

캑! 저런! 내가 돼지냐, 저걸 혼자 다 먹게? 그리고 네가 얼굴 박은 건데 너 같으면 먹고 싶겠니? 무슨 말도 안 되는 소리를 하냐는 듯한 눈으로 은빈을 쳐다봤지만, 은빈이 녀석은 참으로 사악한 미소를 지으며 내게 케이크 자르는 칼을 건네준다.

"생일인 사람이 케이크 자르는 거잖아."

"뭐 어떠냐? 어차피 네가 다 먹을 건데."

천연덕스러운 말투와 진지한 표정. 난 은빈이 녀석의 눈치를 보다가 먹는 척이라도 하려고 탁자로 바싹 다가가 케이크를 자르려 칼을 댔다. 그런데 바로 그 순간, 무언가 내 머리를 무지막지하게 팍 눌렀다.

푹—!!

사정없이 케이크에 얼굴을 푹 박아버린 나. 으아야아아아—!! 울상을 지으면서 힘겹게 고개를 들었다. 눈이며 코며 온통 크림이 박혀

앞이 제대로 보이지도 않고 숨도 잘 안 쉬어진다. 눈가의 크림을 닦아내고 앞을 보니 제일 먼저 웃겨 죽겠다는 표정의 은빈이 얼굴이 눈에 들어왔다.

"푸하하하! 괴물이다, 괴물!!"

은빈이 녀석은 그렇게 소리치며 평소에는 절대 보여주지 않던 함박웃음을 터뜨리고 있었다. 저렇게 크게 웃는 녀석의 얼굴, 처음 본다. 너무… 귀여워. 냉혈적이고 건방진 녀석이 저리도 귀엽게 보이다니. 난 은빈이 녀석에게 소리치는 것도 잊고 멍하니 녀석의 얼굴을 바라보았다. 그러자 은빈이 녀석, 내 요상스런 눈빛에 바로 입을 다문다. 순간,

"푸하하하하하!! 이래야 생일 파티 분위기가 나지~ 자, 우리도 모두 박아볼까?"

느닷없이 그렇게 소리치며 지호의 얼굴을 케이크에 박으려고 용을 쓰는 더벅머리 남자 아이.

"야! 이거 놔! 박기만 해! 너 죽어!"

그러나 지호의 머리를 누르는데 은혜도 합세한 결과, 지호의 얼굴은 처참하게 케이크에 푹 박히고 말았다. 그때부터는 온통 난장판이었다. 서로 케이크에 얼굴을 박고, 크림을 집어 던지고… 거실은 온통 생크림 케이크 조각들로 엉망이 되고 말았다. 아까워, 아까워. 저 맛있는 케이크를(케이크 매우 좋아함)……. 그런데 재밌게 놀고 있는 아이들을 보고 있자니 왠지 나까지 너무도 즐거워진다. 친구들과 신나게 어울린다는 게 바로 이런 걸까?

12시가 가까워 오는 시간. 우리들은 케이크 조각들로 난장판이 된 거실을 치우고 둘러앉아 즐거운 얘기를 나누었다. 이야깃거리가 바닥났을 때쯤 은혜와 스포츠 머리의 아이는 먼저 잔다며 방으로 들어갔고 아이들도 피곤한지 하나둘 눈을 비비며 일어나기 시작했다. 나도 긴장되고 피곤한 하루였던지라 하품을 하며 자리에서 일어났다. 막 화장실로 가려는 은빈의 옆구리를 푹 찌르며 소곤거리는 지호.

"형, 얼른 해야지~ 안 할 거야?"

뭘 하라는 거지? 멀뚱멀뚱 그들을 쳐다보다가 문득 미소 언니를 돌아보니, 미소 언니도 은빈에게 무언의 눈짓을 보내고 있다. 그러자 머리를 쓸어 넘기며 툭 내뱉는 은빈.

"걱정 마라. 알아서 할 테니까."

그리고는 화장실로 들어가 버렸다. 도대체 뭘 한다는 거지? 궁금했지만 너무도 피곤했던 나는 눈을 비비며 미소 언니가 있던 방으로 들어가 침대에 누워버렸다.

음……. 잠이 들었다가 잠깐 깨어 몸을 뒤척이고 있는데 어디선가 드르르르르 드르르르르 하는 진동 소리가 들린다. 뭐, 뭐지? 눈을 비비며 일어나 소리가 나는 쪽을 돌아보니 내 주머니 안에서 빨간 불빛을 반짝이며 드르르르르 진동하는 폰이 보인다. 엥? 이 시간에 누가? 의아해하며 탁자로 휘적휘적 다가가 전화를 받았다.

"여보세요?"

[나와.]

엥? 느닷없이 나오라니, 누구야?

"네?"

[네는 무슨, 나오라고.]

이 건방진 목소리는…….

"지금 한밤중인데 어딜 나오라는 거야? 너 안 자?"

[말이 많아. 나오라면 나올 것이지.]

"나 너무 졸리거든? 내일 나가면 안 될까?"

[지금 장난하냐?]

"졸려. 자고 싶은데 왜 그래?"

[지금 당장 안 나오면 쫓아가서 너 잠 홀딱 다 깨버리게 만들고, 속옷만 입혀서 창문에 걸어놓을 거다.]

"어, 그래. 어디야? ㅜ_ㅜ"

[콘도 나와서 왼쪽으로 돌아가면 운동장 비슷한 공터 있어.]

"알았어, 나갈게."

내 대답이 떨어지자 전화는 끊겼다. 우씨, 졸려죽겠는데 한밤중에 왜 사람은 부르고 난리야? 할 얘기 있으면 안에서 할 것이지. 다시 침대로 파고들어 곯아떨어지고 싶었지만 은빈의 무시무시한 말이 생각나 어쩔 수 없이 재킷을 걸쳐 입고 현관을 나섰다.

밖으로 나오니 6월의 따뜻한 바람이 온몸을 감싼다. 날씨가 따뜻해지니 밤바람마저도 따뜻하구나. 아, 밤 공기가 더 맑은 것도 같고. 기분이 좋아지는 걸 느끼며 은빈이가 알려준 대로 왼쪽으로 돌아서 걸어갔다. 근데 공터는 어디 있지? 이리저리 둘러보아도 공터는 코빼기도 안 보인다. 길치인 내가 뭐든 제대로 찾아낼 리 없지. 머리를

긁적이며 이리저리 둘러보고 있는데 느닷없이 크게 울리는 소리.

펑—!!

헉! 뭐, 뭐야?! 깜짝 놀라 소리나는 쪽을 돌아보니 하늘에 눈부신 불꽃이 펑! 하고 터진 후 사라지는 게 보인다. 곧 이어 다시 쏘아져 올라와 하늘에 눈부신 분수를 내뿜으며 화려하게 반짝이는 불꽃. 불꽃 놀이다! 내가 서 있는 곳에서 그리 멀지 않은, 나무로 둘러 쌓인 곳에서 그 화려한 불꽃은 계속 쏘아져 나오고 있었다. 누가 이 밤중에 불꽃 놀이를 한단 말인가? 나도 모르게 그쪽으로 천천히 발걸음을 옮겼다. 무성하게 자란 나무들 사이로 걸어가 보니 은빈의 말대로 운동장만한 커다란 공터가 보인다.

펑—!!

또 한줄기의 불꽃이 하늘로 올라가 화려한 분수를 만든다. 계속되는 불꽃 놀이. 공터로 내려가려던 나는 잠깐 걸음을 멈추었다. 계단을 내려오는 나를 돌아보는 사람, 은빈이 녀석이다. 내가 천천히 계단을 내려가자 은빈은 만지던 것을 놓고 나를 가만히 바라본다. 어두워서 잘 보이지는 않았지만 어쩐지 즐거워하는 것 같은 녀석의 얼굴.

"은빈아, 한밤중에 웬 불꽃 놀이야?"

"내 맘이다."

"그래, 불꽃 놀이 재밌니?"

"어."

대답은 잘한다. 난 계단을 다 내려와서 은빈과 마주섰다. 그런데 바닥에 초들이 무수히 세워져 있는 게 눈에 들어왔다. 동그란 모양

안에 빽빽하게 세워져 있는 초. 이게 다 뭐야?

"이게 뭐니?"

"몰라도 돼."

하긴 내가 물어본다고 꼬박꼬박 대답해 줄 은빈이 녀석이 아니지. 이미 녀석의 성격을 익히 잘 알고 있는 나는 한숨을 폭 내쉬고 은빈에게 물었다.

"그런데 할 말이 뭐야?"

"내가 언제 할 말 있다고 했냐?"

이, 이 녀석이 지금 한밤중에 사람을 불러다 놓고 장난을 치나?

"나 자고 있는데 네가 깨워서 나오라고 했잖아. 그래놓고 할 말이 없다니. 너 지금 나랑 장난해?"

"쿡!!"

은빈이 녀석, 기분 나쁘게 웃는다. 저 웃음 뭐야, 저 녀석?

"우씨, 너 할 말 없으면 나 들어간다. 괜히 잘 자고 있는 사람 부르고 난리야."

"기집애가 왜 그렇게 성격이 급하냐? 기다려 봐."

"뭘 기다려?"

내가 눈을 동그랗게 뜨고 물었지만 은빈이 녀석은 아무 말 없이 계단에 걸터앉았다. 그리고는 무심하게 머리를 쓸어 넘기고 고개를 돌려 어정쩡하게 서 있는 나를 지그시 바라본다. 뭐야, 저 눈빛은?

"왜 그렇게 쳐다봐? 내 얼굴에 뭐 묻었어?"

"어. 똥 묻었다."

16

"너 할 말 없지? 나 또 괴롭히려고 깨운 거지? 불꽃 놀이나 마저 하고 들어가자. 나 무지 졸려!!"

"불꽃 놀이 할 거 이제 없는데?"

"어? 그래, 그럼 가자!"

말을 마치고 등을 돌리는데 느닷없이 내 손목을 확 낚아채는 녀석. 순간 온몸에 찌르르르르 전기가 흘렀다. 헉! 뭐야, 왜 전기가? 흠칫 놀라 손목을 빼내려는데 은빈이 녀석, 내 손목을 확 끌어당기더니 옆에 앉힌다. 두근두근두근두근… 이놈의 심장. 또 제멋대로 요동치기 시작한다.

"왜, 왜 그래?"

"너 솔직히 말해 봐. 어렸을 때 나 좋아했지? 나 좋아해서 괴롭힌 거지?"

이 녀석이 왜 뜬금없이 어렸을 때 얘기는 꺼내고 난리야? 가뜩이나 그 핏빛 과거 때문에 항상 녀석에게 주눅 들고 있는데. 게다가 내가 자기를 좋아해서 괴롭혔다니, 저런 말도 안 되는…….

"아, 아닌데. 내가 널 좋아해서 괴롭혔다니, 그런 터무니없는 일이 있을 수 없잖아."

"터무니없는 일?"

내 말에 은빈이 녀석 또 눈썹을 씰룩거리기 시작한다. 무, 무서운 녀석.

"어… 음… 생각해 보니까 그랬던 것 같기도 하고."

"풋!!"

더듬거리는 내 말에 은빈이 녀석은 곧 쿡쿡 웃기 시작한다.
"너 내가 무섭냐?"
당연하지, 그걸 말이라고 하냐? 하지만 대놓고 말할 수는 없기에,
"음, 아니? 뭐 별로."
"너 처음 지호랑 우리 소모임 애들이랑 술 마시러 갔을 때, 술 잔뜩 마시고 나한테 뭐라고 했는 줄 아냐?"
윽! 생각하기 싫은 기억을 되살려 주다니. 내가 저 녀석에게 무지 좋아한다고 말했다고 했었지? 그러나 은빈은 나의 예상과 달리 전혀 뜻밖의 말을 꺼냈다.
"네가 어렸을 때 날 괴롭혔던 이유가 내가 너한테 무관심하고, 쳐다보지도 않고 그래서 내 관심을 끌려는 거였다고 했어. 나랑 친구가 되고 싶다고."
은빈의 말에 난 잠시 머리를 얻어맞은 듯한 아찔한 충격에 휩싸였다. 그와 동시에 어렸을 적의 희미했던 기억이 하나둘씩 고개를 들며 내 머리 속을 어지럽힌다. 그래, 맞아. 그랬었는지도 모르지……. 내 거칠고 서툰 성격에 저 녀석의 관심을 끌어보려고 그렇게 녀석을 괴롭혔는지도. 난… 정말 저 녀석과 친구가 되고 싶었던 걸까?
"너랑 나, 지금 친구 아니냐?"
속삭이듯 들려오는 은빈의 말. 은빈의 말에 난 천천히 고개를 들었다.
"그럼 이제 나 진짜 네 친구로 인정하는 거야? 어렸을 때 내가 잘못했던 거, 다 용서해 주는 거야?"

가늘게 떨리는 내 말에 은빈은 아무 말 없이 희미한 미소를 지었다. 그 미소가 말할 수 없이 편안하게 다가온다.

"어? 나 진짜 네 친구 맞지?"

"그래, 아주 오래전부터 우린 친구였다."

마치 꿈속에서 들려오는 것만 같은 은빈의 음성. 그 한마디가 감동이 되어 내 가슴속에 잔잔히 울려 퍼지고 있었다. 친구라는 단어의 느낌이 이렇게나 깊은 감동을 줄 수 있는지 오늘 처음 알았다. 고마운 녀석. 녀석에게 고맙다는 말을 하려고 입을 여는 찰나, 녀석이 느닷없이 뒤로 돌아보라고 한다.

"갑자기 뒤는 왜 돌아야 하는 건데?"

"아, 글쎄 돌아 있어."

녀석의 음성이 꽤나 진지하고 무거웠기에 난 할 수 없이 뒤로 돌았다. 그리고 침묵.

10분…

20분…

흐르는 시간. 점점 다리가 아파오는데 대체 은빈이 녀석은 뭘 하는지 인기척도 없다.

"야아~ 뭐 하는 건데? 응? 다리 아프다!!"

"우씨, 다 됐어."

잠시 후, 다시 뒤로 돌아보라는 은빈의 말에 난 기다렸다는 듯 얼른 돌아봤다. 그리고는 그 자리에 굳어버리고 말았다. 환하게 밝혀진 촛불들. 그 촛불들이 가지런히 만들어내고 있는 글씨.

사.랑.한.다.

"선물이다. ^-^"
　은빈이 녀석은 씨익 웃으며 그렇게 말했지만 내 귀에는 들리지 않았다. 내 눈은 오로지 하늘하늘거리며 예쁘게 반짝이고 있는 촛불에 고정되어 있었다. 이거 혹시 꿈 아닐까? 하지만 아무리 눈을 비비고 다시 보아도 저 촛불들의 모양은 분명… 사.랑.한.다.
"하하하. 으, 은빈아, 장난하는 거지?"
　애써 쿵쾅대는 마음을 진정시키며 은빈에게 묻자 은빈이가 대번 인상을 구긴다.
"너 같으면 장난으로 이런 막노동을 하겠냐?"
"하하. 그건 그래. 하지만 이해가 안 가는걸."
"뭐가?"
"네가 날 사랑한다는 게."
"너 지금 나를 무지 쪽팔리게 만들고 있는 거 알지?"
　두근두근! 쿵쾅쿵쾅! 제멋대로 요동치는 심장. 난 무슨 말을 해야 할지 몰라 멍하니 녀석을 바라만 보았고, 그런 녀석의 얼굴은 더 굳어가고 있었다.
"이게 진짜, 사람 민망하게… 나 여자한테 이런 말하는 거 처음이야."
"나, 나도 알아. 너 여자 싫어하잖아."

"우씨."

"너… 너… 나 싫어했잖아. 내가 세상에서 제일 싫다고 네가 그랬잖아."

"맘속에 담아두고 있었냐, 그 말을?"

"어."

"진짜 바보 아니야, 저거."

은빈이 녀석의 장난스러운 말투. 그 말투에 조금 긴장이 풀어지기는 했지만 가슴은 여전히 쿵쾅거린다.

"나 성질 급한 거 알지? 지금 여기서 대답해야 된다."

"뭐, 뭘?"

더듬거리는 내 물음에 은빈이 녀석 푹 하고 한숨을 내쉬더니 계단에 걸터앉는다. 그리고는 멀뚱히 서 있는 나를 잡아당겨 옆에 앉히고는 내 손을 꼭 쥔다. 그 순간 또 튀어나올 듯 요동치는 내 심장. 어느새 얼굴까지 발갛게 달아오르는데 들려오는 은빈의 말.

"나 여자랑 손 잡아보는 거, 처음이야."

"어, 어? 그래?"

"넌 남자랑 손 잡아봤냐?"

물론 남자 손 따위 잡아본 적 없다. 동성이 아닌 이성과 손을 잡는다는 게 이리도 특별한 느낌일까? 처음 느껴보는 묘한 감정에 난 정신을 차릴 수가 없었다.

"너 손에서 왜 이렇게 땀이 나냐?"

그, 그거야 긴장하고 있으니까.

"내가 이거 만드느라고 얼마나 고생한 줄 아냐? 다시 보니까 미친 짓 같네."

은빈의 말에 다시 앞에서 영롱하게 타오르고 있는 초들을 바라보았다. 뭐라 말로 형용할 수 없는 느낌이 밀려오고 있었다.

"네 무반응, 사귀자는 물음에 예스로 받아들인다."

은빈의 말에 복잡해지는 머리 속. 남자와 여자가 사귄다는 건… 서로 좋아하는 마음이 전제됐을 때 성립할 수 있는 거 아닌가? 그런데 나는 은빈이 저 녀석을 좋아하는 걸까? 내 마음 속에 뚜렷한 확신도 서지 않을 뿐더러 저 녀석의 마음도 진심인지 확실히 알 수 없다. 나는 두근거리는 가슴을 간신히 진정시키며 조심스럽게 말을 꺼냈다.

"음… 너무 갑작스러워. 너무 놀랍고 또 당황스럽고……."

"그래서 하고 싶은 말이 뭔데?"

"만약 너와 내가 사귄다면, 그건 서로 좋아해야만 가능한 거잖아? 그런데 내 마음에 확신이 서질 않아."

"너… 이렇게 내 손 잡고 있으면 가슴 떨리냐?"

그, 그거야 당연히…….

"응……."

"얼굴 빨개지고 다리 후들거리지?"

"어……."

"그래서 내 손 뿌리치고 싶어?"

은빈의 말에 난 고개를 저었다. 이 손을 거칠게, 잔인하게, 뿌리치고 싶은 마음은 추호도 없다.

"그럼 적어도 날 싫어하는 건 아니네. 그럼 된 거다."
"뭐? 그, 그렇지만……."
"네 마음, 천천히 열어도 돼. 네 가슴속에 내 모습 천천히 받아들여도 된다고."

은빈의 나직한 말에 난 그만 할 말을 잃었다. 저 녀석, 저렇게 나긋나긋한 목소리를 낼 줄도 알았나? 내가 아무 말이 없자, 은빈이 녀석은 내 머리를 가만히 자기 어깨에 기대준다. 빌어먹을 심장, 또 요동친다. 이 모든 게 꿈같다, 꿈……. 마치 꿈속 같아. 꿈속같이 몽롱한 기분이야……. 저 녀석의 마음이 진심이라면, 나… 정말 네 마음 받아들여도 되는 거니?

그날 밤, 나는 쉽사리 잠을 이룰 수가 없었다. 물론 잠이 올 리 없다. 얼떨떨하고 멍한 게 마치 한바탕 꿈을 꾼 것만 같은 기분이다. 이거 꿈 아닐까? 나는 이불 속에 파묻혀 있는 손으로 볼을 꼬집어봤다. 윽! 아파! 정말 꿈이 아니었구나. 녀석의 진심 어린 목소리. 내 손을 따뜻하게 잡아주던 손길. 고백받는다는 게 이런 느낌인가? 아주 기쁘고 기분이 좋아진다. 하지만 이유없이 불길한 예감이 밀려오는 건 왜지? 왠지 나의 앞날이 파란만장하게 펼쳐질 것 같은 예감에 새벽내내 잠을 설쳤다.

음……. 정신없이 잠에 빠져 있는데 어디선가 들려오는 고함 소리.
"언니!! 언니, 일어나! 지금 몇 시인 줄 알아? 10시야, 10시!!"
꿈결 속에서 들리는 은혜의 고함. 음, 뭐야? 왜 내 꿈속에 은빈이 녀석이 아닌 은혜가 나오지?

"언니!!"

헉!! 느닷없이 내 어깨를 확 올려 세우는 이, 누군가? 힘겹게 눈을 떠보니 머리를 뒤로 올려 묶은 은혜의 얼굴이 보인다. 으허어어어어억… 졸려……. 어젯밤 한숨도 이루지 못했던 나, 당연히 눈이 쉽게 떠질 리 없었다. 나는 은혜의 손을 밀어내고 다시 침대에 폭 얼굴을 파묻었다.

"지금 애들 다 준비했단 말이야! 설악산 가려구!! 여기까지 왔는데 산은 구경하고 가야 될 것 아냐! 얼른 일어나아~ 다 언니 기다려!"

은혜의 목소리, 정말 크다! 나는 은혜와 잠시 실랑이를 벌인 끝에 은혜의 등쌀에 못 이겨 어기적어기적 억지로 몸을 움직였다. 일어나는 순간 화장대 거울에 비친 내 모습. 귀신 산발한 듯 마구 헝클어진 머리에 땡땡하게 부은 눈, 눈보다 더 탱탱하게 부은 얼굴, 인간의 형상이 아니다. 하지만 나는 개의치 않고 방문으로 어기적어기적 걸어가 문을 열기 위해 손잡이를 잡았다. 순간 확 열리는 방문! 캑!! 으, 은빈이 녀석! 느닷없이 얼굴을 들이미는 은빈이 녀석. 놀라서 아무 말도 못하고 녀석의 얼굴만 바라보는데 들려오는 한마디.

"이게 인간이냐, 괴물이냐?"

그렇게 말하면서 은빈이 녀석은 두 손으로 나의 탱탱하게 부은 볼을 무지막지하게 잡아당긴다.

"이 괴물같은 기집애, 수십 번을 깨워도 안 일어나."

"아아아… 아파!!"

"너 거울 있으면 한 번 봐라. 네 얼굴 가관이다. 괴물이 따로 없어."

"나도 알아!!"

나는 은빈의 손을 뿌리치고 확 달아오르는 얼굴을 감싸 쥔 채 냅다 화장실로 달렸다. 나쁜 녀석, 그렇다고 괴물이라고까지 할 건 없잖아! 차가운 물에 얼굴을 푹 담갔다가 고개를 들어 거울을 봤다. 내가 봐도… 좀 심하긴 하다. 차가운 물에 세수를 하니 정신이 맑아지면서 떠오르는 어제의 일. 생각하니 또다시 가슴이 두근두근.

"언니! 나 급해! 빨리 나와!"

어제 일을 상상하고 있는데 귓전을 때리는 은혜의 고함. 난 어쩔 수 없이 대충 세수를 하고 화장실을 나왔다. 내가 다 나오기도 전에 날 밀치고 화장실로 냅다 들어가는 은혜. 뭐가 저리도 급한 걸까? 닦지도 못해 물기가 뚝뚝 흐르는 얼굴을 손으로 닦아내며 거실로 들어서는데, 산에 갈 듯 준비를 다 마친 아이들이 소파에 앉아 있다. 그런데 지호와 미소 언니의 표정이 이상하다. 나와 은빈이를 번갈아 보면서 요상스런 눈빛과 웃음을 보낸다. 뭐지? 그 표정이 하도 요상스러워 물어보려고 입을 여는데 TV 리모콘을 만지작거리고 있는 은빈이가 먼저 입을 연다

"나랑 은세별… 우리 사귄다."

캑! 뭐, 뭐야, 저 녀석? 당황스러워서 얼굴이 달아오르는데 날 쳐다보는 아이들의 얼굴에 놀란 기색이 역력하다. 입을 벌리고 은빈과 나를 번갈아 쳐다보는 더벅머리 남자 아이.

"뭐? 은빈이 형이랑 세별이 누나랑 사귄다고?"

역시 놀라며 묻는 은빈의 친구.

"진짜냐? 언제부터?"

"어제부터."

"뭐야? 갑자기 둘이 불꽃이라도 파바박 튀었냐? 느닷없이 사귀다니?"

"저 기집애가 나 좋다고 사귀자네. 쿡!"

캑! 저 녀석이!!

"저, 그게 아니라……."

"자자, 준비 다 했으면 얼른 나가자구! 벌써 해가 중천이다."

뭐라 말하려는데 내 말을 싹둑 잘라 버리고 소리치는 은빈이 녀석. 저 녀석이 있지도 않은 말을 지어내네. 사악한 녀석. 은빈이 녀석의 말 때문에 정말 대단한 오해를 받아버린 나. 한사코 아니라고 손을 휘둘러도 아이들은 날 보며 키득키득 웃기 바빴다. 다만 지호와 미소 언니만 날 이해하는 듯한 눈빛으로 바라보았다.

설악산 구경이고 뭐고 아이들이 멋진 산과 폭포를 구경하는 내내 난 아무 생각 없이 멍… 그러다가 또 은빈이에게 한 대 쥐어박혔다. 그렇게 우리는 이곳저곳 예쁘고 멋진 풍경을 구경하고 집으로 돌아왔다.

집에 와보니 엄마가 머리에 차가운 수건을 얹고 누워 있었다.

"어? 엄마, 어디 아파?"

"음, 몸이 좀 처지고 열이 있어서 누워 있는 거야. 그래, 설악산은 잘 갔다왔니?"

"으응."

엄마한테 말해야 되나? 은빈이랑 그렇게, 그렇게 된 것을? 말하면 엄마는 또 호들갑 떨 텐데. 나중에 차차 말하지 뭐.

"왜? 엄마한테 무슨 할 말 있어?"

"어? 아니."

나는 후닥닥 내 방으로 뛰어올라왔다. 침대에 걸터앉아 있다가 옷을 갈아입으려고 일어서는데 무언가가 창문을 톡톡 두드린다. 뭐지? 창문을 드르륵 열어보니 은빈이 녀석이 창문에 팔을 걸치고 날 쳐다보고 있었다.

"왜? 무슨 할 말 있어?"

내 말에 은빈이 녀석은 후 한숨을 내쉬더니 담배 한 개피를 입에 문다. 불을 붙이는 녀석.

"담배 끊어!! 학생이 무슨 담배야?!"

"아줌마, 시끄러워! 나 담배 많이 피워서 일찍 죽을 거니까 말리지 마. 그건 그렇고 은세별, 네가 머리 빗한테 내 폰 번호 알려줬냐?"

머리 빗? 아, 빛이를 말하는 거군. 그런데 무슨 폰 번호를 알려줬냐고 물어보는 걸까? 난 알려준 적 없는데.

"아니? 안 알려줬는데, 왜?"

"전화해서 이상한 소리하잖아. 짜증나게."

"무슨 소리?"

은빈이 막 입을 열려고 하는데 느닷없이 은빈이 방의 방문이 열린다. 그리고 나타난 아줌마의 얼굴. 너… 너, 넌 이제 죽었다!! 담배 피우는 거 들켰으니까 넌 이제 죽음이얏!! 하하하하~

"아니… 은빈이, 너 또!!"

아줌마가 사납게 얼굴을 붉히며 은빈에게로 저벅저벅 걸어오신다. 은빈이 녀석의 망가지는 모습을 볼 수 있는 절호의 기회. 난 재미있는 쇼를 구경하는 듯한 기분으로 한껏 기대하며 은빈을 쳐다봤다. 그런데 순간 창문을 확! 닫아버리는 녀석. 이, 이런, 내가 왜 그 생각을 못했지? 저 녀석은 창문만 닫으면 그만이지. 아쉬움을 느끼며 창문을 닫는데 아줌마의 고함 소리가 들려온다. 무지 화나신 것 같다. 난 그 고함 소리를 들으며 흐뭇한 기분을 느꼈다. 이런 걸… 대리 만족이라고 하는 걸까? 후훗.

다음날 8시. 난 학교를 가기 위해 집을 나섰다. 그런데 이게 웬일? 늘 지각하던 은빈이 녀석이 먼저 나와 날 기다리고 있다.

"어? 너 왜 이렇게 일찍 나왔어? 나 기다린 거야?"

"내가 널 왜 기다리냐? 나도 학교 가려고 나온 거다."

"너 맨날 9시에 가잖아. 오늘은 웬일로……."

"시끄러. 오늘부터 일찍 갈 거야."

그리고는 앞서서 걸어가기 시작한다. 왜 저럴까? 그냥 나랑 같이 가려고 일찍 나왔다고 말하면 어디 덧나나? 후훗, 귀여운 녀석.

지옥 같은 만원 버스에서 내린 우리. 교문을 향해 천천히 걷고 있는데 느닷없이 내 어깨에 다정하게 손을 올리는 은빈이 녀석. 허억! 깜짝 놀라서 은빈이 녀석을 바라봤지만 은빈이 녀석, 아무 표정 없이 내 어깨에 팔을 두른 채 걸어간다. 마치 다정한 연인처럼. 나 혼자 얼굴이 빨개지며 당황하다가 문득 앞을 보니 맞은편에서 걸어오는 세영이가 보였다.

"어, 어, 어!!"

얼른 은빈의 팔을 풀어내려고 하는데 더욱 강하게 내 어깨를 꽈악 잡는 녀석.

"교문 앞에서 왜 이래! 애들이 다 쳐다보잖아! 세영이까지."

"다른 놈 신경 쓰지 마. 다른 놈 쳐다보지 마. 말도 걸지 말고, 말 걸어도 대답하지 마. 나만 쳐다봐. 내 얼굴만 보고, 내 목소리만 듣고, 내 손만 잡아."

내 귓가에 속삭이듯 들려오는 녀석의 목소리. 순간 또 가슴이 두근두근. 왜, 왜 이러는 거야? 이 녀석, 갑자기……. 차마 뿌리치지는 못하고 그렇게 걸어가는데 어느새 우리와 마주치게 된 세영.

"하하. 세영아, 안녕?"

"훗, 보기 좋다. 완전 연인이네? 그런데 학교 앞에서는 좀 자제해야 하지 않을까? 아무리 서로 좋아해도 남들 시선을 생각해야지."

캑! 당황해서 말도 안 나오는데 은빈이 녀석, 세영을 똑바로 쳐다보며 입을 연다.

"잘 봤냐? 이제 이 녀석, 나한테는 소중한 사람이다. 그러니까 앞으로 네 위험한 일에 얘 끌어들일 생각하지 마. 알았어?"

"위험한 일이라니?"

"네가 끌고 다니는 그 조폭 나부랭이들이 얘 노리고 있잖아. 아직 포기 안 한 거 누가 모를 줄 알아? 그 새끼들 조직에 너를 다시 끌어들일 때까지, 이 멍청한 기집애 미끼로 쓸 거다. 이 녀석 위험하게 만

들지 마. 분명히 경고했다."

무슨 소리를 하고 있는 걸까, 은빈이 녀석? 조폭이 나를 미끼로 쓴다니 무슨 소리야? 어리둥절한 눈으로 은빈과 세영을 번갈아 쳐다보자 세영이 쿡 웃으며 다시 입을 연다.

"그 일이라면 이미 깨끗하게 해결됐는데? 걱정할 필요 없어. 네가 걱정하는 일, 절대로 일어나지 않는다고. 일어나지도 않은 일을 미리 걱정하는 거, 상당히 피곤한 일 아니냐? 어쨌든 분명히 말하는데 네가 걱정하는 그런 일 따윈 없어. 그러니까 안심하고 사귀라고. 다만 때와 장소를 가려줬으면 좋겠군. 쿡!"

그렇게 말하고 돌아서는 세영. 순간 은빈이 녀석의 얼굴이 무섭게 변하기 시작한다. 내 어깨에 두른 팔을 풀고 막 세영의 어깨를 잡으려는데 느닷없이 발랄하게 들려오는 목소리.

"어머~ 은빈아! 세별아!"

고개를 돌려보니 빛이가 반짝반짝 빛나는 검은 승용차에서 내리며 함박웃음을 짓고 있다. 손까지 살랑살랑 흔들며 우리를 향해 걸어오고 있는 빛. 언제 맞췄는지 예쁘게 교복까지 입고 있다. 약간 타이트한 것 같긴 하지만 역시 너무 잘 어울린다. 저 몸매에 무슨 옷을 입히든 안 어울리랴. 나도 모르게 감탄을 하며 세영의 뒷모습을 말없이 쫓고 있는 은빈에게 속삭였다.

"은빈아, 빛 좀 봐. 너무 예쁘지? 탤런트라서 그런지 평범한 교복을 입어도 빛이 난다."

나의 말에 아무 대답 없이 날 빤히 쳐다보다가 내 팔을 휙 끌고 교문으로 향하는 은빈. 그러자 곧바로 뒤에서 빛의 목소리가 들려온다.

"어머! 같이 가~"

난 무지막지하게 내 팔을 잡아끄는 은빈의 팔을 간신히 뿌리친 채 뒤를 돌아보았다.

"하하. 안녕?"

"어, 세별아, 안녕~"

나를 향해 싱긋 웃으며 빠르게 걸어오는 빛. 그리고는 나를 지나쳐 저벅저벅 앞서 걸어가는 은빈의 옷자락을 붙잡는다.

"은빈아!!"

발랄하게 울리는 빛의 목소리. 어쩜 저렇게 고운 소리가 날까? 태어나 저렇게 고운 목소리는 처음 들어보는 것 같다. 빛의 손에 옷자락을 붙잡힌 은빈, 귀찮다는 듯 빛의 손을 확 뿌리친다. 그러나 전혀 개의치 않고 은빈을 쳐다보며 입을 여는 빛.

"내가 말한 거 잘 생각해 봤니? 정말 나 아무한테나 그런 제의하는 거 아니야~ 어때? 해볼 마음 있는 거지?"

제안이라니, 무슨 소리지? 난 영문을 몰라 눈을 동그랗게 뜨고 은빈을 쳐다봤다. 은빈의 입에서 나올 말을 기다리며 녀석을 쳐다봤지만 녀석의 입술에서는 언제나 들을 수 있는 거친 소리가 나왔다.

"아씨, 너 한 번만 더 그 딴 소리 지껄이면 전학시켜 버린다."

캑!!

"그래도 생각은 해본 거지? 응? 부모님한테 말은 해봤니? 뭐라셔? 찬성하시지?"

은빈의 소매를 마구 잡아당기며 깜찍한 목소리로 연신 묻고 있는 빛. 도대체 무슨 제안을 했길래 부모님까지 나오는 걸까? 너무 궁금해진 나는 그들에게로 바싹 다가가 힘차게 물었다.

"무슨 얘기야? 응? 도대체 무슨 얘기 하는 거야?"

최대한 궁금한 듯한 표정으로 물었으나 아무 말 없이 빛의 손을 확 떨쳐 내고 등을 돌려 걸어가는 은빈. 그런 은빈을 쫓아가며 또 쫑알대는 빛.

"아직 덜 생각한 거야, 응? 그래, 시간은 아직 많으니까 천천히 여유를 갖고 생각해도 돼."

뭐야? 뭔지 좀 알려주면 덧나나?

궁금함을 안고 교실로 들어갔다. 세영은 자리에 앉아 조용히 책을 읽고 있었고, 은빈은 어딜 갔는지 보이지 않았으며, 빛은 세영을 묘한 눈빛으로 쳐다보고 있었다. 빛의 옆 자리로 가서 앉으며 난 궁금함을 참지 못하고 물었다.

"저기, 빛?"

빛이라고 부르려니까 좀 이상하네. 내 그런 마음을 눈치 챈 듯 싱긋 웃으며 내게 말하는 빛.

"내 본명 원래 빛나야~ 빛은 예명이고. 그러니까 앞으로 빛나라고 불러도 돼. ^-^"

"아아, 그래, 빛나야. 근데 아까 은빈이한테 한 말, 도대체 무슨 소리야?"

나의 말에 입으로 손을 가리며 에쁘게 웃는 빛나. 그리고는 앵두 같은 입술을 열어 말을 꺼낸다.

"으응, 이번에 우리 기획사에서 새 모델을 뽑거든. 근데 우리가 찾는 이미지하고 은빈이 이미지가 너무 딱 맞아떨어져서 말이야. 그래서 모델 해보지 않겠냐고 제안했어."

모델? 은빈이가? 은빈이 녀석이 모델?

"하하하하하하하하!!"

난 나도 모르게 미친 듯이 웃어버리고 말았다. 순간 반 아이들의 시선 모두 집중! 말도 안 돼! 은빈이 녀석이 모델이라니. 은빈이 녀석과 모델은 정말 안 어울린다. 겉모습이 어울리지 않는다는 게 아니라 모델이라는 직업과 은빈은 전혀 매치가 안 된다.

"어머, 왜 그렇게 웃어?"

빛나는 눈을 동그랗게 뜨고 물었지만 난 손을 내저으며 웃음을 참으려고 그냥 고개를 돌려 버리고 말았다. 고개를 돌리자마자 내 눈에 들어오는 무표정한 세영.

"그래, 설악산 구경은 잘했어?"

읽고 있던 책을 덮으며 세영은 나에게 조용한 말투로 말한다. 늘 그렇듯 세영의 조용한 목소리는 이상하리만큼 편안한 느낌을 준다.

"으응, 구경하긴 했지. 공기는 정말 좋더라~ 여기랑 천지 차이야!"

"어때? 내 말대로 그날, 네 생애 최고의 밤이었지?"

느닷없이 나에게 엉뚱한 말을 하는 세영. 설악산에 가기 전에 세영이가 내게 했던 말이 떠오른다. 내 생애 최고의 날이 될 거라고 했던 세영의 말. 그때는 그 말이 무슨 뜻인지 몰랐었는데…….

"은빈이 녀석, 정말 멋진 프로포즈하지 않았냐?"

헉! 프로포즈? 그런데 그걸 세영이가 어떻게 알고 있지? 벌써 소문이 퍼졌나?

"어, 어떻게 알았어?"

당황스러워하는 내 목소리에 쿡 웃는 세영.

"같은 남자가 봐도 정말 대단한 녀석이지. 불꽃 놀이에 촛불에. 나 같으면 낯간지러워서 그런 짓 절대 못하는데. 훗. 정말 알다가도 모를 녀석이라니까."

저 말, 마치… 모든 걸 본 것 같다. 설마 이 녀석!

"세영이… 너 혹시 봤니?"

"보다니, 뭘? 훗! 그럴 리가 없잖아. 난 일찍 집으로 돌아왔는걸."

"그런데 어떻게……?"

마치 본 것처럼 그렇게 잘 알고 있어라고 물으려는데 내가 입을 열기도 전에 세영이가 내 어깨를 탁 두드리며 말한다.

"아무튼 녀석이랑 사귀게 된 거 축하한다. 그런데 좀 섭섭하기도 한걸? 훗! 앞으로는 너랑 이렇게 얘기도 잘 못하겠다. 은빈이 녀석 눈에 불을 켜고 쳐다볼 거 아냐. 안 그래도 나한테 감정 안 좋은 녀석인데……."

그렇게 세영은 알 수 없는 얘기를 하고는 일어서서 교실 밖으로 나가 버렸다. 멍하니 세영이가 나간 문을 바라보고 있는데 들려오는 빛나의 목소리.

"쟤는 도대체 여자야, 남자야? 시복 입으면 정말 여자로 보겠다.

너무 예쁘게 생겼네."

그렇지, 나도 사복 입은 거 보고 여자로 오해했었단다. 그땐 정말 충격적이었지만 지금은 소중한 친구라고 생각하고 있어.

"아침을 안 먹고 왔더니 배고프다. 세별아, 우리 뭐 먹으러 가자. 내가 사줄게~ 응?"

빛나가 잔뜩 애교 섞인 목소리를 내며 일어서서 내 팔을 잡아끈다. 정말 애교가 많은 아이야. 부럽구려~ 빛나에게 끌려 복도로 나왔다.

"저번에 보니까 매점에 만두 팔더라~ 나 만두 너무너무 좋아하는데~ 우리 그거 먹자!!"

"어, 그래."

빛나와 나는 아이들의 시선을 한몸에 받으며—순전히 빛나 때문—매점 안으로 들어왔다. 들어오자마자 술렁술렁거리기 시작하는 매점 안. 모두들 젓가락을 입에 물고 나와 빛나를 번갈아 쳐다보며 중얼거린다. 남들한테 주목받는 거 정말 싫은데. 난 조용하고 평범하게 살고 싶은 아이인데. 막 의자에 앉으려는데 중얼중얼거리던 여자 아이들의 목소리가 조금 뚜렷하게 들려오기 시작한다. 그런데 그들의 주제는 의외로 빛나가 아니라 바로 나였다.

"야, 쟤야, 쟤. 은빈이 오빠랑 사귄다는 애!"

"뭐? 말도 안 돼! 전학 온 지 얼마 되지도 않았잖아!! 도대체 언제부터?"

"몰라. 들리는 얘기로는 주말에 단둘이 설악산까지 놀러갔었다고 하더라."

저것이 무슨 소리란 말인가? 단둘이 설악산을 놀러가다니!! 분명 친구들과 함께!! 함께!! 친목을 도모하고자 함께!! 갔거늘! 도대체 누가 그런 말도 안 되는 소문을 퍼뜨린 거야!

난 경악하며 그 여자 아이들을 돌아봤지만 곧 화악~ 무섭게 노려보는 그녀들의 눈빛에 흠칫 놀라 다시 고개를 돌렸다. 소문은 정말 말도 안 되게 부풀고 부풀어 있었다.

"둘이 동거한다며? 왜 맨날 학교 같이 오잖아. 저번엔 아침에 같은 집에서 나오는 거 은미가 봤대~!"

"어머, 설마!! 그럼 그게 사실이란 말이야? 진짜 웃긴다! 저 여우 같은 계집애!! 도대체 어떻게 꼬셨대?!"

윽!

주문한 만두가 나오고 빛나는 방글방글 행복한 얼굴로 만두를 먹기 시작했지만, 난 전혀 먹고 싶은 생각이 들지 않았다. 저 이상한 소리들에 뭐라고 반박하고 싶지만 얼굴에 열 올리며 반박해 봤자 오히려 내 꼴만 더 우스워질 것 같다.

"세별아, 안 먹어? 이거 되게 맛있다! 촬영장에서 시켜 먹는 것보다 백 배는 더 맛있네!!"

정말 행복한 미소를 지으며 연신 만두를 입에 넣는 빛나. 와, 만두를 저렇게 맛있게 먹는 아이도 있구나. 연예인들은 대부분 거만하고, 자신보다 잘나지 않은 사람들 낮게 보고, 음식도 많이 가린다고 들었는데 빛나는 전혀 그런 모습이 없다. 오히려 보통 사람보다 더 때묻지 않은 것 같다.

"빛나야, 넌 만두 먹는 모습도 예뻐. ^-^"

그러자 호들갑을 떨며 내 팔을 토닥토닥 때리는 빛나.

"어머, 얘는~ 농담두!! 너도 얼른 먹어. 자, 아~ 해봐~"

그러면서 내 입가에 만두를 바싹 들이대는 빛나. 앗, 애들이 다 쳐다보는데. 문득 주위를 둘러보니 역시 우리를 아니꼬운 눈으로 쳐다보고 있는 여학생들이 많다. 이걸 먹어야 돼, 말아야 돼? 먹자니 주위 시선이 그렇고, 또 안 먹자니 빛나 손이 무안할 것 같고. 우스운 고민을 하고 있는데 느닷없이 누군가 탁자를 탁!! 거칠게 내려치며 말한다.

"꼴값들 떠네~ 이리 나와보시지?"

뜻밖의 기쁨 '반가운 얼굴, 소중한 친구'

제8장 뜻밖의 기쁨
반가운 얼굴 소중한 친구

 깜짝 놀라 고개를 들어보니 마주치고 싶지 않았던, 다시는 마주치고 싶지 않았던 여진이가 눈을 휘번뜩 뜨고 나와 빛나를 번갈아 보고 있었다. 그 뒤에는 여진의 친구들로 보이는 무섭게 생긴 몇몇 여자아이들.
 "하하. 여진아, 안녕? 오랜만이네?"
 나름대로 인사를 건넸건만 그런 내 인사에 콧방귀를 픽 끼며 내 이마를 손가락으로 쿡쿡 찌르는 여진.
 "안녕은 무슨 얼어죽을. 야, 나와봐."
 여진의 말에 젓가락을 내려놓고 여진을 향해 말하는 빛나.
 "무슨 볼일인데 그래? 여기서 말하지 그러니?"

"여기서 할 말이 아니니까 나오라는 거 아냐! 나와!"

그렇게 위협적으로 말하면서 내 팔을 우악스럽게 잡아끄는 여진. 그리고 그 뒤에 친구들은 빛나를 잡아끈다. 도대체 왜 이러는 거야? 우리가 무슨 잘못을 했다고. 난 여진의 팔을 거칠게 뿌리쳤다.

"이거 놔! 아프잖아! 그리고 빛나 말대로 할 말 있으면 여기서 해."

"이게 진짜!"

여진은 무섭게 인상을 확 구기며 내 뺨을 때리려는 듯 손을 높이 치켜들었다. 으아… 뺨 맞는 거 싫어! 몸을 잔뜩 움츠리며 여진의 손을 피하려는데 내가 얼굴을 돌리기도 전에 공중에서 탁 멈춘 여진의 손. 고개를 돌려보니 빛나가 여진을 노려보며 여진의 손목을 움켜잡고 있었다.

"말로 해. 네 거친 성격에 말보다 손이 먼저 나가는 거, 꼭 이렇게 티를 내야겠니?"

"이게 진짜… 매를 벌어요, 벌어! 너 오늘 죽었어!!"

여진은 흥분한 듯 얼굴이 벌개지더니 사정없이 빛나의 뺨으로 손을 날렸다. 순간 촤악! 정말 듣기 싫은 소리가 매점 안에 울려 퍼졌다. 아이들이 모두 입을 크게 벌린 채 우리들을 쳐다보았다. 빛나는 여진에게 호되게 맞은 뺨을 손으로 감싸며 울먹울먹거리고 있었다. 너무해, 너무해. 어떻게 여자애 뺨을 이렇게 거칠게 때릴 수가 있어?! 화가 나기 시작했다. 흥분으로 얼굴이 발갛게 달아오르는 걸 느끼며 막 여진의 손목을 움켜잡으려는데, 내가 손목을 잡기도 전에 먼저 내 손을 탁 쳐내고 내 뺨을 때리려는 듯 또다시 손을 치켜드는 여

진. 순간,

"그 손 안 내려? 그 녀석 손가락 하나라도 건드렸다간 너 초상날 줄 알아."

어디선가 들려오는 익숙한 목소리. 두근대는 가슴을 부여잡고 고개를 돌려보니 은빈이가 문 앞에 서서 무서운 눈으로 우릴 바라보고 있다. 왜였을까? 녀석의 얼굴을 보는 순간, 갑자기 긴장이 탁 풀어지면서 모두 해결된 듯한 느낌이 들었던 건…….

"으, 은빈아."

여진은 당황한 듯 얼굴이 빨개져서 은빈을 쳐다보았다. 어느새 손은 부들부들 떨기 시작하면서…….

"여진이 누나, 세별이 누나 괴롭히지 말라고 했잖아요! 도대체 번번이 왜 그러는 거예요?!"

곧 이어 은빈이 뒤에 모습을 드러낸 지호가 여진을 향해 크게 소리쳤다. 지호야.

"한 번만 더 그러면 나도 가만히 있지 않을 거예요!"

지호의 말에 여진, 점점 더 얼굴이 굳어진다. 나는 그 얼굴을 보면서 잠시 잊고 있던 빛나에게로 얼른 고개를 돌렸다. 뺨을 감싸 쥐고 곧 쓰러질 것처럼 온몸을 부들부들 떠는 빛나. 얼굴이 창백하게 질려 있다.

"빛나야, 괜찮아?"

그러나 빛나는 아무 말도 못하고 온몸을 부들부들 떨기만 했다. 뺨을 세게 맞은 게 역시 충격이었나 보다.

"머리 빗, 뺨 맞았냐?"

어느새 우리 앞까지 다가온 은빈이가 창백해진 빛나를 보며 내게 물었다. 나는 아무 말 없이 고개를 끄덕거렸다. 나 대신 맞은 거야. 나 대신, 나 때문에…….

"양여진, 유치한 짓은 다 하고 다닌다. 저번에 한 번 경고했었지? 한 번만 더 까불면 가만 안……."

은빈이 여진을 향해 독설을 내뿜고 있는데 느닷없이 은빈의 품으로 쓰러져 버리는 빛나. 은빈은 자신의 품으로 쓰러져 버린 빛나를 어쩔 수 없이 팔로 감싸며 당황한 목소리로 소리친다.

"야! 머리 빗! 왜 이래? 정신 차려! 야!!"

그러나 은빈의 쓰러져 버린 빛나는 온몸을 축 늘어뜨린 채 말이 없다.

"어, 어떡해! 빛나 기절했나 봐!"

나의 외침에 한숨을 푸욱 내쉬는 은빈.

"젠장, 양호실로 가야 되나?"

그렇게 투덜투덜거리며 나를 향해 무심하게 말하는 은빈.

"야, 애 좀 들어봐. 양호실 가게."

난 은빈의 말에 얼른 빛나를 부축해 은빈의 등에 업혀줬다. 빛나를 가볍게 업고서 문으로 저벅저벅 걸어가는 은빈. 걸어가면서 여진을 무섭게 노려본다.

"양여진, 너 나중에 보자."

그 말에 여진의 얼굴이 더욱더 차갑게 굳어지고 난 매점 문을 나서는 은빈을 멍하니 쳐다보았다. 언제 왔는지 내 어깨를 가볍게 잡으며 중얼거리는 지호.

"누나, 저저 너무 신경 쓰지 말아요. 아픈 사람 업는 거니까 맘 아파도 그냥 그러려니 해요. 알았죠?"

"응? 갑자기 무슨 소리야? 맘 아프다니?"

"이그, 그렇게 애써 감출 필요 없어요. 신경 쓰이는 게 당연하잖아요! 남자 친구가 누나 앞에서 다른 여자 업고 가는데."

아아. 뭐, 사실 기분이 썩 좋지는 않지만 그래도 나 때문에 쓰러진 빛나를 양호실까지 데려다 주는 거니까……

"양호실이나 가보자. ^-^"

난 싱긋 웃으며 지호와 함께 양호실로 향했다.

학교 들어와서 처음 와보는 양호실. 문을 열고 들어가자 제일 먼저 보인 건 알약을 만지작거리는 안경 쓴 여자 선생님이셨다. 그리고 그런 선생님과 무슨 얘기를 나누는 은빈.

"잠깐 기절한 거니까 곧 깨어날 거야. 선생님은 뭐 가지러 갔다 올 테니까, 이 애 깨어나면 약 좀 주렴."

그리고는 우리를 지나쳐 양호실을 나가셨다. 문득 옆을 보니 약간 벌어진 커튼 사이로 곤히 누워 있는, 아직도 창백한 얼굴의 빛나가 보인다. 막 은빈에게 빛나에 대한 얘기를 물어보려고 하는데 느닷없이 은빈을 향해 꽥 소리치는 지호.

"형!! 그러는 거 아니야! 세별이 누나 앞에서 다른 여자를 덥석덥석 업으면 어떡해! 아무리 쓰러졌어도 그래, 차라리 나한테 업으라고 하지! 세별이 누나 생각은 안 해?"
 야, 너 지금 무슨 소리를 하고 있는 거야? 팔을 휘두르며 한사코 지호를 말리려는데 그런 내 팔을 밀쳐 내며 다시 소리치는 지호.
 "아까 세별이 누나가 얼마나 맘 아파한 줄 알아? 울먹이기까지 했다고. 둘이 사귄다면 적어도 상대방을 생각할 줄은 알아야지!"
 지호야, 너 오버야. 지호의 말도 안 되는 얘기로 마음이 심란해져 오다가 문득 은빈을 쳐다보니 은빈이 녀석, 참으로 묘한 표정이다. 화난 것도 아니고, 그렇다고 웃고 있는 것도 아니고……. 처음 보는 저 표정은 도대체 뭐지?
 "젠장, 누군 업고 싶어서 업었냐? 내 가슴팍으로 픽 쓰러지는데 어떻게 밀쳐 내! 야, 은세별, 내가 머리 빗 업어서 너 질투하냐? 화나?"
 "뭐, 별로……."
 은빈이 녀석 곤란할까 봐 얼른 대답했지만 어째 내 말에 은빈이 녀석, 새삼 얼굴이 굳어진다.
 "아우, 진짜. 누나는 순진한 건지, 멍청한 건지, 눈치가 없는 건지. 진짜 바보야! 답답해 죽겠어!"
 갑자기 지호가 그렇게 소리치더니 몸을 돌려 양호실을 휙 나가 버린다. 그리고 은빈이 역시 한숨을 푸욱 내쉬며 나에게로 천천히 다가온다. 왜? 도대체 내가 뭘 어쨌다고? 그럼 지금 이 상황에서 내가 화산 폭발하듯 질투심을 마구마구 뿜어내기라도 해야 한단 말야? 갑자기 머리 속이 복잡해지는 느낌에 가슴까지 답답해지는데 어느새 내 앞까지 바싹 다가와서 조용히 속삭이는 은빈.

"야, 이 바보 기집애야. 넌 네 애인이 딴 기집애 업고 돌아다니는데도 정말 아무렇지 않냐? 아무 느낌도 없냐? 화 안 나? 질투도 안 해? 아프지도 않냐?"

"아프냐니? 어디가?"

내 말에 내 손을 자신의 왼쪽 가슴에 가만히 대는 은빈.

"여기."

순간 나도 모르게 얼굴이 확 달아올라 버렸다. 은빈의 가슴에 댄 내 손에 녀석의 미미한 심장 박동이 느껴진다.

"이런 멍청한 기집애가 뭐가 좋다고… 나도 미쳤지."

"은빈아, 근데 너 심장 뛰는 게 이상해. 박동이 규칙적이지가 않아."

"후우……."

한숨을 내쉬더니 느닷없이 내 턱을 들어 올리는 녀석. 난 녀석의 손에 턱이 들려 어쩔 수 없이 고개를 들어 녀석을 쳐다볼 수밖에 없었다. 눈동자가… 정말 까맣다. 까맣고 너무 맑아. 녀석의 눈을 뚫어지게 쳐다보고 있는데 내 얼굴을 들여다보며 무심하게 중얼거리는 은빈.

"도장 찍으면… 좀 나아지려나?"

도장이라니 무슨 소리야? 막 은빈에게 물으려는데 나보다 먼저 입을 여는 은빈.

"야, 너 양호실에서 첫키스했다는 소리 들어본 적 있어?"

갑자기 무슨 소리? 눈을 동그랗게 뜨고 녀석을 쳐다보다가 비로소 녀석의 말이 무슨 의미인지 깨달아 버린 나. 얼굴이 비참할 정도로 붉게 물들어가고 있는데 느닷없이 내 얼굴에 자신의 얼굴을 더 가까이 들어대는 은빈. 정말… 바로 코앞에 있는 녀석의 얼굴. 허어억! 미친 듯이 심장이 두근거리기 시작한다. 입술에 살짝 와 닿는 녀석의 숨결. 나도 모르게 눈을 꽈악 감아버리는 순간,

"엄마!! 안 돼!! 나 두고 가지 마!!"

느닷없이 양호실 안에 쩌렁쩌렁 울려 퍼지는 고함 소리! 빛나의 목소리다!! 난 은빈의 팔을 밀어내고 얼른 커튼을 확 열어젖혔다. 빛나가 언제 깨어났는지 창백하게 질린 얼굴로 땀까지 흘리며 숨을 몰아쉬고 있었다.

"빛나야! 이제 정신이 들어? 괜찮아? 이 땀 좀 봐. 뭐 나쁜 꿈 꾼 거야?"

빛나의 이마에 흐르는 땀을 닦아주며 아직도 숨을 거칠게 몰아쉬고 있는 빛나에게 물었다. 그러자 아무 대답 없이 내 품에 얼굴을 묻고 몸을 떨기 시작하는 빛나. 어, 어떡하지? 정말 악몽 중의 악몽을 꿨나 보다. 빛나의 등을 토닥토닥거리는데 뒤에서 들려오는 은빈의 목소리.

"머리 빗, 갑자기 소리는 지르고 난리야? 분위기 파악도 못하는 기집애."

얼굴이 파랗게 질려 부들부들 떨고 있는 빛나를 보면서도 그런 말을 내뱉는 녀석. 왠지 녀석이 조금씩 얄미워지기 시작했다.

"야, 학교 끝나고 학교 앞 벨리에 가 있을 테니까 종례까지 다 마

치고 거기로 와. 알았냐?"

은빈이 녀석이 말했지만 난 대답하지 않았다. 학교 끝나면 그냥 집으로 가지, 그런 데는 가서 뭐 하려고?

"은세별, 대답 안 해?"

"세별아, 나 갑자기 너무 추워."

온몸을 떨며 내 품에 더 파고드는 빛나. 난 얼른 빛나의 몸에 담요를 둘러주었다. 그러자 다시 뒤에서 들려오는 은빈이 녀석의 목소리.

"아씨, 됐어! 너 그냥 집에 가!"

그리고는 양호실 문이 콰앙!! 닫히는 소리가 들렸다. 은빈이가 나가자마자 내 품에서 떨어지며 이마를 짚는 빛나. 어느새 창백했던 얼굴에 혈색이 돌아오기 시작하고 있었다.

"뺨 맞은 데 많이 아프지? 부은 것 봐."

"내일 촬영 있는데, 이 얼굴로 어떻게 촬영해?"

"빛나야, 미안해. 나 때문에……."

내 말에 싱긋 웃으며 고개를 젓는 빛나.

"아냐, 너 때문이라니. 그 못된 애들, 정말 혼내주고 싶었는데. 내가 뺨 맞고 기절만 하지 않았어도……."

"기절한 건 생각나? 은빈이가 너 업고 여기까지 데려다 준 거야."

"어, 그래? 후우… 내가 원래 심장이 좀 안 좋거든. 그래서 흥분하면 기절할 때가 많아. 조심해야 하는데……."

어쩐지 약해 보인다 했더니… 이렇게 몸도 약하고 맘도 여린 애를 그렇게 무지막지하게 때리다니! 여진이, 너 다음에 보면 정말 확실하게!! 모르는 척 지나간다!! 흐흐.

"훗, 양여진 그 기집애 정말 못됐지? 사실은 여진이가 내 사촌이야."

중얼거리듯 빛나의 입에서 흘러나오는 말. 난 그 말에 깜짝 놀라고 말았다. 여진이가 빛나의 사촌?

"나랑 그 기집애, 좀 닮지 않았니? 어렸을 때부터 닮았다는 소리 정말 많이 들었거든. 근데 내가 연예계에 데뷔하고 나서부터는 날 무슨 눈엣가시 보듯 싫어하더라고. 다 샘나서 그러는 거지 뭐."

그러고 보니… 좀 닮은 것 같기도 하다. 여진이도 빛나 처럼 눈이 크고 피부가 하얗지.

"그건 그렇고 참, 세별이 너 이번 주 일요일에 우리 촬영장 놀러올래? 내가 이번에 케이크 CF 찍거든? 아마 놀러오면 맛있는 케이크 배 터지게 먹을 수 있을 거야. 다른 탤런트도 구경하고, 촬영하는 것도 보고. 어때? 재밌겠지? ^^"

싱긋 웃으며 나에게 말하는 빛나. 그 말을 듣는 순간!! 난 흥분으로 가슴이 두근거리기 시작했다. 케이크… 내가 제일 좋아하는 케이크!!

"그, 그거 생크림 케이크야?"

"그럼, 물론이지~"

빛나의 말에 난 나도 모르게 두 손을 꽈악 쥐었다. 그냥 케이크도 아니고 생크림 케이크를 배 터지게 먹을 수 있다니, 이런 좋은 기회를 마다할 내가 아니다.

"나 갈래! 갈래!! 일요일 언제? 몇 시에? 어디로 가면 되는 거야?"

흥분한 내 음성에 쿡 웃으며 깜찍한 미소를 짓는 빛나.

"장소랑 시간은 천천히 알려줄게. ^^ 근데 이왕 올 거면 은빈이랑 같이 오지 않을래? 친구끼리 나란히 오면 보기 좋잖아. 은빈이도 촬영장을 좀 구경했으면 좋겠거든."

빛나의 말에 난 잠시 생각에 잠겼다. 음, 그러고 보니 빛나가 녀석에게 모델 제의를 했었지? 근데 은빈이 녀석, 과연 나와 촬영장에 갈 것인가? 휴일에 돌아다니는 거, 별로 안 좋아하는 것 같던데. 게다가 모델에도 관심없는 것 같고, 왠지 귀찮아할 것 같다.

"으응, 말은 해볼게. 근데 워낙 게으른 애라서 가려고 할지는 모르겠다."

"꼬옥 같이 와줬으면 좋겠어."

내 손까지 꼭 잡는 빛나. 순간 빛나의 눈이 묘하게 반짝반짝 빛나는 것 같았지만 난 그냥 고개를 끄덕거리며 활짝 웃어 보였다.

"은빈아~ 빛나가 꼬옥 너랑 같이 오라고 했단 말이야, 응? 가자! 가자! 거기가면 촬영하는 것도 구경하고 탤런트들도 보고 맛있는 생크림 케이크도 배 터지게 먹을 수 있대!! 이런 기회 흔치 않은 거잖아! 응? 응? 가자~"

"이게, 왜 어울리지도 않는 코맹맹이 소리는 내고 난리야? 너 감기 걸렸냐? 그런 데 가고 싶으면 너 혼자 가! 안 간다고 말했잖아, 이 기집애야! 나 그런 데 딱 질.색.이.야! 거기 갈 시간 있으면 우리 집에 와서 나 맛있는 거나 만들어줘."

"가고 싶단 말이야! 가자구!!"

무슨 일이 있어도 촬영장에 꼭 가리라 마음먹은 나는 일주일 내내 귀찮을 정도로 따라다니며 은빈을 설득했지만… 정말 지독한 녀석 절대 간다고 대답하지 않았다.

다가온 일요일, 기다리고 기다리며 고대하고 고대하던 일요일. 약속 시간 두 시간 전, 전화로 다시 한 번 말했다.

"나 생크림 케이크, 정말정말 먹고 싶단 말이야!!"

[야, 너 내가 좋아, 생크림 케이크가 좋아?]

수화기 너머로 들리는 나지막한 녀석의 음성. 그렇게 유치한 걸 물어보면 할 말이 없어지잖아!

[생크림 케이크인지, 똥크림 케이크인지 나랑 둘 중에 선택해!]

저런 유치찬란한…….

"됐어! 됐어! 알았다. 그래, 이제 나도 지쳤다. 너 혼자 집에서 뒹굴어! 난 촬영장 놀러가서 맛있는 생크림 케이크 배 터지게 먹을 거다. 쳇쳇!!"

그리고는 은빈이 뭐라고 하기도 전에 내가 먼저 전화를 끊어버렸다. 후훗. 드디어 내가 먼저 일방적으로 전화를 끊어버렸다. 나도 모르게 입가에 흐뭇한 미소가 피어오르는데…

딩동~

문자 오는 소리가 들린다. 얼른 플립을 열어보니…

「헛소리 말고 우리 집에 와서 밥이나 해. 나 배고파. 얼른 튀어와라.」

이 녀석아, 난 지금 촬영장 놀러갈 거란 말이다. 그리고 밥 같은 거 할 줄도 모른다.

「배고프면 네가 해 먹어라. 그럼 난 바빠서 이만.」

이렇게 문자를 보내고 핸드폰을 진동으로 바꿔서 주머니에 넣었다. 대문을 나서는 순간 주머니 속에서 부르르르 진동해 대는 폰을 느꼈지만, 그냥 무시하고 촬영장으로 씩씩하게 출발했다. 날 기다리고 있을 맛있는 생크림 케이크를 생각하며……. 생크림 케이크야, 기다려라! 내가간다! 오늘 너희들 몽땅~ 내가 먹어주마! 강은빈, 네 녀석 몫까지 내가 다 먹어주마! 하지만… 나는 대단한 길치. 사람들에게 방송국을 물어보다가 포기한 나는 그냥 택시를 타버렸다.

그리하여 도착한, 생크림 케이크가 넘실넘실거리고 있을 촬영장!! 난 괜스레 흥분되는 기분을 느끼며 건물 안으로 들어갔다. 약간은 소란스러운, 사람들이 이리저리 지나다니는 로비. 그 안으로 막 들어가려는데 느닷없이 날 불러 세우는 수위 아저씨.

"학생, 뭐야?"

"네? 저, 친구 만나러 왔는데요."

"친구?"

눈을 가늘게 뜨고 입 모양을 동그랗게 만들며 말하는 아저씨. 눈빛이 무섭다.

"친구는 무슨! 나가! 나가! 외부인 출입 금지야!"

그렇게 말하며 내 등을 무지막지하게 떠미는 아저씨. 난 그런 아저씨의 팔을 밀며 힘겹게 외쳤다.

"친구 만나러 왔다니까요! 친구 촬영하는 데 구경 온 거란 말예요!"

"무슨 헛소리를 하는 거야! 너 같은 애 수도 없이 봤다! 연예인이랑 관련있는 척해서 어떻게든 몰래 들어와 보려고 발광하는 여자애들!!"

"아니에요!!"

날 밀어내려는 아저씨, 그리고 끌려가지 않으려고 애쓰는 나. 우린 어느새 모두의 시선 집중을 받고 있었다. 힘겹게 실랑이를 하는데 갑자기 조용히 들려오는 목소리.

"아저씨, 무슨 일이죠?"

아저씨의 팔을 밀어내며 고개를 돌려보니 웬 미모의 여자가 우아한 표정으로 우리를 바라보고 있었다. 기품이 넘쳐흐르는 분위기.

"아, 저… 이 학생 누구 팬인 모양인데, 막무가내로 들어가려고 하길래……."

"저 팬 아니에요! 빛나 만나러 온 거라구요. 오늘 촬영장으로 놀러 오랬단 말이에요!"

나의 말에 눈을 동그랗게 뜨고 날 천천히 훑어보기 시작하는 여자. 뭐지? 왜 저런 눈으로 날 훑어보는 거야? 내가 어리둥절한 눈으로 여자를 쳐다보자 여자는 곧 입가에 잔잔한 미소를 지으며 말한다.

"아아, 네가 오늘 놀러온다던 빛이 친구로구나. 어머, 귀엽게도 생겼네. 빛한테 얘기 많이 들었어. 친절하게 잘해준다고? 정말 고맙구나."

그렇게 말하면서 내 머리를 가볍게 쓰다듬어 주는 여자. 누구지? 빛나랑 친한 언니가?

"아저씨, 이 애 빛이 친구니까 안심하고 들여보내 줘요. 오늘 놀러 오기로 했나 봐요."

그 말에 아저씨는 약간 못마땅한 표정을 지으며 등을 돌렸다. 곧이어 나를 돌아보며 말하는 여자.

"엘리베이터 타고 삼층에서 내려서 오른쪽으로 꺾어 들어가. 거기서 다섯 번째 방에 있을 거야. 아마 지금 옷 갈아입고 있겠다. 올라가봐. 그럼 난 이만."

그렇게 말하고 사뿐사뿐 가벼운 발걸음으로 나를 지나쳐 가는 여자. 저 사람도 연예인인가? 난 그녀의 뒷모습을 물끄러미 쳐다보다가 엘리베이터에 올라탔다. 삼층에서 내려서 오른쪽으로 돌아가는데… 와, 무슨 방이 이리도 많아? 근데 몇 번째라고 했지? 네 번째? 다섯 번째? 아, 헷갈린다. 방문 앞에서 서성거리며 우물쭈물 망설이다가 똑똑 노크를 가볍게 하고 다섯 번째 방문을 조심스럽게 여는데, 순간 귀청이 떨어질 정도로 크게 들려오는 여자의 고함!

"아우씨! 도대체 제 까짓게 뭐라고 이렇게 날 무시해!! 제 놈이 그렇게 잘났어? 허리 숙이면서 비위 맞춰주니까 날 무슨 병신으로 아는 거야, 뭐야?!"

고함 소리에 깜짝 놀란 나는 문을 열다 말고 그 자리에서 굳어지고 말았다. 휴지 뭉치를 퍽 소리나게 집어 던지며 소리를 지르고 있는 여자의 뒷모습. 빛나다. 그래, 저 가냘픈 몸… 빛나야. 그런데 빛나가 저렇게 큰 목소리를 낼 줄도 알았나? 몸도 가냘프고 목소리도 나긋나긋한데… 게다가 얌전하고, 순수한 아이 같았는데……. 머리가 멍해지는 걸 느끼는데 빛나의 목소리가 계속 귓가에 울린다.

"젠장! 몰라! 몰라! 그놈이랑 끝낼 거야! 확 끝내 버릴 거야!! 두고 봐! 나중에 누가 후회하는지 두고 보라고!!"

정말 화가 난 듯 온몸을 부들부들 떨며 핸드폰까지 퍽 집어 던지고 마는 빛나. 핸드폰은 탁자에 맞아 바닥으로 곤두박질쳐 버렸다. 플립이 부러져 너덜너덜거리는 핸드폰.

"나쁜 놈!! 나쁜 놈!! 천벌받을 놈!! 확 죽어버려라!!"

헉! 뭐야? 뭐지, 원래 저런 다혈질이었나? 순진하고 얌전한 척, 연기했던 건가? 나도 모르게 맥이 탁 풀리는데, 갑자기 뒤를 휙 돌아보는 빛나. 그 바람에 난 흠칫 놀라 두 손을 꽉 움켜쥐었고, 빛나의 얼굴은 순식간에 딱딱하게 굳어져 버렸다.

"뭐, 뭐야, 세별이 너… 어, 언제 왔어?"

빨갛게 달아오른 얼굴로 더듬더듬 입을 여는 빛나. 그 눈엔 당황한 빛이 역력하다.

"어, 지금 방금… 왔는데?"

"봐, 봤니?"

"뭐, 뭘?"

빛나가 말을 더듬으니 나까지 말을 더듬게 된다. 더듬거리는 내 물음에 한숨을 푸욱 내쉬더니 말없이 고개를 돌리는 빛나.

"봤구나……."

마치 모든 걸 체념한 듯한 목소리.

"너도… 내 실체를 알아버렸구나. 그 학교에선 정말 좋은 이미지로 나가고 싶었는데……."

그렇게 말하면서 의자에 털썩 앉아버리는 빛나. 좋은 이미지로 밀고 나가다니? 그럼 지금까지 네가 보여준 모습은 너의 진짜 모습이 아니었다는 거니? 문득 물어보고 싶어 입을 열려는데 갑자기 의자에서 벌떡 일어서며 의미심장한 눈빛으로 내게 다가오는 빛나.

"네가 방금 본 게 진짜 내 모습이야. 나 성격 되게 거칠고, 욕도 잘 하고, 이기적이라서 친구도 없었어. 전에 있던 학교에서도 되게 안 좋았어."

힘없이 흘러나오는 빛나의 목소리. 원래 성격이 거칠었다니? 욕도 잘하고 이기적이라서 친구가 없었어? 무슨 말을 해야 할지 몰라 우물쭈물 빛나의 얼굴만 쳐다보는데 눈물까지 그렁그렁 고이며 다시 입을 여는 빛나.

"원래 나 무지 털털하고 터프한 성격이었는데, 연예계 데뷔하고 나니까 무조건 청순, 순수, 얌전한 이미지로만 밀고 나가라잖아. 그래서 성질 죽이고 살다 보니 스트레스만 잔뜩 쌓이고… 으아!!"

느닷없이 머리를 움켜쥔 빛나. 머리를 마구 쥐어뜯으며 절규하기 시작한다. 저렇게 예쁜 얼굴로 거칠게 고함을 지르며 머리를 쥐어뜯

다니, 안 어울려. 망가진다.

"나 정말 불쌍하지 않니? 스트레스만 잔뜩 쌓이고, 어디 풀 데도 없고… 이런 바보 같은 내 모습 좋아해 주는 사람도, 친구도 없고… 사람들은 모두 내 만들어진 모습만 좋아해."

마구 헝클어진 머리로 한숨을 푸욱 내쉬며 나를 지그시 바라보는 빛나. 그 모습이 왠지 정말 처량해 보인다.

"아니야, 빛나야. 널 좋아해 주는 사람이 왜 없어?"

"너도 내 만들어진 모습에 호감을 느낀 거잖아. 지금 이렇게 망가진 내 모습… 정말 보기 싫잖아. 이젠 나랑 친구 안 할 거잖아."

상처받은 목소리. 슬픈 눈으로 애써 날 외면하는 이 아이의 눈을 다시 웃게 만들어주고 싶었다.

"아냐, 그렇지 않아!! 난 지금 너의 이런 모습이 훨씬 보기 좋은걸!! 네 있는 그대로의 모습을 보여줘. 네 진실된 모습을 숨기면 네 주위에는 네 겉모습만 좋아하는 친구밖에 없을 거야. 네 진짜 모습, 알아주고 이해해 주는 친구, 그런 친구가 진정한 친구 아니겠니?"

조용조용 내가 말하는 걸 가만히 듣고 있던 빛나는 느닷없이 내 품에 와락 안긴다.

"그럼… 그럼 너 나한테 그런 친구 돼줄 거야? 그런 진정한 친구 돼줄 거야?"

"물론이지. ^-^"

나의 말에 내 품에서 떨어져 함박웃음을 짓는 빛나. 내 입가에도 덩달아 미소가 넘칠 정도로, 보는 이로 하여금 정말 행복하게끔 만들어 버리는 웃음을 지으며 날 쳐다본다.

"고마워!! 역시 우리 아빠 학교로 전학 가길 잘했어!! 야호! ^0^"

그렇게 소리치면서 빛나는 환한 얼굴로 내 두 손을 꽉 쥐었다.

"저기 그런데… 은빈이는 같이 안 왔나 봐?"

"으응, 하하. 같이 오려고 했는데 갑자기 급한 일이 생겼다네."

나도 모르게 내 입에서 술술 흘러나오는 거짓말. 내 말에 빛나는 잠시 생각에 잠기는 듯하더니 곧 아무렇지 않게 밝은 웃음을 지으면서 말한다.

"어, 그래? 그럼 할 수 없지, 뭐. 세별아, 잠깐만 기다려! 나 감독님한테 촬영 몇 시에 시작이냐고 물어보고 올게. 같이 찍는 인간이 좀 늦게 온다고 해서 시간이 변경됐거든. 물어보고 올 테니까 조금 기다려."

빛나의 말에 내가 고개를 끄덕거리자 빛나는 활짝 웃으며 터프하게 내 어깨를 탁!! 치고 나간다. 으아, 무슨 여자애 손이 이리 맵단 말인가? 되게 아프다. 빛나가 치고 나간 어깨를 슬슬 매만지고 있는데 주머니 안에서 부르르 진동해 대는 폰. 이제는 상당히 익숙하다. 얼른 폰을 꺼내서 전화를 받았다.

"여보세요?"

[어디냐?]

은빈이다.

"응, 촬영장 왔어. 지금 옷 갈아입는 방에 있어. 왜?"

[결국 나보다 그 케이크가 더 좋은 거군. 그렇단 말이지?]

또 시작이다. 유치찬란, 강은빈.

"어, 그래. 난 너보다 맛있는 생크림 케이크가 백배천배 더 좋다!! 내가 네 몫까지 다~아 먹어줄 테니까 걱정 마."

[유치한 기집애.]

지금 누가 누구보고 유치하다는 거냐? 유치한 건 내가 아니라 바로 너야, 너!

[그래서 언제 올 건데?]

"응? 몰라. 아직 촬영 시간도 안 잡혔다는데? 되도록 일찍 들어가야지, 엄마 걱정하시니까."

[거기서 나올 때 전화해.]

"왜?"

[나 지금 친구 만나러 갈 건데 만났다가 너랑 집에 같이 들어가려고 그런다, 왜?]

"친구 누구?"

[몰라도 돼.]

"그냥 나 데리러 온다고 솔직하게 말해. 후후."

[시끄러! 이따 올 때 내 케이크나 싸와!]

그렇게 말하고는 일방적으로 전화를 뚝 끊어버리는 녀석. 내 기필코 언젠가는 이 녀석에게 전화 예절을 가르쳐 주리라!! 플립을 닫아 다시 주머니에 집어넣는데 뒤에서 문 열리는 소리가 들린다. 당연히 빛나일 거라고 생각하고 돌아본 나. 어? 빛나가 아니다. 촉촉하게 헝클어진 머리, 어딘가 모르게 거만함이 풍기는, 상당히 깔끔한 선을 가진 키 큰 남자가 들어오고 있었다. 그 얼굴을 보는 순간, 나도 모르게 덜컥 가슴이 내려앉았다. 저, 저 얼굴!! 내 머리 속을 번개처럼 팍 스치고 지나가는 무언가… 그래, 저 얼굴!! 분명 거기서 본 얼굴이야. 은빈의 옆집으로 이사하던 날, 마켓에 비누랑 칫솔 사러 갔다가 우연히 보았던 스포츠 신문. 그 신문 속의 낯이 익던, 거만한 표정의 남자. 그래, 맞아!! 틀림없이 그 남자야!! 나도 모르게 흥분으로 가슴이 두근두근거리며 눈이 크게 벌어지는데, 헝클어진 머리를 쓸어 넘기며 그 남자 또한 유심히 나를 바라보기 시작한다.

"어?"

약간은 허스키한 음성이 그 남자의 입술에서 울렸다. 그 목소리를 듣는 순간 또다시 가슴이 덜컹. 뻣뻣하게 굳어 있는 내 얼굴을 빤히 바라보며 남자가 천천히 중얼거린다.

"누구… 더라?"

저 표정, 눈빛, 정말… 낯이 익어. 도대체 왜 낯이 익지? 신문에서 봤을 때도 이상하리만치 낯이 익었는데……. 도대체 저 사람은? 스포츠 신문 속의 얼굴, 그리고 지금의 저 얼굴이 겹쳐지면서 머리 속에 정신없이 섞이고 있는데 내 얼굴을 유심히 들여다보며 천천히 입을 여는 남자.

"전에… 언제 만난 적이 있나?"

물론 그럴 리가 없잖아.

"아… 아뇨?"

"이상하네. 왜 이렇게 낯이 익지?"

고개를 갸우뚱거리며 미간을 찡그리는 남자. 허억! 저 남자도 내가 낯이 익다는 말인가? 뭐야, 정말 처음 보는 사람인데……. 미국에서 살다 왔는데 우연이라도 마주쳤을 리가 없잖아.

"이상하네. 분명 만난 적이 있던 사람 같은데… 너 어디 사냐?"

눈을 가늘게 뜨며 묻는 남자. 그런데 왜 초면에 반말이냐고요?!

"전에 만났을 리 없어요. 나 미국에서 10년 동안 살다가 얼마 전에 다시 한국 온 거니까. 그런데 왜 처음 보는 사람한테 반말이에……."

그 남자의 찡그린 미간을 보며 나도 모르게 다다다 말을 내뱉는데 미처 말을 끝내기도 전에 갑자기 외마디 신음 소리를 내는 남자!

"미국? 미국? 어렸을 때 미국으로 이민? 그럼 너 혹시!"

그렇게 소리치면서 느닷없이 내 어깨를 잡고 마구마구 흔든다.

"야!! 너… 세별이… 은세별 맞지!!"

남자의 외침에 난 외마디 신음을 내뱉고 말았다. 내 이름을… 내 이름을 알고 있어!

"맞지? 맞지?"

"으, 은세별 맞는데?"

"이럴 수가… 너 골목대장 깡패 기집애 은세별!"

마치 주문처럼 남자의 입에서 흘러나오는 말에 난 경악했다. 순간 온몸에 전류가 흐르는 듯 아찔한 충격에 휩싸이고 말았다. 골목대장 깡패 기집애!! 그런 별명을 알고 있는 사람은 어렸을 때 어울려 놀던 동네 친구들밖에 없어! 그렇다면…그렇다면… 흥분으로 찌릿찌릿한 전류가 흐르는 몸을 가누며 고개를 들어 다시 본 남자의 얼굴. 그래,

기억났어!

"주전자!"

나의 외침에 순식간에 얼굴이 사악 굳어져 버린 남자.

"우씨, 나 이젠 주전자 아니야!!"

아까의 거만한 표정은 온데간데없고 얼굴까지 벌게지며 나에게 소리치는 남자. 그래, 주전자, 주전자야!! 이럴 수가! 어렸을 때의 기억이 하나둘 머리 속에서 기지개를 켜기 시작한다. 주전자, 이 녀석은 어렸을 적 내 최대의 라이벌이자 최고의 친구였다. 처음에는 내 골목대장 자리를 빼앗으려고 발악을 했지만 결국에는 내 충견이 된 녀석. 원래 이름은? 응? 원래 이름이 뭐였지? 성이 주씨라는 것밖에 기억이 안 난다. 이름보다는 주전자라는 별명으로 주로 불렸던 녀석. 성이 주씨라서 그런 이유도 있었지만, 무엇보다도 주전자처럼 동그랗고 땡땡하게 부은 몸 때문에 그런 별명이 붙었다. 보기 싫을 정도로 엄청 뚱뚱했는데… 그런데 어떻게 저렇게 멋있어졌지? 과거의 기억, 약간의 충격, 그리고 황당함. 복잡한 감정들이 교차되며 멍하니 주전자 녀석을 쳐다보는데, 날 쳐다보며 말하는 녀석.

"야, 너 무지 예뻐졌다? 조금만 더 꾸미면 못 알아보겠는데? 쿡!"

지금 누가 할 소리를… 나도 주전자 네 녀석을 알아보지 못했단다. 신기한 일이 아닐 수 없다. 어렸을 때의 친구를 이렇게 다시 만나게 되다니 세상에 이런 우연도 있나?

"야, 너 말 좀 해봐! 나 안 반가워? 어렸을 때 너랑 나랑 친했잖아! 그때 너랑 나랑 대판 싸우다가 목 언저리 찢어져서 꿰맨 자국 아직도 있어."

 녀석의 말에 난 나도 모르게 녀석의 목 언저리를 훑었다. 왼쪽 목에 희미하게 보이는 꿰맨 자국. 그랬지, 내가 장난감 로봇으로 녀석의 목을 무지막지하게 내려쳤었지. 으아!

 "어, 하하하. 아직도 자국이 있구나. 그나저나 정말 신기하다. 이렇게 우연히 다시 만나다니……."

 "미국에서는 언제 돌아온 거야?"

 "응, 얼마 전에 왔어. 그런데… 나 뭐 하나 물어봐도 돼? 너 살, 도대체 어떻게 뺀 거야?"

 사실 지금 제일 궁금한 것이 바로 그것이다! 도대체 둥글둥글 주전자 같던 녀석이 어떻게 저렇게 살을 쏙 뺐냔 말이다. 도대체 어떻게!! 난 너무 궁금해서 긴장까지 하고 녀석을 쳐다봤건만 주전자 녀석, 갑자기 양미간을 찡그리며 인상 쓴다.

 "야, 그런 얘긴 나중에 해! 10년 만에 만났는데 꼭 그런 얘기부터 꺼내야겠냐?"

 "그, 그렇지만 정말정말 궁금하단 말이야! 주전자 같던 네가 어떻게 이렇게 변했니?!"

 "그러는 너는!! 골목대장에 쌈질만 하고 애들 패고 다녔던 깡패 같던 네가 도대체 어떻게 이렇게 여성스러워졌는데!"

 과, 과거의 얘기는 하지 말자꾸나. 어렸을 적 나의 악행이 하나둘씩 생각난다. 이런…….

 "그런데 너 여기엔 웬일이야?"

"응, 친구가 촬영장 놀러오래서 온 건데. 그러는 너야말로… 아, 나 신문에서 너 봤다! 너 모델이야?"

신문에서 봤던 녀석의 얼굴이 다시금 떠오른다. 그래, 맞아. 모델이라고 봤던 것 같아.

"어, 나 모델이야."

"우와, 살 빼니까 내친김에 모델까지……."

"야!!"

녀석이 인상을 쓰며 장난스럽게 내 목에 팔을 두르려는데 느닷없이 문이 활짝 열리며 빛나가 씩씩하게 들어온다. 그리고는 나와 주전자 녀석을 번갈아 보면서 얼굴이 굳어져 버린다. 앗! 왠지 표정이 안 좋은걸?

"뭐야? 둘이… 아는 사이야?"

"어? 어, 글쎄 얘가 나 어렸을 때 친구였는데 이렇게 우연히 다시 만났지 뭐야. 신기하게."

내 말에 눈을 의아하게 올려 뜨며 묻는 빛나.

"친구? 어렸을 때 친구? 무슨 친구?"

"어? 그냥 동네에서 같이 놀던 친구."

순간 내 말에 풋 웃는 빛나. 그리고 다시 무슨 말을 하려는데 빛나의 뒤에서 웬 목소리가 들려온다.

"왕빛~ 촬영 시작한대!! 아휴, 그나저나 이 녀석은 왜 이렇게 안 오는 거야? 도대체 어디 박혀서……."

빛나의 뒤에서 들려오는 목소리에 주전자 녀석이 크게 대답한다.

"누나, 나 여기 있어! 좀 아까 왔는데."

그러자 그 목소리의 주인공, 문틈으로 얼굴을 살짝 내밀며 녀석을 쳐다본다.

"어머, 너 언제 왔니? 얼른 나와. 너 때문에 촬영 늦어져서 감독님 화나셨어. 자, 빛도 얼른 나와."

나와 빛나, 그리고 10년 만에 재회한 주전자 녀석은 촬영장으로 향했다. 빛나랑 같이 사진 찍는다는 사람이 주전자 저 녀석이었나? 난 생크림 케이크를 무지막지하게 집어 먹으며 카메라 앞에서 다정하게 소곤거리며 웃는 빛나와 주전자 녀석을 물끄러미 바라보았다. 잘 어울린다, 미남미녀. 아, 저 주전자 녀석. 도대체 어떻게 저렇게 살 빼고 멋있어졌을까? 도무지 머리 속에서 사라지지 않는 의문. 나중에 꼬옥 물어보리라.

그렇게 얼마의 시간이 지나고 벌써 세 개째 케이크를 먹고 있는데, 쉬는 시간인 빛나가 잠깐 다가와 나에게 말한다

"이제 한 30분 정도면 끝날 것 같아. 케이크 맛있니?"

"으응, 너무너무 맛있어."

난 쿡쿡 웃으며 카메라 쪽으로 돌아서는 빛나를 쳐다보다가 얼른 은빈에게 전화를 했다. 30분 정도면 끝날 것 같다는 말과 함께 이곳 장소도 알려줬다. 그렇게 또 30여 분이 흘러가고 마지막 남은 케이크 조각을 입속에 쏘옥 넣는데, 촬영이 다 끝난 듯 웅성웅성 움직이기 시작하는 사람들. 빛나도 사람들에게 인사를 하다가 이쪽으로 다가온다.

"세별아!! 많이 기다렸지? 촬영 다 끝났어. 가자, 집에 데려다 줄게."

"어? 아니, 괜찮아. 은빈이가 데리러 온다고 했거든."

"은빈이가?"

순간 왠지 모르게 묘한 눈빛이 돼버리고 마는 빛나. 내가 의아한 눈으로 쳐다보자 곧 그 눈빛을 지우고 밝게 웃으며 말한다.

"어, 그래? 그래, 알았어. 그럼 먼저 가."

"응, 오늘 구경 잘하고 케이크도 너무 맛있게 잘 먹었어. 정말 고마워! 저기, 그런데 남은 케이크 좀 싸가도 될까?"

"그럼, 물론이지. 어차피 이거 다 버릴 거야. 많이 가져가. ^^"

빛나의 말에 난 즐거운 마음으로 케이크 세 상자를 안아 올리고 빛나에게 인사를 한 뒤 주전자 녀석에게도 인사하려고 주위를 둘러봤다. 그런데 금세 어디 갔는지 보이지 않는다. 주전자 녀석, 오랜만에 만나서 무지 반가웠는데… 언젠간 또 만날 수 있겠지. 나는 사람들에게 인사를 하고 씩씩하게 촬영장을 나왔다.

일층으로 내려와 입구로 걸어가는데 언제 왔는지 주머니에 손을 찔러 넣고 서 있는 은빈의 모습이 눈에 들어왔다. 녀석의 모습을 보는 순간 새삼스럽게 반갑다. 케이크를 세 상자나 안고 있는 터라 힘겹게 유리문을 밀치는데 그런 나를 발견한 듯 쿡 웃으며 유리문을 당겨주는 은빈.

"은빈아!"

순간,

"야, 은세별!!"

느닷없이 내 뒤에서 웬 남자의 목소리가 커다랗게 울린다. 깜짝 놀라 돌아보니 주전자 녀석이 하얀 남방을 펄럭펄럭거리며 달려오고 있었다.

"야!! 10년 만에 만났는데 섭섭하게 그냥 가냐? 회포라도 풀어야지, 가긴 어딜 가!!"

회, 회포? 회포가 뭐래?

"은빈아, 회포가 뭐야?"

"저놈은 누구냐?"

특유의 무표정으로 날 살짝 내려다보며 묻는 은빈. 막 주전자 녀석에 대한 얘기를 하려고 하는데 어느새 바로 우리 앞까지 와서 숨을 몰아쉬는 주전자 녀석. 머리를 쓸어 올리고 날 쳐다보며 말한다.

"하아… 하아… 이 의리없는 녀석. 옛날 우정은 우정도 아니냐? 매정하게 그냥 가려고 하다니……."

헉헉대며 중얼거리다가 내 옆의 은빈을 발견한 녀석.

"어, 근데 너는?"

주전자 녀석, 건방진 폼으로 서 있는 은빈을 눈을 크게 뜨고 바라보기 시작한다. 아, 맞아! 그래, 주전자 녀석도 은빈이를 기억하겠지. 같은 동네에 살았으니까. 물론 같이 어울린 적은 없는 것 같지만.

"은빈아, 너 알지? 주전자!! 되게 뚱뚱했던 주전자 말야. 별명이 주전자였잖아. 너도 알지?"

아무 말 없이 주전자 녀석을 바라보고 있는 은빈을 향해 물었다.

그러자 갑자기 손뼉을 탁!! 치며 크게 소리치는 주전자 녀석.

"은빈? 아, 맞다! 맞다! 생각났어! 완전 기집애같이 생긴 놈! 애들이 기집애라고 놀렸던 녀석 아냐!"

기집애같이 생긴 놈? 너, 너 말 잘못 꺼냈다. 은빈이 녀석 그런 말 듣고 가만히 있지 않을 텐데……. 문득 두려운 마음에 슬쩍 은빈이 녀석을 올려다보니 역시 나의 예상대로 인상을 쓰며 기가 막히다는 표정을 짓는 은빈. 그런데 갑자기 쿡 웃으며 녀석을 향해 말한다.

"똥땡이 주전자 새끼, 너 용됐다? 살 어떻게 뺐냐? 수술했냐?"

"이것들이 오랜만에 만났는데 그런 구리구리한 얘기부터 꺼내네. 반갑지도 않냐, 옛날 친구를 이렇게 다시 만났는데?"

"누가 누구 친구였냐? 웃긴 놈."

은빈의 말에 느닷없이 하하 웃으며 은빈의 어깨를 탁!! 치는 주전자 녀석.

"하하하. 자식, 이거 많이 컸네. 어렸을 땐 기집애같이 허여멀겋던 녀석이 자라면서 터프하다 못해 아주 건방져졌네. 야, 너 키 엄청 많이 컸다! 나보다 더 큰 것 같은데?"

그렇게 말하면서 은빈과 자신의 키를 손으로 손대중해 보는 주전자 녀석. 오옷, 은빈이가 조금 더 크다. 주전자 녀석도 180cm는 넘어 보이는데……. 은빈이, 키 정말 크구나.

"하, 자식. 짜증날 정도로 멋있어졌네. 여자들깨나 울리겠는데?"

주전자 녀석의 말에 일순간 인상을 팍 구기는 은빈. 픽 하고 콧방귀를 뀌더니 입을 연다.

"아무리 그래도 수술까지 해서 용된 너에 비하면 난 새 발의 피지."

빈정거리는 은빈의 말투. 주전자 녀석, 기분이 상할 법도 한데 오히려 크게 웃으며 자연스럽게 은빈의 어깨에 손을 올린다.

"그 건방짐, 상당히 마음에 드는데? 쿡! 야, 어렸을 때 친구를 둘이나 만나다니… 진짜 기분 좋다. 오늘이 무슨 날인가 보다. 다시 본 것도 반가운데 같이 저녁이나 먹자, 어때?"

나와 은빈을 번갈아 보며 말하는 주전자 녀석. 그래, 반갑다. 그런데 은빈이는 널 그다지 반가워하지 않는 것 같구나. 은빈은 어느새 등을 돌리고 가려는 포즈를 취하고 있었다.

"야! 같이 밥이나 먹자구! 너는 내가 안 반가울지 모르지만, 난 무지 반가워. 어렸을 때 친구를 이렇게 만나는 게 얼마나 신기하고 반갑냐?"

등을 돌린 은빈을 향해 말하는 주전자 녀석. 순간 내 가슴에 따뜻한 무언가가 스르르 퍼진다. 어렸을 땐 싸움밖에 모르고 철없이 개구쟁이 짓만 했던 녀석인데, 어느새 멋지게 자라 우리가 다시 만났다는 사실로도 저렇게 가슴 벅차게 기뻐하다니……. 친구가 있다는 건, 자신을 알아주고 반겨주는 친구가 있다는 건 정말 눈물겹도록 기쁘고 행복한 일인가 보다. 주전자 저 녀석, 정말 자~ 알 컸구나! 어렸을 땐 속도 좁고 삐치기도 잘하더니, 저렇게 시원시원하고 붙임성있는 성격이 됐네.

"은빈아, 우리 주전자랑 같이 밥 먹자. 10년 만에 만났는데 그냥 헤어지기는 아쉽잖아."

내 말에 고개를 슬쩍 돌리고 중얼거리는 은빈.

"하여튼 돼지 같은 기집애, 먹는 데는 죽어도 안 빠지려고 하지."

윽! 내가 먹는 걸 좋아하는 건 사실이지만, 그렇다고 돼지 같다고 말할 것까진 없잖아. 누가 심술쟁이 아니랄까 봐.

"자, 가자, 가자!! 우리 찜닭 먹자. 내가 끝내주게 잘하는 데 알아. 단골이라서 잘해줄 거다. 자, 가자!"

그렇게 소리치며 나와 은빈의 어깨에 팔을 두르는 주전자 녀석. 은빈이 녀석, 주전자 녀석 팔을 뿌리칠 줄 알았는데 팔을 뿌리치는 대신 이렇게 중얼거린다.

"네가 쏘는 거냐?"

"쏘다니, 뭘 쏴?"

내가 은빈을 향해 물었다. 그러자 동시에 풋 웃는 두 녀석.

"하하. 미국에서 10년을 살았으니 당연히 그런 은어들은 잘 모르겠구나. 적응하는데 시간 좀 걸리겠는걸? 쿡!"

그래, 나 미국에서 살다 왔다. 그래서 네 녀석들의 그런 요상한 말은 못 알아듣는다. 쳇! 두 녀석들에게 놀림을 당하는 것 같아 심기가 불편해지는데 뒤에서 시원시원한 여자의 목소리가 들린다.

"어머, 세별아! 아직 안 갔네~"

고개를 돌려보니 파란 야구 모자에 마스크, 그리고 새까만 선글라스를 쓴, 얼굴 전체를 다 가린 여자가 다가오고 있었다. 엥? 누구지? 그 여자가 내 앞으로 바싹 다가올 때까지도 난 그 여자를 알아보지

못했다. 그 여자가 살짝 선글라스를 내려 보석같이 반짝이는 눈으로 나를 주시했을 때야 비로소 그 여자의 정체를 알 수 있었다.

"비, 빛나야? 너 왜 그렇게 얼굴을 다 가렸니?"

"응, 오랜만에 바람 좀 쐴까 해서… 차 타고 다닐 땐 상관없는데 이렇게 길거리 다닐 때는 얼굴 가려야 돼. 달라붙는 놈들이 많아서. 어? 은빈이 언제 왔어?"

선글라스를 다시 올려 쓰며 말하다가 내 뒤에 삐딱하게 서 있는 은빈을 보고 반갑게 묻는 빛나. 은빈은 그 물음에 대답하는 대신 주전자 녀석의 어깨를 탁 치며 툭 내뱉었다.

"야, 찐닭인지, 찜닭인지 네가 쏜다며? 나 다섯 마리도 넘게 먹을 거니까 각오해라."

다, 다섯 마리!! 그 말에 하하하 웃는 주전자 녀석.

"염려 마라. 돈이라면 두둑이 있으니까. 가자, 은세별."

주전자 녀석은 내 이름을 아주 발랄하게 부르며 은빈과 함께 등을 돌렸다. 그런 그들을 아무 말 없이 쳐다보고 있는 빛나. 선글라스 때문에 눈빛이 보이지는 않았지만 주먹을 꼭 쥐고 부르르 떠는 걸로 보아서는 심기가 불편한 것 같다.

"어떻게 된 거야? 셋이 아는 사이인 거야?"

중얼거리듯 묻는 빛나. 난 그 말에 고개를 끄덕거리며 어설프게 웃었다.

"응. 하하. 옛날에 같은 동네에 살았어. 근데 우연히 이렇게 다시 만났네."

"훗, 별난 우연도 다 있네."

그렇게 중얼거리더니 케이크를 세 상자나 안고 있는 나의 등을 떠밀며 앞서 걸어가기 시작하는 그들에게 소리치는 빛나.

"야! 나도 같이 가! 나도 같이 저녁 먹어도 되지?"

그렇게 해서… 넷이 나란히 거리를 걷고 있다. 방금 전 은빈이가 케이크 두 상자는 자기 꺼라며 가져가는 바람에 난 가볍게 한 상자만 들고 가는 중이다. 버스 정류장을 지나가는데 서 있던 몇몇 여자애들과 거리를 지나가는 사람들이 다 우리만 쳐다본다. 그것도 뚫어지게……. 발갛게 상기된 얼굴로 뭐라고 속닥속닥거리며 우리를 쳐다보는 사람들. 아, 우리가 아니라 은빈, 주전자 녀석, 빛나를 쳐다보는 거겠지. 아, 빛나는 저렇게 변장해서 못 알아보려나? 아무튼 주전자 녀석이랑 빛나는 연예인이고, 은빈이 녀석은 연예인은 아니지만 주위 사람들의 평가로 볼 때 거의 연예인인 듯하니까. 결국… 나만 지극히 평범하고 초라하다.

초라해지는 기분을 느끼며 도착한 주전자 녀석의 단골 찜닭집. 역시나 그곳에서도 우리는 다른 사람들의 뜨거운 시선을 받았다. 결국 조용한 구석 방으로 자리를 옮겼다. 얼마 후, 뜨거운 김을 모락모락 피우며 도착한 찜닭이라는 요리를 보고 나는 입을 커다랗게 벌렸다. 우와~ 진짜 맛있겠다. 이 냄새, 먹음직스러워 보이는 닭 조각들. 이게 찜닭이라는 요리로구나! 친구들의 시선은 신경 쓰지 않고 젓가락을 들어 정신없이 닭 조각을 집어 먹는데 들려오는 빛나의 목소리.

"야, 너 아까도 케이크 세 개는 먹지 않았냐? 근데 그게 또 들어가? 진짜 대단하네."

헉! 그제야 생각났다. 아까 케이크 세 상자를 무지막지하게 먹어치웠다는 사실이……. 잠시 당황해서 손을 멈추고 있는데 그런 나를 비웃기라도 하듯 은빈이 중얼거린다.

"살만 뒤룩뒤룩 쪄봐. 거꾸로 매달아놓을 테니까."

"왜 먹는 것 갖고 그래? 세별아, 많이 먹어! 더 먹고 싶으면 말해, 더 시킬 테니까."

주전자 녀석, 정말 너무 착해진 거 아니야? 주전자 녀석의 말에 용기를 얻은 나는 다시 찜닭을 냠냠 맛있게 먹었다. 선글라스를 벗지 않고 마스크만 벗은 빛나, 별로 생각이 없는지 닭은 먹지 않고 은빈과 주전자 녀석만 물끄러미 바라보고 있다. 둔한 나도 눈치 챌 수 있을 정도로 물끄러미. 선글라스를 벗었다면 어떤 눈빛인지 알 수 있었을 텐데……. 왠지 모르게 묘한 분위기. 문득 빛나의 눈빛이 궁금했지만 난 곧 그 궁금증을 지우고 열심히 찜닭을 먹기에 열중했다. 분위기는 무르익어 어느새 이야기 보따리를 풀어 과거의 이야기에 집중하기 시작한 우리.

"하하하! 그래서 말이야, 은세별 너, 열이 확 뻗쳐 가지고 강은빈 자식 얼굴에 주먹을 멋지게 날렸잖아. 그 주먹에 맞아서 이 자식 픽 쓰러지고."

"미친놈, 내가 언제 픽 쓰러졌냐? 돌부리에 걸려서 넘어진 거지."

그래, 분위기가 무르익는 것까진 좋단 말야. 근데 왜 하필 대화의 주제가 어렸을 때 얘기냐고요. 윽! 어렸을 때 얘기는 별로 하고 싶지 않던 나는 한숨만 푹푹 내쉬며 그들의 얘기를 듣고만 있는 중이다. 턱을 괴고 그들의 얘기에 귀 기울이고 있던 빛나의 한마디.

"우와, 은세별 옛날엔 완전히 깡패였네. 쿡! 진짜 믿기지 않는데."

으아, 빛나까지…….

"주전자, 너는 은세별 미국 가는 날 얼마나 웃겼는 줄 아냐? 눈물, 콧물 질질 흘리면서 가지 말라고 바짓가랑이 잡고 늘어지던 거 아직도 생각나. 쿡!"

"너도 네 방 창문에서 은세별 가는 거 몰래 보면서 섭섭해했잖아! 내가 못 본 줄 알아? 세별이 더럽게 싫어하더니, 정들었었나? 하하~"

"미운 정 들었었겠지."

애네 들의 얘기를 듣고 있노라니 정말 어렸을 때 기억이 머리를 콕콕 찔러댄다. 이런…….

"그런데 너 어디로 다시 온 거야? 옛날에 살던 동네로 갔냐?"

신나게 은빈과 얘기를 하다 말고 고개를 돌려 묻는 주전자 녀석.

"으응, 나 옛날에 살던 집에 다시 이사 왔어. 은빈이네 옆집."

"헛! 정말? 우와, 그럼 학교도 같은 학교겠네?"

"응, 그렇지 뭐."

"그럼 학교도 맨날 같이 가고 집에 올 때도 같이 오겠다?"

왠지 즐거운 듯 묻고 있는 주전자 녀석. 왜 저렇게 즐거워하는 얼굴일까?

"이야~ 그러면서 정도 들고 사랑도 싹트겠네. 훗!"

엥? 주전자 녀석 무슨 소리를 하는 거야? 싱글싱글 웃는 주전자 얼굴을 문득 젓가락으로 쿡 찌르고픈 충동이 느껴지는데, 여전히 함박웃음을 지으며 말을 잇는 주전자 녀석.

"그럼 은세별 소원 이루어질지도 모르겠다!! 어렸을 때 그토록 열망하고 바라던 거, 드디어 이루어질지도 모르겠네!"

소원이라니? 무슨 소리야, 저 녀석? 내가 멀뚱멀뚱 어리둥절한 눈으로 녀석을 쳐다보자 갑자기 씨익 미소를 지으며 나를 향해 말하는 주전자 녀석.

"은세별, 너 강은빈 이 자식 되게 좋아했잖아!"

하하 웃으며 말하는 주전자 녀석. 난 녀석의 말에 막 목으로 넘어가던 닭고기가 목구멍에 콱 하고 걸리는 걸 느꼈다.

"캑! 캑!!"

캑캑거리는 나에게 얼른 물을 주는 주전자 녀석. 난 컵을 얼른 받아 들고 얼른 벌컥벌컥 마셨다. 물 한 잔을 원샷 해 버리고 후 숨을 고른 후, 옆에 앉아 있는 은빈을 쳐다보니 날 무서운 눈으로 쳐다보고 있다.

"하하. 이렇게 과민 반응까지 보일 정도로 좋아했었나 보네~"

"좋아하다니! 도대체 누가 누굴 좋아했다는 거야, 지금!"

주전자 저 녀석은 엄청난 오해를 하고 있는 것이 분명하다! 그렇지 않다면 저런 근거도 없고 말도 안 되는 말을 내뱉을 순 없을 테니까!

"맞잖아. 은세별 넌 이 자식 좋아하는데, 이 자식은 너한테 관심도 없고 싫어하기까지 하고… 그래서 더 괴롭힌 거 아니었냐? 그렇게 해서라도 관심 끌어보려고. 진짜 유치한 시절이었지. 쿡!! 좋아하면 더 괴롭혀 대던…….”

"야, 너 정말 커다란 오해를 하는 모양인데… 그때 은빈이 괴롭힌 거, 좋아해서 그런 거 아니야. 절대! 아니라구!"

"절대?"

갑자기 컵을 탁 내려놓으며 나지막이 말하는 은빈이 녀석.

"흐음… 하하. 뭐 절대까지는 아니고… 음…….”

"하하하. 하여튼 여자들 내숭은 알아줘야 한다니까? 야, 강은빈, 세별이 이 녀석 너 진짜 좋아했어. 그래서 특히 너한테 더 짓궂게 군 거야. 지금도 그 마음이 남아 있는 거 아냐? 쿡!! 어때? 못 이기는 척 이 녀석 마음 받아주지 그래?"

너, 너… 주전자 이 녀석, 너 죽었어!! 여전히 하하 웃으며 말하는 주전자 녀석의 입을 손 닦은 행주로 꽉 막아버리려고 하는데 나직하게 들려오는 은빈의 음성.

"네 녀석은 아직 모르지? 은세별이랑 나… 우리 사…….”

그 순간 느닷없이 아주 요란스고게 방정맞게 벨소리가 울려 퍼졌다. 깜짝 놀라 은빈을 쳐다봤더니 아무렇지 않게 전화를 받는 은빈. 벨소리… 진짜 방정맞고 요란하구나.

"여보세요?"

순간 어찌나 크던지 내 귀에까지 쩌렁쩌렁 울리는 지호의 목소리가 들려온다.

[형! 어디야? 응? 어디야? 우리 애들 다 모였어. 세별이 누나랑 같이 있지? 얼른 여기로 와! 우리가 형이랑 누나 주려고 근사한 선물 준

비했어!!]

근사한 선물? 뭘까? 선물이라는 말에 귀가 솔깃해져서 은빈이의 폰 가까이로 귀를 대는데…….

"알았어."

라는 말과 함께 플립을 탁 닫아버리는 은빈.

"이제 거의 다 먹은 것 같으니까 그만 일어나지. 잘 먹었다, 주전자."

은빈이 폰을 주머니에 넣으며 일어섰다. 아, 아직 남았는데……. 남은 찜닭에 미련이 생겼지만 난 은빈을 따라 일어섰다.

"오늘 만나서 정말 반가웠다. 이제 자주 연락하고 살자! 이렇게 다시 만난 거 보면 인연인 것 같은데."

주전자 녀석, 헤어지는 게 못내 아쉬운 듯…….

"흠흠. 주전자 고마워! 오늘 네 덕분에 포식했다. 다음에는 우리가 사줄게."

"그래! 다음에 보면 주전자 말고 내 이름 불러라. 나 이젠 주전자 아니니까."

"근데… 네 이름이 뭐였지?"

"주해민! 잘 가라."

손을 흔들고는 싱긋 웃으며 등을 돌리는 주전자 녀석 빛나도 손을 흔들며 등을 돌린다. 나란히가 아니라 조금 떨어져서 걷는 두 사람. 둘이 친한 사이 아닌가?

"야, 너 어렸을 때 날 좋이헤서 괴롭혔다는 거 사실이냐?"

느닷없이 은빈이 날 쳐다보며 그렇게 물었다. 헛! 이런…….

"은빈아, 저기 버스 온다! 타자!"

곤란한 질문을 피하기 위한 발언. 위기 모면!

푸른 바다 속을 연상시키는 클럽에 들어온 은빈과 나. 들어가자마자 왁자지껄한 소리가 들려온다. 두리번두리번거리며 지호의 일행을 찾고 있는데, 가운데 테이블에서 신나게 떠들다가 우리를 발견하고 손을 번쩍 치켜 올리는 지호.

"형! 누나! 여기야, 여기!"

뭐가 그렇게 즐거운지 연신 함박웃음을 짓는 지호에게로 다가가는데 갑자기 탁자를 두두두두두! 두드리며 소리치는 지호!

"이 시대 최고의 언밸런스 커플 등장! 자, 박수, 박수!!"

지호의 외침에 앉아 있던 친구들 모두 자지러지게 웃어대며 박수를 쳐댄다. 뭐가 저렇게 웃긴 걸까? 난 하나도 안 웃긴데. 난 가벼운 인사를 하며 자리에 앉았지만, 은빈이 녀석은 언밸런스 커플 어쩌고 저쩌고 하면서 지호의 머리를 콱 쥐어박았다.

"우씨, 왜 때려! 맞는 말이잖아! 솔직히 말해서 두 사람 진짜 언밸런스 커플이야. 냉혈인간 은빈이 형이랑 어리버리 세별이 누나. 말해 놓고 나니까 진짜 안 어울리네. 큭큭!"

냉혈인간? 어리버리? 은빈이랑 내가 그렇게 안 어울리는 커플인가?

"야, 헛소리 말고 선물 준다는 거, 그거나 얼른 내나 봐. 뭐냐?"

은빈이 지호를 향해 물었지만 지호는 고개를 도리도리 내젓고는

활짝 웃는다.

"그건 나중에 줄게! 미리 주면 재미없잖아. 자, 자! 오늘따라 여기 분위기 끝내주네. 사람도 많고. 우리도 놀자, 놀자!"

뭔가 대단히 좋은 일이 있었던 것 같은 지호. 혹시… 세영이랑 화해라도 한 건가? 지호에게 막 물어보려는데 녀석은 내가 물어볼 틈도 주지 않고 과일을 연달아 집어 먹고, 손뼉을 쳐대며 다다다다 수다를 떤다. 분위기는 한참 무르익어 서로서로 이야기꽃을 피우고 있는데, 지호가 너무도 귀여운 표정을 지으며 느닷없이 소리친다.

"우리 게임하자, 게임!"

게임? 난 이제 슬슬 졸리기 시작하는데…….

"자자, 다들 모여봐! 그냥 하면 재미없으니까 벌칙을 주자."

"유치하게 게임은 무슨……."

화장실을 가려는 듯 일어선 은빈이가 말했지만 지호는 더욱더 흥미로운 얼굴로 게임 규칙을 알려주며 우리들을 끌어 모았다. 지호가 설명한 게임은… 난생처음 들어보는 개발바닥 소발바닥 어쩌고 하는 게임. 각자 자신에게 주어진 동물 발바닥을 대고, 상대편 발바닥 이름을 대고, 이렇게 이어지는 거란다. 무슨 소리인지 이해가 가지 않아 어리둥절해 있는데 지호는 바로 게임을 시작해 버린다.

"개발바닥 개발바닥 소발바닥 소발바닥!"

소발바닥이 바로 나다.

"소, 소발바닥 소발바닥… 곰발바닥 곰발바닥."

으아… 무슨 발음이 이리도 꼬이는 거야?

"곰발바닥 곰발바닥 소발바닥 소발바닥!"

"소, 소발바닥 소발바닥 닭발바닥 다, 닭발바닥."

"닭발바닥 닭발바닥 소발바닥 소발바닥!"

"소, 소발바닥 소발바닥 고, 곰발바닥 곰발바닥!"

"곰발바닥 곰발바닥 소발바닥 소발바닥!!"

"소, 소, 소……!"

"푸하하하하하! 세별이 누나 당첨!"

이 나쁜 것들, 일부러 나만……. 뭐가 그리 즐거운지 서로의 얼굴을 바라보며 의미심장한 눈빛을 교환하는 아이들. 그 모습이 사악하기까지 하다.

"자, 누나, 걸렸으니까 벌칙받아야 돼요!"

벌칙. 으으윽… 한숨을 푸욱 내쉬는데 언제 왔는지 내 옆에 털썩 앉으며 내 머리를 툭 치는 은빈이 녀석.

"왜 그러냐?"

"은빈아, 나 벌칙 걸렸어."

"바보 기집애."

은빈의 말에 더 더욱 크게 한숨을 푸욱 내쉬는데 마치 말을 맞춘 듯 느닷없이 소리치는 아이들!

"누나! 형한테 뽀뽀해요! 뽀뽀!"

캑! 뽀뽀… 뽀뽀! 확 달아오른 얼굴로 얼른 은빈을 쳐다봤지만 은빈이 녀석, 탁자 위에 놓인 담배를 주머니에 집어넣으며 무표정. 내가 미치지 않은 이상! 돌지 않은 이상! 저 녀석에게 뽀뽀라는 것을 할 수 없음은 당연지사. 난 고개를 세차게 저으며 손을 내둘렀고 아이들은 그런 나를 보며 큰 소리로 야유하기 시작한다.

"에이, 그런 게 어딨어?! 걸렸으면 당연히 벌칙을 받아야지! 안 돼요, 절대 안 돼요!"

아이들의 야유에 주위에 앉아 있던 사람들이 우리에게 시선을 집중하기 시작한다.

"모, 못해! 어떻게 해! 다른 다른 벌칙 할게. 응? 그거 빼고 다른 거 다 할게!"

"그럼 저 무대 위에 올라가서 섹시 댄스 춰봐요!"

엉엉엉.

"해요! 얼른! 얼른!"

지호의 외침에 힘을 얻은 듯한 아이들. 날 은빈에게로 떠밀기 시작한다. 안 돼! 안 돼!

"안 돼! 밀지 마, 제발! 밀지 마! 안 돼!"

그러나 무지막지하게 내 등을 팍!! 은빈에게로 밀어버리는 아이들! 등을 확 떠밀리며 은빈의 얼굴이 바로 코앞에 왔다고 느끼는 바로 그 순간,

"쪽!"

쪽? 으… 아… 아…!! 은세별, 한국 온 지 한 달도 안 돼서 초강력 민망 사고치다!!

이별의 예감 '위험한 고백'

제9장 이별의 예감
위험한 고백

"엉엉엉……."

"아우 씨, 그만 해라."

"우어어어어어어어……."

"그만… 하라고… 했다."

"엉엉엉……. 엉엉……."

"아씨, 야! 그만 하라고!! 그만 징징대!!"

"그치만 창피한 걸 어떡해! 그 사람들 많은데… 사람들 다 쳐다보는데……. 으아아아……. 정말… 정말… 아아아아앙……."

아직도 불덩이에 데인 듯 뜨겁게 달아오르는 입술을 쓱쓱 문지르며 난 울부짖고 있었다. 거리를 지나가는 사람들 구경거리라도 발견한 듯 날 쳐다보지만 그런 시선들은 눈에 들어오지도 않았다. 그저 자꾸만 뭔가 엄청난 짓을 저질렀다는 생각만 머리 속을 사정없이 쑤셔댄다.

"참나, 야, 그렇게 더럽냐? 네 깨끗한 입이 내 입술에 닿아서 더러워 미치겠냐?"

나도 모르게 무의식적으로 입술을 벅벅 문질러대는데 그런 나에게 화난 듯한 말투로 소리치는 녀석.

"누가 더럽대? 그냥… 그냥 창피하니까 그렇지! 너도 생각해 봐! 너 같으면 안 창피하겠니?"

"이게 근데… 네가 뭘 잘했다고 소리쳐, 지금! 무턱대고 자기가 덮쳐 놓고. 나는 왜 떠미는 건데! 진짜……."

은빈의 말에 아까 너무 놀란 나머지 무턱대고 은빈을 밀어버린 게 생각났다. 내가 너무 세게 떠밀어서 그대로 뒤로 자빠져 버렸다지.

"그건… 그건 너무 놀라서……. 미안해. 아무튼! 내가 뽀뽀한 거 아니다! 절대 아니다! 애들이 떠밀어서 그런 거야!"

"누가 뭐래냐?"

날 슬쩍 노려보며 앞서 걸어가기 시작하는 은빈.

그래, 너도 내 기습 뽀뽀로 가히 기분이 좋지는 않을 것이다. 하지만 이건 모두 그 나쁜 녀석들 때문이야! 어쩔 줄 몰라 하며 클럽을 뛰쳐나가려고 하는 나를 말리면서도 쉴 새 없이 웃어대던 지호의 얄미운 얼굴이 떠오른다. 아아아… 얄미운 지호.

터벅터벅 걸어서 어느새 집 앞에 도착한 우리. 하도 문질러서 쓰라린 입술을 가만히 매만지는데 고개를 돌리지도 않고 자기 집 대문 앞에 서는 은빈.

"지호 자식이 준 거 풀어봐. 그리고 아까 일 신경 쓰지 마라. 네가 그렇게 기분 더럽다면 없었던 일로 해줄 테니까. 들어가라."

왜 저런 목소리를 내는 걸까? 기분 푸욱 가라앉은 목소리를…….

"으, 은빈아."

"왜?"

대문을 열며 여전히 고개를 돌리지 않고 대꾸하는 은빈. 화났나 보네.

"이거 선물… 같이 풀어보자구…….''

"됐어, 너 가져."

"왜, 왜 그래? 내가 뭐 잘못한 거야?"

내 소심한 목소리에 아무 말 없이 고개를 돌려 날 쳐다보는 은빈. 녀석의 눈과 눈이 마주치는 순간 이유없이 가슴이 움찔했다.

"너 같으면 기분 좋겠냐? 명색이 사귀는 사인데 그깟 뽀뽀 한 번 했다고, 진짜 키스도 아니고 뽀뽀 한 번 했다고 그렇게나 싫은 티 팍팍 내고 징징대는데 너 같으면 기분 좋겠냐고."

은빈의 말을 듣고 보니 필요 이상으로 오버하며 징징대던 내 모습이 우스워진다. 그래, 우린 사귀는 사이였지. 사귄다면 뽀뽀 정도는? 하지만 그 사람들 많은 데서 내가 원해서 한 것도 아니고 떠밀려서 한 건데.

"싫어서 그런 게 아니라 창피해서 그런 거야. 거기 사람들도 되게 많았잖아. 창피해서 그랬어."

그러니까 그런 화난 표정 짓지 말아라, 이 녀석아. 내 말에 무표정으로 날 가만히 바라보다가 풋 웃는 녀석. 어색하게 서 있는 나에게 천천히 다가온다.

"사람들 많아서 창피해서 그랬다고? 그럼 사람들 없는 데서 하면 하나도 안 창피하겠네."

엥? 뭐, 뭐야? 흠칫 놀라 은빈을 올려다봤지만 이젠 화가 풀린 듯 입가에 잔잔한 미소까지 띠우는 은빈이 녀석.

"자, 봐라. 여기 사람들 아무도 없다."

은빈이 녀석이 내 머리를 잡고 이쪽저쪽으로 돌려주며 말한다. 까맣게 어둠이 내려앉은 골목. 희미한 가로등 불만 골목 입구를 비출 뿐 사람이라곤 보이지 않는다.

"해도 되지?"

"뭐, 뭘?"

진지하고도 의미심장한 눈빛의 은빈을 보며 물었지만 녀석은 대답하지 않고 내 눈만 뚫어져라 쳐다본다. 설마… 지금… 지금? 나도 모르게 두근두근대는 심장 소리가 귀에 거슬릴 정도로 크게 들려오는데 손으로 내 눈을 억지로 감기는 녀석.

"눈 감아. 눈뜨지 마."

허억! 눈을 뜨고 싶었지만 어찌 된 일인지 더 꼬옥 감겨지는 내 눈. 두 손을 하도 꽉 쥐어서 땀까지 흥건히 배어오고 심장 소리는 더 크게 들리고 다리까지 후들거리는데, 그런 내 이마에 살짝 닿는 은빈의 입술. 살며시 눈을 떠보니 은빈이 입가에 희미한 미소를 띠며 날 바라보고 있었다. 아직도 온기가 남아 있는 이마에 나도 모르게 손을 올리는데 느닷없이 뒤에서 들려오는 목소리.

"어머나!! 세별이! 너어!"

뒤에서 들려오는 무지무지 익숙한 음성!! 난 불안한 마음으로 조심스럽게 뒤를 돌아보았다. 그리고 정통으로 마주쳐 버린 엄마의 눈!

"앗! 어, 어, 엄마!!"

너무 놀라 말도 제대로 나오지 않는데 엄마가 어둠 속에서 천천히 다가오기 시작한다.

"너희들, 지금 무슨 짓 했니?"

조용하지만 왠지 모르게 강하게 들려오는 엄마의 음성에 난 나도 모르게 덜컹 가슴이 내려앉았다. 봐, 봤나 봐. 봤을 거야. 이를 어째? 쿵쾅쿵쾅거리는 심장 소리를 간신히 억누르며 은빈을 돌아보니 천하태평 무표정.

"어, 엄마… 그게, 음……."

굳은 엄마의 얼굴을 보며 어떻게든 핑곗거리를 찾아 안 돌아가는 머리를 데굴데굴 굴리는데 느닷없이 아무렇지 않게 툭 내뱉는 은빈.

"아줌마, 우리 사귀는데요."

헉!! 은빈이 녀석의 말에 할 말을 잃어버리고 사아아악 굳어지기 시작하는 내 몸.

"어머나, 은빈이 너 지금 뭐라고?"

"사귀는 사이에 뽀뽀 정도는 할 수 있는 거 아닌가요? 그럼 전 이만 들어가 볼게요."

그렇게 제 할 말만 버릇없게 내뱉고는 집으로 쑥 들어가 버리는 은빈. 나쁜 녀석. 나보고 어떻게 수습하라고 저런 엄청난 말을 내뱉고 가는 거야!! 나는… 죽었다. 부들부들 떨리는 다리를 간신히 가누며 엄마에게 변명이라도 하기 위해 엄마의 눈치를 보는데 그런 나를 뒤로 쓰러져 버리게 만드는 엄마의 말이 들려온다.

"어쩜, 저 녀석 무지 박력있네. 호호호."

윽! 지금… 지금 박력이라고 말씀하셨나요? 엄마의 눈에는 저 녀석의 건방짐이 박력으로 보이신단 말씀입니까? 할 말을 잃고 멍하니 엄마를 쳐다보는데 은빈이 녀석의 말투를 흉내 내며 웃기 시작하는 엄마.

"사귀는 사이에 뽀뽀 정도는 할 수 있는 거 아닌가요? 호호호!"

"엄마."

"이것이… 저 녀석이랑 사귀는 거 왜 숨겼니? 언제부터야? 엄마한테 말하면 엄마가 잡아먹기라도 한대?"

"응, 그게… 말하려고 했는데… 그게……."

"그것 봐라. 저 녀석 너한테 관심있다고 엄마가 그랬잖아. 엄마가 눈치 하나는 백 단이라니까. 호호. 아이구, 우리 딸 다 컸네. 남자 친구까지 사귀고……."

"엄마."

따끔하게 혼날 것을 각오했던 나에게 환한 미소를 보여주는 엄마. 그런 엄마가 너무 고마워서 엄마의 팔에 매달리려던 나는 엄마의 손에 들려 있는 약봉지를 보고 동작을 멈췄다.

"엄마, 이거 뭐야? 어디 아파?"

"응, 요즘에 자꾸 머리가 아파서……. 청소하다가 머리가 너무 아파서 약 사러 나갔다 오는 길이다. 어머, 너 왜 그런 눈으로 쳐다보는 거야? 그냥 머리 좀 아픈 것뿐이야. 얘, 들어가자."

싱긋 웃으며 내 팔을 잡아끄는 엄마. 설악산 갔다 온 날도 머리가 아프다고 누워 계셨었지? 단순히 머리가 아픈 거라면 다행이지만. 엄마, 요새 머리 너무 자주 아픈 거 아니야?

불안한 마음에 새벽 내내 잠을 설치고 아침에 겨우 일어난 나. 아침도 거르고 대문을 나서니 은빈이 대문에 앉아 날 기다리고 있었다. 녀석과 함께 학교로 향하는 길. 난 어제 지호의 선물이 생각나서 은빈을 쳐다보며 천천히 입을 열었다.

"은빈아, 지호가 어제 선물한 거 말이야."

"어, 그거 뭐냐?"

"음… 그게……."

"뭔데?"

"디자인은 똑같고 색깔만 다른 남방이랑 그리고 음… 역시 디자인은 똑같고 색깔만 다른……."

"다른 뭐?"

"팬티야."

"이런 미친놈!"

지호의 선물은 남방과 속옷. 남방은 참 예쁘고 맘에 들었지만 속옷은… 속옷은… 참으로 민망하다. 역시나 지호 녀석, 너무 짓궂다.

"어, 어떡하지?"

"어떡하긴 뭘 어떡해? 입어야지. 내 꺼 갖고 와라."

"정말 입을 거야?"

"그럼 정말 입지, 가짜로 입냐?"

아무렇지 않게 말하는 녀석. 말은 저렇게 하지만 저 녀석도 속으로는 민망할 거야. 너나 입어라. 난 안 입으련다. 네 녀석과 같은 디자인의 속옷을 입고 있다는 상상만 해도 온몸에 닭살이 엄습해 온다. 그런 생각을 하며 교실로 들어서는데 우리가 들어선 순간 무언가 활기차게 재잘대다가 뚝 이야기를 그치는 아이들. 음, 뭐야, 이 분위기는? 심상치 않은 분위기에 어깨를 으쓱 하며 내 자리에 앉는데 노골적으로 들려오는 아이들의 목소리.

"쟤랑 은빈이랑 사귄다며?"

"그럼 왕빛나는 뭐야? 저번에 왕빛나 매점에서 쓰러졌을 때 은빈이가 업고 가던데."

"그럼 양다리인가?"

소곤소곤 적나라하게 들려오는 얘기 소리에 경직돼서 은빈을 쳐다보니 녀석은 아무렇지도 않은 표정으로 책상 서랍에서 책을 꺼내고 있었다. 어쩐지 묘하게 웃고 있는 것 같은 빛나. 그 얼굴을 보며 자리에 앉는데 옆에서 책을 읽고 있던 세영이가 조용한 목소리로 말한다.

"쟤 말이야, 뭔가 냄새가 나는 것 같으니까 가까이 하지 않는 게 좋을 것 같다."

느닷없는 세영의 말에 고개를 돌려 쳐다보니 세영의 눈은 머리를 가지런히 뒤로 넘기며 웃고 있는 빛나를 향해 있었다.

"무슨 냄새? 향기만 나는데……."

"어쩐지 느낌이 좋지 않은 애야. 너무 다가서고 너무 마음주지 말라고."

진지하게 들려오는 세영의 말. 아닌데… 빛나는 솔직한 자기 성격도 시인했고, 내가 보기에는 털털하고 시원시원한 성격의 착한 애 같은데…….

"자칫 잘못하면 네 남자 친구 뺏길 수도 있다고. 훗!"

"뭐?"

"아직 제대로 데이트 한 번 못해봤을 텐데, 다른 여자한테 뺏기면 너무 속상하지 않겠냐?"

"세영아, 그게 무슨 말이니?"

"은빈이 녀석 믿어. 무조건 믿어줘. 도저히 저 녀석을 이해할 수 없는 상황이 온다고 해도 저 녀석이 믿어달라면… 믿어줘."

도대체 무슨 소리를 하는 거야, 세영아? 도무지 이해가 가지 않아 머리 속이 핑글핑글 돌아가기 시작하는데,

"나중에 내가 한 말이 무슨 뜻인지 알게 되면, 그래서 나에게 작은 고마움이라도 느끼게 된다면… 내 부탁 하나만 들어줄래?"

"부탁?"

"그래, 부탁."

"무슨 부탁? 무슨 부탁인데? 말해 봐. 내가 들어줄 수 있는 거면

들어줄게."

"쿡. 지금 말고 나중에… 나중에 말야."

그렇게 중얼거리곤 싱긋 웃으며 다시 책으로 시선을 돌리는 세영. 언제나 느끼는 거지만 세영과 얘기를 할 때면 편안하면서도 아리송한 느낌이 든다. 언뜻 내가 이해할 수 없는 말을 하고는 말없이 싱긋 웃던 세영. 나와는 확연하게 차이나는 상당히 성숙한 생각을 늘 품고 사는 듯한 세영.

점심 시간. 만두를 무지무지 좋아하는 빛나의 손에 이끌려 매점에 끌려가 만두를 네 접시나 헤치운 우리. 매점 안에 있는 아이들 모두 입을 크게 벌리며 우릴 쳐다봤지만, 먹는 거 하나만큼은 빠지지 않는 나와 만두를 무지 좋아하는 빛나는 그런 시선들은 신경 쓰지 않고 만두 먹기에만 바빴다.

"와~ 잘 먹었다. 정말 매점 만두는 먹어도 먹어도 질리지가 않는다니까. 아줌마한테 만두 맛있게 만드는 비법 같은 거 물어볼까?"

만두를 정말 맛있게 먹은 듯 입가에 흐뭇한 미소까지 지으며 매점을 나서는 빛나. 만두를 정말 좋아하는구나.

"흐음, 근데 세별아, 나 뭐 한 가지 물어보자."

"응, 뭔데?"

"네가 생각하기에 은빈이 모델로서 어떨 것 같니? 은빈이 모델 하면 정말 성공할 것 같지 않아?"

"음, 글쎄… 내 생각엔 별로."

별로가 아니라 매우! 매우! 안 어울릴 것 같은데……. 은빈의 성격상 모델이라는 직업을 멋지게 소화해 낼 수는 없을 듯.

"풋! 너 은빈이 어렸을 때부터 친구 맞니? 은빈이에 대해서 너무 모르는 것 같아. 걔의 숨은 매력, 모르지?"

"숨은 매력이라니?"

물론 그런 거 알 리 없다. 어렸을 때의 악연, 그리고 10년 간의 공백. 지금 이렇게 다시 만나서 인연을 맺고 있지만 저 녀석의 많은 부분을 내가 알 리 없다. 저 녀석의 숨은 매력은 더 더욱 알 리 없겠지. 앗! 정말 생각해 보니 저 녀석에 대해 아는 게 별로 없구나. 무엇을 좋아하는지, 무슨 음식을 좋아하는지, 또 어떤 걸 싫어하는지, 취미는 무엇인지, 무슨 말을 들었을 때 기분이 가장 좋은지. 하나도… 하나도… 어느 것 하나도 제대로 아는 게 없다. 하지만 그건 저 녀석도 마찬가지 아니야? 우린 서로에 대해 아는 게 별로 없구나. 그런데 서로에 대해 아는 것도 별로 없는 우리가 지금 사귀고 있다. 사귄다는 게 이런 건가? 왠지 문득 우습다는 생각이 든다.

"서로 사귄다는 것의 의미를 알고 있니? 사귄다는 건… 서로에 대한 맹세인 동시에 권리야. 서로 모든 것을 알아주고 이해할 것을 맹세하는 것. 그리고 동시에 서로의 많은 부분을 알 권리가 있는 것. 이를 테면… 사귄다는 건 사랑이라는 관심에서 출발한 서로가 서로를 조금씩 알아가면서 서로의 모든 것을 알고 이해해 주고, 단점까지도 사랑해 줄 것을 맹세하는… 세상에서 가장 위대한 약속이랄까?"

어렴풋이 떠오르는… 예전에 무심코 펼쳐 들었던 어느 책에서 읽었던 구절. 약속… 세상에서 가장 위대한 약속. 서로에 대해 많은 걸 알아갈 것을 다짐하는 약속. 생각해 보지 않았던 무심했던 어느 한 부분이 머리 속에서 강하게 일어서며 신선한 충격을 준다. 그런데 아직 그런 생각보단 내가 과연 진심으로 은빈이 녀석을 좋아하고 있느냐에 대한 의문이 더 강한걸. 특별히 녀석이 싫지도, 그렇다고 무지무지 좋지도 않은 것 같은데. 아냐, 어제 녀석이 내 이마에 입술을 댔을 땐 정말 심장이 터져 버리는 줄 알았어. 단순히 남자여서 그런 건 아닐 거야. 미국에서 살 때, 이웃집 오빠가 장난 삼아 내 이마에 입을 맞췄을 땐 그런 느낌이 들지 않았단 말이야. 이런 느낌이… 좋아… 한다는 건가?
"야, 은세별! 너 내 말 듣고 있는 거야?"
생각에 잠겨 있던 나는 빛나의 외침에 퍼뜩 정신을 차렸다.
"어어어! 어."
"얘가 갑자기 왜 이래? 정신 나간 사람처럼……."
"어? 아무것도 아니야."
살짝 웃어 보이고 함께 건물 모퉁이를 도는데, 전화가 왔는지 폰을 귀에 갖다 대는 빛나.
"여보세요? 어, 잠깐만."
빛나는 나를 슬쩍 보더니, 잠깐만이라는 손짓을 해 보이며 모퉁이를 돌아 사라진다. 무슨 전화지? 표정이 별로 안 좋아 보이는데…….
멀어져 가는 빛나의 뒷모습을 물끄러미 바라보고 있는데 뒤에서 익숙한 음성이 들려온다.

"여기서 혼자 뭐 하냐?"

고개를 돌려보니 은빈이 녀석이 날 내려다보고 있었다.

"어, 빛나랑 점심 먹고 오는 길인데."

"따라와 봐."

"어디 가는데?"

그러나 내 말에는 대답도 안 하고 앞서서 휘적휘적 걸어가기 시작하는 녀석. 그런 녀석을 따라 낡은 회색 빛 작은 건물을 돌아가 보니 예쁘고 화사한 화단과 벤치들이 보였다. 그 앞으로는 비록 철조망이 가려져 있긴 하지만, 철조망 너머로 푸르디푸른 커다란 산과 그 산봉우리에 걸려 있는 솜사탕 같은 구름이 보인다. 예쁘다. 우리 학교에 이런 곳도 있었나? 저렇게 멋진 풍경을 볼 수 있는 이런 곳도 있었구나. 놀라움에 멍하니 그 멋진 풍경을 바라보는데 벤치에 털썩 앉으며 입을 여는 은빈.

"학교는 싫지만 이곳은 좋아."

"멋지다."

연신 감탄을 하며 은빈의 옆에 나란히 앉았다. 오후의 따뜻한 햇살, 어디서 부는지 모를 시원한 바람, 예쁜 풍경과 아늑한 벤치. 그야말로 이 곳은 마음이 울적하거나 답답할 때 머리를 식히기에 더할 나위 없이 좋은 곳인 것 같다.

"여기는 앉아서 풍경을 보거나 쉬어가는 곳이기도 하지만 특별한 장소이기도 해."

"특별한 장소?"

"저기 커다란 나무 보이지?"

은빈이 손으로 가리키는 곳을 바라보니 화단 너머로 커다란 나무가 한 그루 서 있었다.

"저 나무가 고백의 나무인데, 저 나무 아래서 여자가 남자에게 고백을 하고 그 마음을 남자가 받아들이면 둘의 사랑은 영원히 이루어진대."

조용하고도 아늑한 목소리로 중얼거리는 은빈. 녀석이 이렇게 조용하고 따뜻하게 이야기하는 건 처음이라 난 새삼 신기한 눈으로 은빈과 나무를 번갈아 보고 있었다.

"나한테도… 그런 날이 올까?"

속삭이는 듯 들려오는 녀석의 목소리. 녀석이 하는 말뜻을 알아차린 나는 문득 아까 머리 속으로 생각했던 것들을 천천히 이야기하기 시작했다.

"생각해 봤는데 너에 대해서 아는 게 너무 없는 것 같아. 네가 무얼 좋아하는지, 무얼 싫어하는지, 취미나 네 취향 같은 거 말야."

"나도 너에 대해서 아는 거 없어."

윽! 자랑이냐?

"그래서 사귀는 거 아니겠냐? 좋아하면 좋아하는 사람에 대해 알고 싶어지는 게 당연하잖아. 사귄다는 의미가 뭔데, 서로가 서로를 천천히 알아가는 거 아니겠냐?"

"그래."

"앞으로 나가는 건 바라지도 않을 테니까 그 자리에서 더 뒤로 물러서지나 마."

은빈은 그렇게 얘기하고는 가볍게 벤치에서 일어섰다. 그리고 잠시 무언가를 생각하는 듯하더니 다시 중얼거린다.

"아니, 지금 네가 서 있는 자리에서 조금씩 나한테 가까워졌으면 좋겠다."

녀석의 진지한 음성.

"은세별, 저기 저 산을 바라보면서 앞으로 나한테 어떻게 해야 될 것인가… 고민 좀 해봐라."

"어떻게 하다니 뭘?"

"넌 너무 애교가 없어."

"애교?"

"너 스스로 애교 빵점이라고 생각하지 않냐?"

"글쎄."

"글쎄는 무슨. 거기 앉아서 스스로 고민 좀 해봐. 앞으로 어떻게 애교 떨 건지."

은빈은 그렇게 말하고는 황당한 얼굴로 앉아 있는 날 남겨두고 휘적휘적 걸어가 사라져 버렸다. 내참… 황당한 녀석. 갑자기 웬 애교야? 어이가 없어서 하하 웃음이 나오는데 갑자기 뒤에서 바스락거리는 소리가 들려온다. 그 소리에 깜짝 놀라 뒤돌아보니, 지호가 언제 왔는지 능글능글한 웃음을 지으며 이쪽으로 오고 있었다.

"어? 지호야, 언제 왔어?"

"아까요. 형이랑 누나랑 하는 얘기 다 들었어요."

"음, 그래? 하하."

"푸후훗! 형 말대로 누나는 애교가 너무 부족해."

지호는 생글생글 웃으며 내 옆에 나란히 앉았다. 그리고는 여전히 웃는 얼굴로 입을 연다.

"뒤에서 듣고 있자니 은빈이 형 아주 애가 타네요, 애가 타. 큭큭! 누나, 사귀는 사이면 좀 애교도 떨고, 낯간지러운 말도 속삭이고 그래봐요. 그러는 게 사귀는 거지. 누난 순전히……."

"순전히?"

"애잖아요."

"뭐?"

내가 애라니? 난 파릇파릇한 열여덟 청소년이란 말이야!! 멍하니 지호를 쳐다보니 지호가 내 어깨를 툭 치며 다시 말을 잇는다.

"세상 어디에도 형이랑 누나 같은 커플은 없다구요. 제대로 된 데이트 한 번 해본 적 있어요?"

물론…….

"아, 아니."

"그럴 줄 알았어. 이번 주말에 둘이 놀이 동산이라도 놀러갔다 와요."

"놀이동산? 나… 놀이기구 못 타. 고소공포증에 어지럼증까지 있단 말야."

참 대단하지. 길치에 고소공포증에 어지럼증에… 이상하고 나쁜 건 다 갖고 있는 나.

"그런 건 타다 보면 자연스레 없어지기 마련이에요. 아참, 그건 그렇고… 누나 은빈이 형 생일 때 선물도 안 해줬죠?"

"으응, 당일에 알았기 때문에… 당연히……."

"앞으로 백 일도 있고 그러니 아무튼 은빈이 형을 위한 선물을 준비하는 게 어때요?"

"선물?"

생각해 보니 그렇다. 저번에 은빈이가 자신의 폰을 주었을 때 나도 뭔가 선물을 해야지 생각하긴 했지만, 생각만 하고 그냥 넘어갔었지. 그리고 은빈이 생일도 있었고… 흐음, 지호 말대로 작은 선물이라도 준비할까?

"만들어진 거 아무거나 사서 주는 것보단 정성이 들어간 게 좋아요. 예를 들어 직접 수놓은 자수라든지, 목도리, 스웨터… 아, 그래, 그게 좋겠다! 스웨터!! 누나 스웨터 뜰 줄 알아요?"

당연히……!

"그런 거 뜰 줄 모르는데?"

"그럼 배워서 스웨터 떠요. 흠, 아무래도 그게 제일 좋을 것 같아. 와~ 누나가 직접 스웨터 떠서 주면 은빈이 형 진짜 좋아하겠다."

"진짜 좋아할까?"

"당연하죠!! 아무튼 누나는 나한테 고마워해야 돼! 이렇게 선물 뭐 해줄지 일일이 설명해 주지, 그리고 하하, 내 덕분에 형한테 뽀뽀도 했지~"

앗!! 지호의 말에 머리 속에 파노라마처럼 펼쳐지는 어제의 그 장면. 생각만 해도 얼굴이 화끈 달아오른다.

"너 땜에… 너 땜에!! 어제 창피해 죽는 줄 알았잖아! 그리고 그 민망한 속옷은 뭐야! 지호, 너 진짜!"

"에이~ 좋았으면서!! 그리고 커플 속옷은 꼭 입어야 돼요!! 풋!"

얄미운 얼굴로 하하 웃으며 연신 나를 놀려대는 지호의 팔을 한 대 퍽 쳐주려는데 하하 웃던 지호의 얼굴, 순간 표정이 싸악 변한다. 왜 그러지?

"교무실 잠깐 들르느라 늦었어. 미안하다."

뒤에서 들려오는 목소리. 이 목소리는? 뒤를 돌아보니 나의 예상대로 세영이가 서 있었다.

"누나, 알았죠? 오늘 집에 가는 길에 스웨터 실도 사고 아줌마한테 뜨는 방법도 물어봐서 꼬옥 시작해요!"

"어? 응……."

내 대답을 듣고 싱긋 웃으며 일어나는 지호. 그리곤 내게 미소를 보이며 등을 돌리는 세영과 함께 건물 모퉁이로 사라진다. 닮았다, 둘의 뒷모습. 너희들은 인정하기 싫겠지만… 닮았어. 너희는 형제니까. 멀어져 가는 둘의 뒷모습을 보고 있노라니 카페에서 나누던 그들의 얘기가 떠올랐다. 절대로 세영을 용서하지 않을 거라고 생각했던 지호, 하지만 흔들리고 있다. 그리고 어쩌면 세영을 용서할 수 있을지도 모른다는 생각도 들었다. 그래, 피는 물보다 진한 거야. 잘됐으면 좋겠다. 하루 빨리 너희 둘이 서로 마주 보고 웃을 수 있는 날이 왔으면 좋겠다. 마음속으로 그들의 행복을 가만히 빌어보는데 주머니 속에서 갑자기 부르르 진동해 대는 핸드폰! 난 얼른 폰을 꺼내 플립을 열었다.

"여보세요?"

[세별이니? 엄마다. 지금 점심 시간 맞지?]

"어? 엄마, 웬일이야?"

느닷없는 엄마의 전화에 놀랐다.

[어, 오늘 부산 사는 이모 올라오니까 학교 끝나자마자 바로 집으로 오라고, 어디 가지 말고. 알았지?]

"이모?"

이모라니, 웬 이모? 나에게 이모가 있었던가?

"엄마, 무슨 이모? 우리 이모 없잖아."

[어머, 얘 좀 봐. 이모가 왜 없어? 너 어렸을 때 봐서 기억 안 나는구나? 왜 우리 집 올 때마다 커다란 과일 바구니에 너 좋아하는 케이크 사가지고 오던 이모 있잖아!]

엄마의 말에 순간 퍼뜩 생각나는 사람! 아아, 생각났다! 옛날 이곳에 살았을 때, 인촌인가, 인천인가 아무튼 거기 살던 이모. 가끔씩 우리 집에 올 때 엄청 큰 과일 바구니랑 케이크 사왔었지! 정말 세련되고 예뻤었는데……. 말투도 곱고 예뻤던 이모는 내 어린 시절 기억 속에 아주 좋은 사람으로 남아 있다.

"아아! 생각났어, 엄마. 그 인천 이모? 근데 부산이라니? 이사 갔대? 부산이 어디야?"

[얼마 전에 이사 갔다더라. 엄마 한국 오면 언제 한 번 온다고 하더니, 오늘 온다네. 아무튼 학교 끝나고 바로 와. 알았지?]

"으응! 알았어! 근데 엄마, 이번에 올 때도 케이크 사온대?"

[하여튼 먹는 거라면… 사올지도 모르니까 일찍 와라. 호호.]

"알았어!"

가슴이 두근두근. 어렸을 때 봤던 예쁜 이모를 10년 만에 다시 만난다고 생각하니 가슴이 막 떨린다. 얼마나 변했을까? 여전히 예쁘실까?

설레는 마음으로 남은 시간을 보내고 드디어 방과 후! 난 은빈에게 어디 들를 데가 있다며 적당히 핑계를 대고 집에 오는 길에 황실자수라는 가게에 들러 스웨터 뜰 실을 샀다. 이왕 선물 줄 거, 몰래 떠서 깜짝 선물로 주는 게 좋겠지? 흐흐. 실도 사고, 주인 아줌마한테 스웨터 뜨는 방법을 무려 1시간 반에 걸쳐 배우고 집으로 돌아왔다.

현관문을 여는데 두근두근 떨리는 내 마음.

"엄마!"

현관문을 열며 힘차게 소리를 지르던 나는 흠칫 놀라 그 자리에 굳어졌다. 거실 소파에 앉아서 엄마와 얘기를 나누며 커피를 마시고 있는 여자. 좀 변하긴 했지만 분명히 이모야! 그런데 머리가… 뽀글뽀글 파마 머리!!

"어머나, 이게 누구야? 세별아!"

이모는 현관까지 달려와서 멍하니 서 있는 나를 와락 끌어안았다.

"캑! 이모……."

"어머어머, 기집애. 정말 세별이 맞니? 어렸을 땐 그렇게 사내아이 같더니 이젠 완전 숙녀네, 숙녀. 어쩜 너무 귀엽다!"

내 볼을 부비적부비적 쓰다듬으며 싱글벙글 웃는 이모. 앗, 눈가에 주름이… 이모도 늙었구나.

"이모, 이모! 케이크 사왔어? 응?"

"아이고, 이 기집애 여전하네! 어렸을 때도 이모만 오면 인사도 하기 전에 케이크부터 물어보더니. 호호호. 자, 봐라. 이모가 생크림 케이크 두 개나 사왔다."

"이모 최고야!!"

나의 외침에 혀를 차시며 중얼거리는 엄마.

"아이고, 아이고, 저 철없는 기집애."

하지만 난 엄마의 말에 아랑곳하지 않고 바로 케이크 파티를 벌였다.

엄마와 이모, 그리고 나, 이렇게 셋이 그동안 못다 한 얘기를 나누며 수다를 떤 지도 어언 세 시간. 졸음이 몰려오기 시작한 나는 내 방으로 올라왔다. 책상에 올려져 있는 실 봉지를 보는 순간 퍼뜩 생각난 스웨터. 아, 아줌마한테 배우긴 했는데 까먹었음 어쩌지? 해볼까? 실을 꺼내 길쭉한 나무젓가락 두 개로 실을 엮어 아줌마가 알려준 대로 이리저리 꼬아보는데. 흠, 이게 맞나? 아닌가? 아닌 것 같다. 자르고 다시 해야지. 가위, 가위가 어디 있지? 가위를 찾기 위해 서랍을 뒤지던 내 손에 잡힌 두꺼운 종이. 음? 뭐지? 꺼내보니 신문이었다, 스포츠 신문. 아아, 그래. 주전자 녀석이 실렸던 그 스포츠 신문. 도

무지 누군지 생각이 나지 않아 나중에 다시 보려고 넣어뒀던 건데……. 신문을 펼쳐서 주전자 사진을 다시 보았다. 아무리 보아도 정말 어렸을 때랑 절대 매치가 안 된다. 이 날카로우면서도 섬세한 선, 오뚝한 코, 어딘가 모르게 풍기는 도도한 분위기까지……. 어렸을 때의 주전자 녀석은 절대 이런 분위기를 풍기지 않았었단 말이지. 확실히 세월은 사람을 변하게 하는구나. 하지만 선량함과 강인함이 동시에 깃들어 있는 듯한 눈은 어렸을 때랑 똑같다. 하는 짓은 못됐어도 눈빛과 눈매만큼은 참 예뻤었는데. 어찌 됐든 너무나 멋있어졌다, 이 녀석.

멍하니 사진을 뚫어져라 쳐다보고 있는데 그런 내 귀에 톡톡 무언가 창문을 두드리는 소리가 들렸다. 어? 혹시 은빈이 녀석인가? 얼른 고개를 돌려보니 아니었다. 은빈이 녀석의 방과 통하는 창문은 서향 창문이었는데, 톡톡 무언가가 두드리는 소리는 남향창문에서 들려온다. 뭐지? 창문을 드르륵 열어보니, 헉!! 주전자 녀석이 나를 올려다보고 있었다. 손에는 작은 돌멩이를 들고 던지려는 듯한 포즈로…….

"어! 주전자, 너 여기 웬일이야?"

"놀러왔다! 하하. 나 옛날 살던 동네가 궁금해서 참을 수가 있어야지. 마침 너도 한국에 왔고 오랜만에 동네 구경도 할 겸 이렇게 놀러왔다."

흠, 그래. 주전자 녀석은 나 미국 가고 1년쯤 후에 다른 동네로 이사 갔다고 했었지? 하긴, 저 녀석도 이 동네가 오랜만이겠구나.

"그런데 왜 이 밤중에 온 거야? 오려면 낮에나 오지."

"어! 내가 온 게 반갑지 않은 모양이네! 나 그냥 갈까?"

"아니, 그건 아니고 워낙 시간이 늦었다 보니……."

"잠깐 나와라, 응?"

야구 모자를 써서 눈은 잘 보이지 않았지만 왠지 즐거운 눈을 하고 있는 것 같다, 저 녀석. 흠, 그러고 보니 멋진 캐주얼 복장이네. 잘 어울리는군. 난 츄리닝 차림으로 그냥 나갔다. 츄리닝 앞에 그려져 있는 엽기적인 생김새의 토끼가 좀 신경 쓰이긴 했지만.

어느새 깜깜한 어둠이 내려앉은 집 앞. 주전자 녀석은 멀뚱히 우리 집 창문을 올려다보고 있다가 나를 보고 웃음을 터뜨리기 시작한다.

"풋!! 야, 너 그 츄리닝은 뭐냐? 귀여워서 쓰러지겠다. 하하."

"무슨 상관! 옷만 편하면 되지."

"미국 가더니 더 어려진 거 아냐? 요즘 누가 이런 옷을 입냐? 풋!"

"우씨, 상관 마!"

놀려대는 녀석의 말에 괜스레 신경질이 나서 소리치는데 그런 내 머리를 장난스럽게 툭툭 치며 웃는 녀석. 이러고 있으니까 정말 옛날 생각 나네. 어렸을 때 이 녀석과 나는 참 죽이 잘 맞는 친구였었지. 장난도 많이 치고 싸우기도 참 많이 싸우고 심지어는… 목욕까지 같이 했었지. 풋. 새삼 옛날 생각이 난다.

"야야, 우리 이러고 있으니까 다시 옛날로 돌아간 것 같지 않냐? 그땐 정말 너랑 나랑 제일 친했었는데~"

"그래, 맞아!! 우린 참 좋은 친구였지. 네가 내 골목대장 자리를 뺏으려고 발악하지만 않았어도 우린 더 좋은 친구가 될 수 있었을 거야, 그치? 풋."

"야야, 너 말은 바로 하자. 내가 너 불쌍해서, 너 가여워서 골목대장 자리 그냥 준 거야!"

"웃겨, 웃겨~ 싸움 실력으로도 나한테 밀린 주제에!!"

어느새 잠들어 있던 어렸을 때의 얘기를 꺼내며 흥분하기 시작한 우리. 얼굴에 열까지 올리며 소리치지만… 이렇게 어렸을 때의 얘기를 하고 있자니 새삼 신기하기도 하고 내 앞에 서 있는 이 녀석이 너무 반갑다.

"미국 가서 제대로 못 먹고 자랐냐? 키가 이게 뭐야? 하하하. 내 가슴팍에도 안 오겠네!"

손으로 내 키와 자기 키를 비교해 보며 또다시 놀려대기 시작하는 녀석.

"몸무게는 얼마나 되냐? 키는 작으면서 하도 많이 먹어서 50kg은 넘지? 아니 60kg?"

"야!!"

"하하. 흥분하는 거 보니 정말 60kg까지 나가나 보네? 야, 너 그렇게나 많이 나가냐? 어디 한 번 들어볼까?"

주전자 녀석이 장난스럽게 소리치며 느닷없이 나를 번쩍 들었다. 허어어억!!

"야! 왜 이래!! 이거 놔! 이거 안 놔!!"

"어, 뭐야? 생각보다 가볍잖아."

"너 당장 안 내려놓으면 죽을 줄 알아!"

"죽인다는 사람 하나도 안 무섭다! 하하."

"야!! 너 진짜!"

녀석의 어깨를 밀어내며 어떻게든 땅에 발을 디디려고 버둥버둥 대고 있는데 순간 내 눈에 보이는… 주머니에 손을 찔러 넣은 채, 무심한 표정으로 우릴 바라보고 있는 은빈. 갑작스런 은빈이 녀석의 출현에 몸이 굳어버리고 만 나. 얼른 주전자 녀석의 품에서 빠져나와야 한다는 사실도 잊은 채, 멍하니 은빈을 쳐다보기만 했다. 그런 나와 주전자 녀석을 번갈아 보다가 피식 웃는 은빈. 그리고 이어지는 침묵. 셋 다 손가락 하나도 움직이지 않고 서로를 바라보며 침묵하고 있는데 그런 침묵을 깨뜨린 느닷없는 여자의 목소리.

"어머, 뭐야?"

그제야 난 비로소 아직도 주전자 녀석의 품에 들려 있다는 사실을 깨닫고 미친 듯이 발버둥 치기 시작했다. 주전자 녀석도 좀 놀랐는지 온몸에 힘을 풀고 있었고, 괜히 발버둥 치던 나는 그만 땅바닥에 곤두박질치면서 엉덩이를 쾅!!

"아얏!!"

너무 아파서 일어나는 것도 잊은 채 엉덩이를 문지르다가 문득 고개를 들어보니 아무 표정 없는 얼굴로 주전자 녀석을 쳐다보고 있는 은빈이 눈에 들어왔다. 그리고 그 뒤에 기가 막히다는 표정을 짓고 있는 빛나도…….

"어? 빛나야, 웬일이야?"

천천히 일어나서 엉덩이를 털어내며 빛나를 향해 물었지만 빛나는 아무 말 없이 나와 주전자 녀석을 번갈아 보기만 했다. 아, 이 분위기 뭐야?

"지금 둘이 뭐 하고 있던 거니?"

싸늘하게 들리는 빛나의 목소리. 마찬가지로 차가운 은빈의 얼굴. 뭔가 단단히 오해하고 있는 것 같아서 난 주전자 녀석을 향해 소리쳤다.

"주전자 녀석이 장난친 거야! 그치? 야, 주전자 말 좀 해봐!"

점점 무서운 눈빛으로 변하는 은빈을 쳐다보며 난 주전자를 향해 외쳤지만 주전자 녀석은 그저 은빈을 뚫어지게 쳐다볼 뿐, 아무 말이 없었다.

"야, 너 왜 갑자기 분위기 잡고 그래! 너 때문에 애들이 지금 오해하잖아!"

"나 주전자 아니랬지."

뭐야, 이 망할 녀석? 흥분하면서 소리치고 있는 건 나 혼자였다. 아무 말 없이 주전자 녀석을 응시하고 있는 은빈. 그리고 흥분하는 나와 주전자 녀석을 번갈아 보고 있는 빛나. 엉뚱한 소리만 하는 주전자 녀석.

"웬일이냐?"

침묵을 깬 건 의외의 인물이었다. 은빈이 녀석.

"어, 놀러왔대! 주전자 옛날에 우리 동네에 살았잖아. 그래서 오랜만에 구경할 겸 놀러온 거야!"

"내가 너한테 물어봤냐?"

뭐야, 저 녀석? 내가 대신 말했기로서니 저렇게 무서운 표정 지으면서 말할 것까진 없잖아.

"세별이가 말한 대로야. 오랜만에 동네 구경도 할 겸 놀러왔다."

"놀러왔으면 동네 구경이나 하고 갈 것이지, 저 기집애는 왜 껴안고 생쇼를 하냐?"

아주 조용한 말투였지만 차가움이 물씬 풍기는 말투였다. 나도 이제 조금은 안다. 저 녀석이 저런 말투를 내뱉는 건 이미 화가 나기 시작했다는 의미라는 걸……

"껴안은 거 아니야. 네가 오해하고 있는 거라고."

"조용히 해라. 나 너하고 말하고 있는 거 아니다."

은빈은 여전히 차가운 말투로 그렇게 말했고 그 차가운 말투에 얼어버린 나는 뭐라 대꾸도 못하고 입을 다물어 버렸다. 이 심상치 않은 분위기에서 벗어나고픈 욕구가 강하게 치밀어 오르는데 그런 나를 일순간에 얼어버리게 만드는 주전자 녀석의 한마디.

"쿡! 왜 껴안으면서 생쇼를 했냐고? 보고도 모르겠냐? 나 이 녀석 좋아해."

쿵!! 뭐, 뭐야, 저 녀석?! 너무 놀라서 입을 커다랗게 벌리고 주전자 녀석을 쳐다보는데 그런 나를 슬쩍 쳐다보며 다시 말을 잇는 녀석.

"어렸을 때부터 나, 이 녀석 좋아했어. 어렸을 때 우리보고도 너 그거 못 느꼈냐?"

주전자 녀석의 말에 은빈이가 기가 막히다는 듯 하하 웃더니 우리를 향해 저벅저벅 걸어온다.

 "아아~ 그러셨어? 그렇게나 이 녀석 좋아했는데 이 녀석 미국 가 버려서 가슴 찢어지다 못해 터져 버렸겠네? 그래, 이렇게 다시 만나니까 옛날 그 애틋한 감정이 다시 새록새록 살아나디?"

 "살아나다 못해 그 감정으로 이 가슴팍이 펑 터져 버릴 것 같은데 어쩌지?"

 "쿡! 진짜 뭐 같네."

 은빈이 중얼거리며 머리를 쓸어 올렸다. 뭐야, 주전자 너 갑자기 그게 무슨 소리야? 날 좋아했다니… 그게 도대체 무슨 말이야? 이렇게 갑작스럽게. 너무 황당하고 어이없는 녀석의 말에 뭐라고 말하고 싶었지만 너무도 진지한 주전자 녀석의 표정에 난 아무 말도 할 수 없었다.

 "어제 너랑 세별이 10년 만에 처음 만났을 때, 둘이 같이 있는 거 보고 되게 놀랐다. 어렸을 때 난 세별이가 네 녀석 좋아했다고 생각했어. 그래서 혹시 지금 둘이 그런 사이로 발전하지 않았나 하고 생각했었지."

 천천히 말을 잇는 주전자 녀석. 이상하게도 아무 말도 나오지 않는다. 저 녀석의 진지한 음성에 때문······.

 "하지만 아니었어. 세별이가 널 보는 눈빛, 그건 좋아하는 사람 보는 눈빛이 아니었어. 친구 그 이상도 이하도 아닌, 그저 그냥 친구를 보는 눈빛이더라. 그래도 혹시나 해서 세별이가 네 녀석한테 마음이 있는 건 아닌가 하고 슬쩍 떠봤더니 세별이는 아니라고 팔팔 뛰더라.

웃기지만… 안심했다."

그럼 내가 어렸을 때 은빈이를 좋아했느니 어쩌니 하면서 날 곤란하게 했던 그 말은 날 떠보기 위한 거였단 말이야?

"나 이 녀석 좋아해. 어렸을 때도 그랬고 이렇게 다시 만난 지금도. 느꼈어, 아직도 그 감정 사라지지 않았단 걸."

그렇게 말하며 내 어깨에 아주 자연스럽게 손을 올리는 녀석. 주전자 녀석의 팔을 뿌리치려는 순간 들려오는 은빈의 목소리.

"손 내려라."

은빈이 천천히 우리에게 다가왔다.

"손 내리라고 했다."

그러나 주전자 녀석은 내 어깨를 더욱 꽈악 잡았다. 야, 왜 이래?! 내가 주전자 녀석의 팔을 내리려는 순간 그보다 먼저 은빈이가 녀석의 팔을 툭 쳐냈다. 그리고는 주전자 녀석을 향해 입을 연다.

"잘 들어. 네가 모르는 게 있어. 이 녀석하고 나 이미 사귀는 사이야, 사귀고 있다고. 네가 이 녀석 좋아하든지 말든지 그건 상관 안 하겠는데, 나한테서 이 녀석 빼앗아갈 생각은 하지 마. 알겠냐?"

은빈의 말에 주전자 녀석이 흠칫 놀란 듯 눈을 커다랗게 떴다. 그리고 말없이 우릴 지켜보고 있던 빛나도 놀란 듯 입을 크게 벌린다.

"…사귄다고? 정말이야?"

주전자 녀석이 나를 향해 믿을 수 없다는 듯 물었다. 여기서 나 뭐라고 대답해야 할까? 내 대답은 이미 정해져 있는데. 그냥 고개만 끄덕끄덕.

"하아……."

내가 고개를 끄덕끄덕거리자 주전자 녀석은 기가 막히다는 듯 외마디 신음과 함께 어이없다는 듯 하하 웃어버렸다. 그리고 말없이 서 있던 빛나는 굳은 표정으로 돌아서서 뛰어가 버렸다. 아, 이런 분위기 정말 싫어. 내가 나서서 정리하지 않음 안 되겠다.

"주전자, 동네 구경은 다음에 하는 게 좋겠다. 늦었잖아. 부모님 걱정하셔. 얼른 가봐."

"세별아."

내 이름을 조용히 부르는 주전자.

"어? 왜?"

"너… 이 녀석 좋아하니? 정말 좋아해서 사귀는 거야?"

조용히 들려오는 주전자 녀석의 말. 순간 나도 모르게 가슴이 덜컥 내려앉았다. 나조차도 갈팡질팡 의문을 품고 있던 그 물음. 나는 과연 은빈이 녀석을 진심으로 좋아하는 걸까? 내 자신에게 물어보고 싶은 질문이다, 정말……. 입술을 깨물며 고개를 들어 은빈을 쳐다보니 은빈은 아무 말 없이 날 외면하고 있었다. 왠지 녀석의 눈빛이 흔들린다고 느끼는 순간,

"너 경고야, 1차 경고. 나 분명히 말했다. 이 녀석한테 집적대지 마. 1차는 그냥 넘어가지만 2차 경고 땐 너 무사하다고 장담 못해. 알았냐?"

은빈은 그렇게 말하더니 아무 말 없는 주전자 녀석을 쳐다보며 다시 말을 잇는다.

"그냥 어렸을 때 친구로 남아. 예전에 그랬던 것처럼 앞으로도 친구로 남아. 네가 이 녀석을 얼마나 좋아하는지는 모르겠지만, 그 마음 천천히 지워 나갔으면 한다. 이건 명령이 아니라 충고다."

"쿡! 여전하군, 네 녀석은……."

여전하다니, 무슨 말이지? 고개를 갸우뚱거리며 주전자 녀석을 쳐다보자 녀석, 갑자기 활짝 웃더니 소리친다.

"야! 나 갈란다! 다음에 낮에 놀러오마!"

그리고는 야구 모자를 고쳐 쓰고 등을 돌려 저벅저벅 걸어가기 시작한다. 멍하니 주전자 녀석의 뒷모습을 쳐다보고 있는데 걸어가던 주전자 녀석, 골목 모퉁이를 돌기 전에 느닷없이 걸음을 멈추더니 뒤를 돌아 크게 소리친다.

"골키퍼 있다고 골 안 들어가냐! 내 환상 킥은 아무도 못 막아!"

그렇게 소리치고는 모퉁이로 자취를 감추었다. 골키퍼 있다고 골이 안 들어가냐? 도대체 무슨 풍딴지 같은 소리야, 저 녀석? 저절로 나오는 한숨이 푸욱 나오는데 들려오는 은빈의 음성.

"좋겠다, 은세별. 모델 자식이 너 좋아해 주고. 아주 남자 복이 터졌네."

"주전자 녀석이 헛소리한 거야."

"넌 헛소리랑 진담이랑 구분도 못하냐? 조심해. 앞으로 그 녀석이 너한테 손가락 하나라도 대려고 하면 콱 물어버려. 알았어?"

"그 녀석, 정말 좋은 친군데."

"흠."

은빈은 내 말에 아무 말 없이 한숨을 내쉬다가 주머니 속에서 담배를 꺼내 입에 문다. 학생 주제에 담배는… 가위 있으면 정말 잘라 버리고 싶다!!

"뭘 쳐다봐? 불만있어? 다른 남자 품에 안겨서 버둥대고 있었던 주제에. 나쁜 놈, 나도 제대로 못 안아봤는데. 너 한 번만 더 그런 꼴 보이면 가만 안 둬. 알았어? 집에 들어가라."

"주전자 녀석이 장난친 거라고 말했잖아, 그건! 그리고 너 그 담배 좀 그만 피울 수 없니? 제발 좀 끊어라."

"끊으면 뭐 해줄 건데?"

"해주긴 뭘 해줘? 다 네 몸 생각해서 끊으라는 건데. 너 담배가 얼마나 몸에 해로운지 알고나 있니? 각종 암의 원인이 될 뿐더러 폐암도 유발시키고, 그리고 또……."

"끊으면… 나 미치도록 좋아해 줄 거냐?"

조용한 은빈의 말투에 굳어버리고만 나. 왠지 내 속마음을 들켜 버린 것 같아 가슴이 찌릿찌릿 저려온다. 저 녀석도 알고 있는 거야, 내 이런 마음을? 좋아하는지 확실히 깨닫지 못하는 내 마음을?

"너."

그렇게 중얼거리면서 갑자기 내 턱을 들어 올리는 녀석. 정면으로 마주쳐 버린 녀석의 까만 눈동자… 보석 같다. 내 눈을 뚫어져라 쳐다보는 은빈.

"너 이제부터 나 쳐다볼 때 사랑스러운 눈빛으로 쳐다봐."

"뭐?"

이 녀석이 갑자기 무슨 소리야?

"우씨, 아까 주전자 새끼가 그랬잖아. 네가 나 쳐다보는 눈빛, 친구 이상도 이하도 아닌 그저 단순한 친구 보는 눈빛이었다고… 그 말 아주 불쾌했어."

흐음, 상당히 신경 쓰였구나, 그 말. 그런데 주전자 녀석, 내가 은빈이를 어떤 눈빛으로 쳐다보는지 어떻게 안다는 거야? 자기가 무슨 재주로.

"자, 해봐."

"뭘?"

"사랑스러운 눈빛."

상당히… 징그럽다. 으으. 한 번도 이런 느끼한 말 한 적 없던 녀석인데, 뭘 잘못 먹었나?

"흐음… 어떻게? 이렇게?"

순간,

"흠, 쿡!! 하하하하하하하!"

날 밀어내며 느닷없이 웃기 시작하는 은빈이 녀석. 뭐야? 라고 할 땐 언제고!

"진짜 엽기가 따로 없네. 너 마약 했냐? 그게 뭐야? 눈 크기는 왜 줄이는 건데? 진짜 웃겨 죽겠네. 하하하!"

조금 전의 무서웠던 얼굴은 온데간데없고 정말 웃기다는 듯 크게 웃고 있는 은빈이 녀석. 그 얼굴을 보고 있자니 이상하게 마음이 편해지면서 나까지도 즐거워진다.

"근데 은빈아, 아까 빛나는 왜 왔던 거야? 너랑 같이 온 거 아냐?"
"아니, 집 골목길로 들어오는데 뒤에서 부르더라. 난 너네 집 오려고 온 줄 알았는데······."

왠지 마음에 걸린다. 얼굴이 파랗게 질려서 뛰어가던 빛나의 모습. 잘못 본 건지는 모르겠지만 빛나의 눈에··· 눈물도 고였었던 것 같은데, 무슨 일이지?

그날 밤 늦은 저녁, 모두 잠든 시간. 자정이 가까워오는 시간에 난 잠을 안 자고 있다. 뭘 하냐면 다름 아닌 스웨터 뜨기! 뜨는 방법을 잊어버릴까 봐, 털실을 이리저리 꼬며 대충 틀을 맞추고 있는 중이다. 그래도 잘 모를 경우를 대비해서 내일은 관련 책 하나라도 사야지. 하얀 털실. 은빈이 같이 차갑고 조금은 어두운 분위기에는 이렇게 하얀 스웨터가 어울리겠지? 잠시 은빈이 녀석이 내가 뜬 스웨터를 입고 있은 상상을 하던 나는, 곧 다시 정신을 차리고 실을 하나하나 엮어가기 시작했다. 난 알고 있다. 원래 한 가지 일에 싫증을 잘 내는 나라서 미리 떠놓지 않고 미루고 미루다 보면, 나중엔 결국 내팽개치고 말 거라는 걸. 귀찮아지기 전에 후다닥 끝내야지. 내 열흘 안에 꼭··· 완성한다! 열심히 털실하고 씨름을 하며 대충 틀을 맞춰놓고 흐뭇한 미소를 짓는데 느닷없이 핸드폰 벨소리가 울려댄다. 이 늦은 시간이 누구지? 은빈이 녀석인가?

"여보세요?"

[나다. 하하.]

은빈이 목소리가 아니다. 은빈이 목소리는 조금 낮고 나직한데 이

목소리는 발랄하다. 지호와 흡사한 목소리다.

"나다? 나다가 누구신데요?"

[나라구, 해민이.]

해민이? 해민이는 또 누구야?

"저기, 전화 잘못 거신 거 아니에요? 몇 번 거셨어요?"

[우씨, 나 주전자!!]

앗! 이 녀석.

"어… 주전자… 네 이름이 해민이었나? 하하. 근데 너 내 번호 어떻게 알았어?"

[다 아는 수가 있지. 난 모르는 게 없는 만물 박사거든.]

"어, 그나저나 웬일이니, 이 늦은 시간에?"

[물어보고 싶은 게 있어서. 아까 그거 정말이야? 은빈이 녀석이랑 사귄다는 거.]

"응, 정말이야."

[좋아하니?]

"그래, 좋아하니까 사귀겠지. 너 별로 중요하지도 않은 거 물어보려고 이 시간에 전화한 거니? 정말 할 일 없구나. 끊어라."

[오호~ 어째 대답이 시원찮은데? 혹시 은빈이 녀석이 일방적으로 너 좋아하는 건 아니고? 왠지 내 예감은 그런데?]

"끊는다."

[야야! 잠깐만! 잠깐만 끊지 마! 너 아까 내가 한 말 잘 들었지? 너 좋아한다구 말한 거 말야. 농담 아니다, 진짜로…….]

"나 놀리지 마, 이 녀석아! 어렸을 때 네가 날 좋아했다니 그게 말이나 되는 소리니? 너랑 나랑 맨날 치고 박고 싸웠잖아. 나한테 저주 내린다고 미끄럼틀에서 밀어버려서 한 달 간이나 병원 신세진 거 잊어버렸니? 뭐 나중에야 좋은 친구로 발전하긴 했지만."

[싸우면서 정들었겠지. 한 번도 너한테 말한 적은 없지만 아무튼 너 다시 보니까 그 옛날 감정이 새록새록 살아난다. 내 마음, 진심인데.]

또다시 진지해지는 녀석의 목소리. 휴우… 정말 갑자기 왜 이러는 거야, 이 녀석.

"내 기억 속에 넌 짓궂지만 아주 좋은 친구로 남아 있어. 앞으로도 그런 좋은 친구로 남아줬으면 하는 바람이야."

[쳇, 은빈이 녀석이랑 똑같은 소리 하네. 흠, 좋아. 우선 친근한 친구로 시작하지 뭐. 하하.]

뭔 헛소리야, 이 녀석?

[이번 주 일요일에 뭐 하냐? 아직 약속 없지?]

"이번 주 일요일? 음, 글쎄……."

[나 너네 집 놀러간다.]

"뭐?"

[네가 아까 그랬잖아, 다음에 놀러오라고. 가서 너네 어머니도 뵙고… 하하, 너네 엄마 나 무지 반가워하시겠다, 그치?]

하긴 어렸을 때 나랑 친했던 만큼 우리 엄마도 주전자 녀석을 잘 알고 있다. 최근에 다시 만났다는 건 모르시지만. 어렸을 때의 모습은 전혀 찾아볼 수 없이 이렇게 엄청나게 변해 버린 주전자 녀석을 본다면 우리 엄마도 놀라 쓰러질 거야.

[놀러간다!! 맛있는 거 사가지고 갈게. 네가 목숨 거는 생크림 케이크. 쿡쿡.]

저번에 방송국 촬영장에서 케이크를 세 개도 넘게 헤치우던 나의 모습을 떠올리나 보다.

[알았지? 그럼 그날 보자. 아참, 내 핸드폰 번호도 문자로 보낼 테니까 저장해 놔.]

그렇게 전화를 끊은 뒤 문자가 오길래 난 아무 생각 없이 녀석의 폰 번호를 저장해 놓았다. 저장 이름은 물론… 주전자. 풋!

다음날 새벽, 이모는 일찍 해야 할 일이 있다고 아쉬움을 뒤로한 채 우리 집을 나섰다. 집을 나서면서 아직도 잠이 덜 깬 눈을 부비적거리는 내게 이런 말을 남기셨다.

"세별이 너, 무지무지 근사한 남자 친구 생겼다며? 결혼식 때 이모 꼭 초대해야 된다. 호호. 이모가 혼수로 냉장고랑 세탁기 사줄게."

우리 엄마, 역시 이모한테 그 애길 안 했을 리가 없지. 결혼이라니, 혼수라니, 이모는 농담도 잘해. 헤헤.

별일없이 일주일이 물 넘실거리듯 넘실넘실 잘도 지나간다. 스웨터는 어느새 반이나 완성해 가고 있다. 나도 한다면 한다 이거야~ 은빈과는 여느 때처럼 등하교를 같이 하고 있다. 평소에 늘 지각하던 은빈과 같이 등교한 나는 담임 선생님한테 칭찬까지 받았다. 지각 안 하는 기특함을 보이는 건 은빈인데 왜 내가 칭찬을 받는 건지 모르겠다.

 어느새 토요일, 그날 얼굴이 파랗게 질려서 뛰어가 버린 후로 무려 금요일까지 학교를 나오지 않았던 빛나. 약간 수척해진 얼굴로 학교에 왔다. 파리한 얼굴빛이 어딘가 아파 보인다.

 "빛나야, 오랜만이네. 왜 학교 안 나왔어? 바빴니?"

 조심스러운 내 물음에 날 잠시 쳐다보다가 싱긋 웃으며 말하는 빛나.

 "응, 촬영 때문에 좀 바빴어. 몸도 안 좋았고."

 "그러고 보니 너 얼굴색이 많이 안 좋다. 많이 아팠던 거야?"

 "아니, 이젠 괜찮아. ^-^"

 꽃미소를 날리며 가방을 내려놓고 의자에 앉고는 피곤한 듯 엎드려 버리는 빛나. 물어보고 싶었는데… 그날, 우리 동네에는 왜 왔으며 왜 파랗게 질린 얼굴로 뛰어가 버렸는지 물어보고 싶었는데……. 엎드려 버리는 빛나를 보며 난 그냥 그 말을 속으로 삼켰다. 나중에 물어보지 뭐. 하지만 자꾸만 마음에 걸리는 빛나의 눈물 맺힌 눈동자. 오후 내내 엉뚱한 생각으로 시간을 흘려보냈다.

 어느새 종례 시간, 몸이 안 좋다며 먼저 가 버린 빛나의 빈자리를 물끄러미 바라보다가 난 혼잣말로 중얼거렸다.

 "많이 아픈가 보네. 흠, 정말 무슨 일 있는 건가?"

 결국 난 잔뜩 걱정만 안은 채 무거운 마음으로 학교를 나섰다. 은빈과 함께 가로수가 예쁘게 심어진 거리를 걷고 있는 중.

 "오늘 우리 엄마가 너 집에 데려오래."

"어? 아줌마가 나를? 왜?"

"말했으니까."

"말하다니, 뭘?"

"사귄다고."

헉!!

"첫 여자 친구 생겼다고 어찌나 난리를 치던지. 아무튼 오라고 했으니까 가는 거다."

하긴 여자를 싫어한다는 둥, 혐오증이라는 둥, 녀석에게 붙어 있던 그 말들이 한순간에 사라져 버렸으니 얼마나 놀라울까. 더 더욱 놀라운 건 그걸 사라져 버리게 한 주인공이 바로 나라는 것이지. 근데 가만… 초대한다는 건 분명 맛있는 음식이 한가득 있다는!

"은빈아, 은빈아 그럼… 맛있는 거 잔뜩 있겠다, 그치?"

"맛있는 거 같은 소리 하네. 아오, 이 볼살 좀 봐. 아주 터질 것 같네. 그래도 먹을 걸 찾냐? 살만 뒤룩뒤룩 쪄봐. 거꾸로 매달아놓을 테니까."

나, 나쁜 녀석!! 내내 은빈이 녀석의 타박을 들으며 은빈의 집으로 들어갔다. 들어가자마자 코를 찌르는 이 냄새는 너무도 맛있는 냄새!! 역시 아줌마, 날 위해서 맛있는 음식을 만들고 계셨던 거야. 얼른 거실로 들어가니 주방에서 아줌마가 나오며 함박웃음을 지으신다. 얼굴에는 밀가루 같은 하얀 가루를 묻히고.

"어머나, 세별이 왔니? 배고프지? 자, 얼른 와서 앉아라. 아줌마가 맛있는 거 해놨다."

"정말요? 감사합니다!!"

그러자 옆에서 중얼거리는 은빈.

"돼지."

"은빈이, 너 여자 친구한테 돼지가 뭐니, 돼지가? 아무튼 저 못된 성격은 어쩔 수 없다니까."

"엄마가 몰라서 그래. 저 기집애가 얼마나 많이 먹는데."

"저 녀석이 그래도!!"

갑자기 싸우는 듯한 분위기. 하지만 난 그 분위기 속에서도 꿋꿋이 아줌마가 만드신 음식을 게걸스럽게 먹어댔다. 요리 솜씨가 일품이시다. 울 엄마보다 더 좋은 듯.

"호호호. 아줌마는 이렇게 될 줄 알았다니까. 이렇게 예쁘게 자란 세별이가 우리 아들 녀석 여자 친구라면 아줌마는 대환영이지~ 은빈아, 너 세별이한테 잘해줘야 된다."

"지금도 너무 잘해서 탈인데."

풋, 잘하긴 뭘 잘하니? 돼지라고 놀리질 않나, 머리 쥐어박질 않나. 젓가락을 입에 물고 은빈이 녀석을 빤히 쳐다보자 곧 눈을 부라리는 은빈.

"은빈이가 못되게 굴면 아줌마한테 말하렴. 내 아주 혼쭐을 내줄 테니까. 호호~"

"못되게 구는 거 없다니까! 엄마 진짜 너무한 거 아냐? 누가 엄마 자식인지 모르겠네. 맨날 나만 구박하고."

"어머머머, 이 녀석! 너 지금 엄마한테 대드는 거니! 못된 송아지

엉덩이에 뿔난다고, 내 오늘 네 녀석 버릇을 당장!"

"우씨, 나 안 먹어!"

왜들 그러시는 겁니까, 이 맛있는 음식을 앞에 두고. 평소엔 차갑고 말없는 은빈, 확실히 가족들과는 아주 활발한 언쟁을 벌이는구나. 하지만 언쟁도 언쟁 나름이지, 이 분위기는 싸움하는 것 같다! 수습 작전 개시!

"하하. 너무 맛있어요, 아줌마! 아줌마는 어쩜 이렇게 요리를 잘하세요?! 우리 엄마도 요리 솜씨 하면 빠지지 않는데, 훨씬 맛있어요. 정말 너무 맛있어서 눈물이 다 나요~"

그러자 내 말에 금세 표정을 바꾸며 즐겁게 웃는 아줌마.

"호호호~ 정말 그러니? 난 네 입맛에 맞을까 걱정했는데, 다행이구나."

순간,

"나 내 방 올라간다."

그리고는 스윽 일어나서 주방을 나가는 은빈.

"저저, 버릇없는 녀석 같으니라고."

"흠, 저도 많이 먹어서 배 부른데 은빈이 방 올라가 볼게요. 잘 먹었습니다."

"그래, 올라가 보렴. 녀석이 엉뚱한 짓하면 팔뚝을 꽉 물어버려. 알았지?"

엉뚱한 짓? 뜻 모를 아줌마의 말에 어리둥절하며 이층으로 올라갔다. 약간 열려 있는 방문. 아무 생각 없이 방문을 스윽 연 나는 그 자리에 굳었다. 옷을 갈아입는 듯 웃통을 몽땅 벗어버린 채 셔츠를 집어 올리는 은빈. 내 시선은 자연스레… 녀석의 새하얀 살결에 머물렀다. 얼른 방문을 닫아야 한다는 사실도 잊은 채 굳어 있는데 전혀 아무렇지 않은 얼굴로 셔츠를 입으며 말하는 은빈.

"기집애가 창피한 줄을 몰라. 남자 벗은 몸은 왜 그렇게 뚫어져라 쳐다보는데?"

"미, 미안. 그렇지만 너도 옷 갈아입을 땐 문을 잠가야 될 거 아냐!!"

"내 집에서 내가 옷 갈아입는데 문을 왜 잠그냐?"

그래, 잠시나마 녀석에게 맞서려했던 내가 한심스러워진다. 방 안으로 들어서며 가방을 내려놓는데 자동적으로 시선이 가는, 벽에 X자로 걸려 있는 칼. 신경 쓰이는구나. 내가 그 칼을 불편한 눈으로 빤히 쳐다보고 있자 아무 말 없이 의자를 끌어당겨 주는 은빈.

"앉아라."

"응."

"네가 아무리 뭐라고 해도 내가 죽을 때까지 저거 걸어놓을 거니까 내리라는 말하지 마. 알았냐?"

"왜? 그렇게 중요한 칼이야? 무슨 사연이 담겨 있는데?"

아무 생각 없이 물었는데 순간 은빈의 얼굴이 딱딱하게 굳어진다. 그리고 방 안 가득 흐르는 알 수 없는 고요함. 뭐, 뭐야? 그냥 물어본 건데 왜 분위기는 잡고 그러는 거야?

"내일 할 일 없지?"

딱딱하게 굳어 있는 표정을 풀며 은빈이 나를 향해 묻는다. 내일? 당연히 할 일 없지. 약속도 없는데. 아니, 잠깐! 내일이 일요일인가? 앗, 주전자 녀석, 우리 집 놀러오기로 했는데.

"왜? 약속있냐?"

"어, 그게……."

주전자 녀석이 내일 우리 집에 놀러온다고 말하면 그다지 좋은 반응을 보일 것 같지 않은데. 그래도 주전자 녀석은 내 어렸을 적 친군데 오지 말라고 할 수도 없는 거잖아.

"음, 그러니까… 내일 주전자 우리 집 놀러오기로 했는데……."

순간 서랍을 열려다가 흠칫 손을 멈춰 버리는 은빈. 천천히 고개를 돌려 아무 말 없이 날 쳐다본다. 그리고 그 분위기에 맞춰 요란스럽게 울려대는 핸드폰 벨소리! 기막힌 타이밍이다!! 은빈이 녀석의 눈치를 보며 폰을 꺼내 받았다.

"여, 여보세요?"

[나다! 어디니? 집?]

이런, 정말 기막힌 타이밍이군! 이 녀석, 하필 이 순간에 전화를 할 게 뭐람? 난 순간적으로 나도 모르게 은빈의 눈치를 살폈다. 당황하는 내 모습을 보고 서서히 미심쩍은 눈빛으로 변해가다가 결국은 내 폰으로 손을 쭉 뻗는 은빈.

[야, 세별아? 어디냐니까?]

주전자 녀석의 목소리를 들은 은빈의 눈빛이 심상치 않다고 느낀 나. 의자에서 벌떡 일어나 창가 쪽으로 가려는데 그런 내 팔을 무지막지하게 움켜쥐며 말하는 은빈.

"줘."

"왜, 왜 그래? 친구한테 온 전환데……. 나 잠깐 나가서 받고 올게."

그렇게 말하고 돌아서려는 순간, 그런 내 어깨를 화악 돌려세우는 은빈. 그 바람에 비정상적으로 몸이 돌아가고 순간적으로 은빈의 발에 걸려 뒤로 넘어가고 있다는 게 느껴졌다.

"아아아아악!"

털썩—!!

침대에 털썩 누워버린 나. 그리고 바로 위엔… 은빈의 얼굴이 있었다. 헉! 이 포즈는… 이 포즈는… 너무 당황스러워서 은빈을 밀어내는 것도 잊은 채 딱딱하게 굳어져 녀석의 눈만 말똥말똥 쳐다보고 있는데 그 순간 느닷없이 벌컥 열리는 방문.

"꺄아아아아!! 오빠! 지금 무슨 짓 하고 있는 거야!"

익숙한 목소리에 흠칫 놀라 은빈의 어깨 너머로 방문을 보니 은혜가 손으로 입을 감싼 채 기가 막히다는 표정을 짓고 있었다. 내 비명 소리를 듣고 달려온 듯.

"엄마!! 엄마!! 오빠가 세별이 언니 덮쳤어!! 덮쳤다구!!"

그리고는 방문이 쾅 닫혀 버렸다. 덮치다니!! 어이가 없어서 은혜가 나간 방문을 멍하니 바라보고 있는데 그런 내 손에서 아직도 플립이 열려 있는 폰을 확 뺏어가며 아무렇지 않게 몸을 일으키는 은빈. 그제야 심장이 쿵쾅쿵쾅 요동을 친다.

"분명 1차 경고했을 텐데, 지금 곧바로 2차 경고 들어가리? 저번에 분명히 말했지. 2차 경고 나가면 너 무사하다고 장담 못한다고……."

목소리를 낮게 깔며 위협적이기까지 한 음성으로 말을 잇는 은빈.

"전화질 마라. 그리고 내일 여기 올 생각도 마. 감히 여자들만 사는 집에 놀러온다고? 이런 늑대 같은 놈."

너 지금 무슨 소릴 하는 거냐!

"너 왜 그래? 친구랑 통화하고 있는데 뺏어가서 뭐 하는 거야? 이리 줘."

그렇게 말하면서 은빈의 손에서 폰을 뺏으려는데 내 손이 미처 닿기도 전에 플립을 확! 닫아버리는 은빈.

"왜 그래? 왜 네 맘대로 전화를 끊어?"

"이 자식한테 번호까지 알려줬냐?"

"아, 아냐! 난 알려준 적 없어. 주전자가 어떻게 알아냈는지는 모르지만… 걔가 전화했단 말야."

미심쩍은 눈빛으로 날 쳐다보는 은빈. 그렇게 쳐다보지 마라. 정말이란 말이다.

"너도 경고. 조심해."

"뭐, 뭘?"

더듬거리는 내 물음에 한숨을 후우 내쉬며 천천히 입을 여는 은빈.

"너랑 내가 뭐냐?"

녀석이 묻는 의도를 알아차린 나는 애써 웃으며 대꾸했다.

"사귀는 사이."

"사귀는 사이면 어떡해야 되냐?"

"어떡하다니 뭘?"

"네 생각엔 사귀는 연인들이 서로 어떻게 해줘야 할 것 같냐고."

"그거야 뭐, 서로 관심 주고, 아껴주고, 맛있는 음식 있으면 챙겨주고, 길 가다가 맛있는 거 보면 생각나서 사가고 싶은……."

"잘 가다가 왜 먹는 얘기로 빠지냐? 너란 기집애는 정말 어쩔 수 없구나."

"하하. 아무튼 그런 거 아니야? 관심 갖고 챙겨주고."

"그리고 가장 중요한 한 가지."

날 슬쩍 내려다보며 한 가지라는 단어에 힘주며 말하는 은빈.

"한 가지? 뭔데 그게……."

"주위에 다른 놈을 만들면 안 되지. 다른 놈이 얼쩡거리면 안 된다고."

"뭐?"

녀석이 말하는 다른 놈이라 함은 분명 주전자 녀석을 말하는 것이리라. 주전자 녀석은 그냥 친구일 뿐인데. 이성 관계로 얽힌 사이도 아니고 단지 어렸을 때 돈독한 우정을 나눈 그런 순수한 의미의 친구일 뿐인데.

"너도 알잖아, 주전자 내 어렸을 때 친구라는 거. 사귄다고, 너랑 내가 사귄다고 내 어릴 적 친구까지 만나지 말라는 거야?"

"우씨, 내가 그냥 친구면 이런 말 하겠냐? 이런 유치한 말 하겠냐고! 그 자식 흑심 품고 있는 거 네가 더 잘 알 거 아니야!"

"아냐. 나 진심으로 좋아하는 거 아닐 거야. 그냥 순간적인 감정으로……."

"순간적인 감정이 아니면 어떡할래? 진심이라면 어떡할래? 넌 아니라고 생각할지 몰라도 내 눈엔 다 보여. 하루하루 네 마음 얻기도 벅찬데, 그런 놈까지 주위에 얼쩡거리는 거 싫단 말이다. 불안해지기 싫다고."

왠지 모르게 힘없는 목소리로 말하며 고개를 돌려 버리는 은빈. 이럴 때 내가 너에게 무슨 말을 해줘야 할까? 무슨 말을 해야 네가 안심할 수 있을까?

"나 믿어. 설령 그 녀석이 진심이라도 내가 아니면 된 거잖아. 내가 아니면 된 거잖아. 왜 그렇게 불안한 건데? 그냥 나 믿으면 되잖아."

내 말에 천천히 고개를 돌려 내 눈을 응시하는 은빈. 눈빛이 맑다. 항상 느끼는 거지만 이 녀석의 눈빛은 너무 맑아.

"그래, 너 믿는다. 무조건 믿는다."

강하게 들려오는 녀석의 음성. 그래, 날 믿어라!! 난 정말 주전자 녀석에게 친구 이상의 감정을 느낄 수 없으니 말이다.

"아, 내일 나랑 갈 데 있는데, 뭐 다른 약속 없지?"

"내일? 어디 가는데?"

"있어. 널 꼭꼭 데려가고 싶은 곳이야."

"어디?"

"있어, 좋은 곳."

그렇게 말하며 씨익 웃는 녀석. 그 미소가 왠지 불길했지만 녀석의 말을 철썩같이 믿어버린 나. 결국 주전자 녀석의 욕을 한 바가지나 얻어먹으며 녀석과의 약속을 취소하고 은빈과 좋은 곳으로 놀러가기로 마음먹었다! 대체 어딜까, 좋은 곳이? 후훗.

엇갈린 사랑 '이젠 널 놓아줄게'

제10장 엇갈린 사랑
이젠 널 놓아줄게

"우왓! 정말 멋진 커플이시군요! 사진 찍어드릴게요! 와~ 이거 그림 나오겠는데? 자자, 서봐요. 여자 분 표정 푸시고……. ^^"

"아저씨, 죄송하지만 사진은……."

"그냥 찍어!"

"여자 분 안색이 안 좋으시네. 이런, 이런, 놀이 기구를 너무 많이 타셨나 보네요. 물 한 잔 드실래요?"

"됐습니다. 그냥 찍어주시죠."

나쁜 녀석. 날 꼭 데리고 가고 싶은 곳이 있다고 의미심장하게 말하길래 은근히 기대했었는데… 녀석이 나를 데리고 온 곳은 고소공포증과 어지럼증이 있는 나를 최악의 상태로 몰고 가기에 충분한 곳.

놀이동산!! 그래, 좋은 곳이 놀이동산이냐? 으아, 멀미! 나 속 울렁거려.

찰칵!

카메라의 셔터를 누르는 소리와 함께 정신을 차린 나. 어느새 내 어깨에는 은빈이 녀석의 팔이 다정스럽게 올라와 있었다.

"여자 분 표정이 조금만 밝았다면 정말 좋은 그림 나오는 건데 아쉽네요. 그래도 지금까지 본 커플 중에는 최곱니다! 하하."

시원스러운 눈매에 호탕한 아저씨가 넉살 좋게 웃으며 우리에게 방금 찍은 사진 한 장을 건네준다. 사진 속의 나와 은빈. 누렇게 떠서 금방이라도 멀미할 것 같은 표정의 나. 반대로 오후 햇살을 받아 눈부시게 반짝이는 머리카락을 바람에 휘날리며 살짝 미소를 짓고 있는 모델 같은 녀석. 너무 비교되잖아, 이거 진짜 안 어울린다! 이래서 누가 커플로 보겠어? 그냥 친구 사이라고 생각하겠다. 아니, 잠깐… 내가 방금 뭐랬지? 커플? 훗, 어느새 나도 인정하게 돼버린 것 같군. 녀석과 내가… 이제 커플이라는 사실을…….

"왜 그렇게 멍해 있냐? 아예 정신이 나가 버렸구만. 아직 탈 게 얼마나 많이 남았는데 벌써 빌빌대냐?"

은빈의 목소리에 정신을 차린 나 한숨을 푸욱 내쉬며 주위를 둘러보았다. 휴일이라 그런지 부모를 동반한 어린이들이 많았고, 그 아이들과 사람들의 얼굴에는 즐거운 웃음이 끊이지 않고 있었다. 하지만 나는? 전혀 즐겁지 않아. 어지러워!!

"나… 도저히 더 이상은 못 타겠다. 멀미날 것 같아."

"별로 타지도 않았잖아. 그것도 제일 낮은 레벨로만 골라서 워밍업했는데, 그거 가지고도 죽으려고 하냐?"

"나 고소공포증이랑 어지럼증 있단 말야. 안 돼, 안 돼. 나 더 이상 못 타. 그냥 구경할 테니까 너 혼자 타!"

"혼자는 재미없어서 못 타겠는데."

"그럼 다른 사람 친구 만들어서 타든지."

"너 그 말 진심이냐? 그럼 나 딴 여자 꼬셔서 같이 논다."

어이없는 녀석. 녀석과 말싸움하기도 힘들어 뒤에 있는 벤치에 털썩 앉는데, 순간 우리 쪽을 힐끔힐끔거리던 두 명의 여학생이 조심스럽게 은빈에게로 다가온다.

"저, 저기… 시간있으시면 우리랑 같이 놀래요? 같이 오기로 한 친구가 급한 일 때문에 먼저 가서 자유 이용권이 한 장 남았거든요. 같이……."

"같이 놀아요, 멋있는 오빠!!"

한눈에 보아도 애교가 철철 넘치는 귀여운 여자 아이가 느닷없이 은빈의 팔에 매달리며 오빠라고 한다. 언제 봤다고 저렇게 친한 척? 그리고 오빠? 순간,

"팔 치워!"

느닷없이 소리를 지르면서 귀여운 여자 아이의 팔을 무지막지하게 뿌리치는 은빈. 여자 아이의 얼굴에는 당황한 표정이 역력하고 은빈은 그 두 여학생을 잠시 노려보더니 아무 말 없이 벤치에 앉아 있는 내 팔을 휙 잡아끌고 성큼성큼 걸어간다.

"짜증나."

"왜, 왜 그래? 언제는 딴 여자 꼬셔서 재밌게 논다고 그러더니……."

"시끄러! 내 몸엔 아무도 손 못 대."

아까 그 여자 아이가 네 녀석 팔짱을 껴서 몹시 불쾌했나 보구나. 그래도 그렇지, 사람 무안하게 소리를 버럭 지르다니, 너란 녀석도 참…….

"너한테만… 허락할 거야."

순간 바람결에 묻혀 사라지는 녀석의 말이 귓가에 맴돈다.

"뭐?"

조금 놀란 표정으로 녀석을 바라보며 묻자 내 팔을 잡아당기며 아무렇지 않게 말하는 녀석.

"뭐… 나 아무 말도 안 했다. 야, 저거 타자."

아무 말도 안 하긴… 나 다 들었는데. 그럼 내가 들은 건 뭐니? 어쩐지 가슴이 찡하면서 찌릿한 전류가 흐르는 느낌. 뭘까, 이 느낌은? 예전에는 한 번도 이런 전류가 흐르는 느낌 같은 거 느껴본 적 없었는데……. 대체 이 느낌은? 그때 사납게 들려오는 녀석의 목소리.

"아우, 이 굼벵이 기집애! 빨리 좀 걸어! 벌써 줄이 저만큼이나 늘어났잖아!"

결국 난 이유없이 재촉하는 녀석 때문에 쉴 틈도 없이 또다시 멀미 행진을 계속해야 했다. 그렇게 이상하고 공포스러운 놀이기구에 지칠 대로 지쳐 버린 나.

"그만! 그만! 나 한계야. 이제 도저히!! 도저히!! 더 이상은 못 타. 차라리 날 죽이렴."

"이제 그만 타려고 했어."

"그래? 너무 고마워."

난… 지쳤다. 정말 토하지 않은 게 다행이지. 특히 나 스카이다이빙인가 뭔가… 그게 최고였어. 으흑!

"이제 집에 갈 거지? 벌써 다섯 시다."

"저녁 먹고 가자."

"아까 점심 먹은 게 아직도 소화 안 돼서 나 밥 생각 전혀 없어. 그냥 집에 가자."

"그럼 거기나 들렸다 가지, 뭐."

"거기라니… 또 어딜!"

은빈이 말한 거기는… 정말 눈이 휘둥그레질 정도로 멋진 재즈바였다. 화려한 장식은 없었지만 깔끔한 디자인의 테이블하며 온통 거울같이 반짝거리는 벽. 특히 그 거울 같은 벽에 반사되는 화려한 빛 때문에 사방은 신비스러운 분위기에 휩싸여 있었다.

"멋지냐? 여기 소문이 자자한 재즈바다. 요즘 들어 사람이 더 몰리는 곳이지."

"음, 너무 멋있다. 근데 넌 여기 어떻게 알고 있어?"

"어떻게 알고 있냐니. 여기가 데이트 코스의 절정이라고 책에……."

말을 하다 말고 순간 얼른 입을 다무는 은빈. 데이트 코스의 절정?

책에?

"음악도 좋네. 들어가자."

어리둥절해 있는 나의 팔을 끌고 들어가는 은빈. 은빈의 팔에 끌려 구석 테이블로 걸어가던 나는 순간 걸음을 멈추었다. 눈물을 닦는 듯, 눈가를 매만지며 고개를 숙이고 있는 여자. 그 맞은편에 굳은 표정으로 일관하고 있는 남자. 어? 빛나랑 주전자잖아? 빛나랑 주전자가 왜 여기에? 잠시 그들을 보고 있다가 문득 은빈을 올려다보니 은빈도 아무 말 없이 그들을 바라보고 있었다.

"아는 척하지 마."

은빈이 그렇게 말하며 내 등을 돌려세우는 순간,

"어? 세별이 아냐?"

"하하. 어, 안녕?"

어쩔 수 없이 뒤를 돌아보며 어색한 인사를 건네는데 그런 나를 슬쩍 내려다보며 인상을 굳히는 은빈. 이미 날 알아봤는데 어떻게 그냥 모른 척하냐, 그럼!

"흠, 은빈이 녀석도 같이 왔네? 그럼 오늘 나랑 했던 약속 취소하고 하루 종일 녀석이랑 데이트했던 거야?"

"음, 미안해. 그렇게 됐다."

어설프게 웃으며 미안하다는 말을 하다가 문득 빛나를 쳐다보니 입가에 미소를 띠고 우리를 바라보고 있었다.

"그래, 둘이 재미있었어? 후후……."

"어? 뭐 그럭저럭. 근데 너희는?"

빛나와 주전자 녀석을 번갈아 보며 조심스럽게 묻는데 왠지 조금 아까 눈물을 훔치고 있었던 것 같은 빛나의 모습이 갑자기 눈앞에 아른거린다. 아직도 입가에 미소를 띠고 있는 빛나를 가만히 쳐다보는데 들려오는 주전자 목소리.

"촬영 끝나고 잠깐 시간이 남길래 바람 쐬러 나온 거야. 원래 오늘 촬영 있는 거 너네 집 놀러가는 것 때문에 취소했는데 어쩔 수 없이 다시 촬영했지, 뭐."

"음, 그랬구나."

나도 모르게 더 미안한 감정이 마음속에 피어오르는데 그런 내 어깨에 팔을 두르고 등을 돌리는 은빈.

"같이 합석하지 그래?"

그러나 녀석은 그 말을 싹 무시하고 저벅저벅 걸어간다. 여전히 내 어깨에 팔을 올린 채……

"야, 거기 자리도 없잖아! 어차피 우리 옆 테이블 한 자리밖에 없는데, 그냥 합석하자고!"

뒤에서 들려오는 주전자의 목소리. 듣고 보니 정말 자리가 없다. 이 테이블 저 테이블 모두 각양각색의 사람들이 앉아 있다. 주전자 녀석의 말대로 한 테이블만이 남아 있을 뿐. 결국 우리는 주전자 녀석의 옆 테이블에 앉았다. 테이블에 앉자마자 의미심장한 눈으로 나에게 묻는 은빈.

"이 기회에 아주 확실하게 보여줄까?"

"뭘? 뭘 확실하게 보여줘?"

"네가 내 꺼라는 거."

"뭐?"

"주전자 저 자식이 너 확실히 포기하게 뭔가 충격적인 장면을 보여줘야 할 것 같은데……."

그렇게 말하면서 입가에 의미심장한 미소를 띠우는 은빈. 왠지 무섭다, 저 미소.

"뭐 화끈한 거 없을까?"

멍하니 녀석을 쳐다보는 내 눈을 들여다보며 중얼거리는 은빈. 화끈한 거라니, 도대체 무슨 소리야? 그때 옆 테이블에 앉아 있던 빛나가 잠깐 화장실에 가려는 듯 일어서서 눈짓을 하며 걸어갔다. 테이블에 혼자 남은 주전자 녀석, 벌떡 일어선다. 이쪽으로 오는 듯싶더니 내 옆에 털썩 앉아버렸다. 순간 주전자 녀석을 쳐다보는 은빈의 눈. 시베리아 벌판의 얼음을 파서 집어넣은 것처럼 차갑고도 살벌한 눈빛.

"친구들끼리 돈독하게 얘기 좀 해보자는데 그렇게 살벌한 눈빛으로 쳐다볼 것까진 없잖아? ^-^"

너무도 천연덕스러운 말투와 목소리. 그 말투에 더 더욱 인상을 구기는 은빈.

"야, 그만 노려봐라. 너 눈 튀어나오겠다. 자자, 인상 그만 쓰고, 너네 밥 먹었냐? 아직 안 먹었으면 간단하게 뭐라도 먹을래? 이렇게 또 만나서 같이 밥 먹으려니까 새삼 기분 좋아지는데?"

너는 기분이 좋아질지 모르지만 나는 지금 이유없이 초조해지고,

은빈이 녀석은 아주 기분이 나빠지는 것 같단다. 속으로 이렇게 중얼거리고 있는데 무표정으로 있다가 천천히 입을 여는 은빈.

"밥은 너 혼자 먹든지 말든지. 너랑 같이 밥 먹고 싶은 생각 전혀 없으니까 그만 가지 그래?"

조용하고도 차분한 말투였지만 어딘지 모르게 위협적이고도 무거운 분위기를 풍기는 은빈의 목소리.

"자식, 딱딱하게 왜 그래? 너 지금 되게 경직돼 있는 거 아냐? 날 너무 의식하고 있는 것 같은데? 훗."

"뭐라고?"

"왜? 세별이 나한테 뺏길 것 같아서 겁나냐?"

아무렇지도 않은 듯 편안한 말투지만 속에 왠지 뼈가 들어 있는 것 같은 주전자 녀석의 말.

"네 녀석이 자신있다면 나 같은 놈 그렇게까지 의식하고 신경 쓸 필요는 없잖아. 안 그래?"

주전자 녀석의 말에 기가 막히다는 듯 픽 웃는 은빈.

"의식? 의식 같은 소리 하고 있네. 네놈 의식하는 게 아니라 우리 주위에서 걸리적거리며 맴도는 게 짜증날 뿐이야."

"나 무모한 놈 아니야. 임자 있는 여자 건드릴 정도로 그렇게 얼빠지고 무모한 놈 아니라고. 하지만 아무리 임자 있는 여자라도 그 여자의 마음을 어느 정도 눈치 챈 이상, 얘기는 달라지지."

그렇게 말하면서 살짝 미소를 지은 채 나를 쳐다보는 주전자 녀석. 그 미소가 이상하리만치 묘하게 보인다.

"나… 어느 정도 알 것 같거든, 세별이 마음."

"헛소리 집어치워."

"내가 보기엔 너네 둘… 절대 사귀고 있는 것 같지 않아. 사랑한다는 감정은 강은빈, 너 혼자만의 감정 아니냐?"

순간 주전자 녀석의 말이 내 가슴이 확 들어와 박히면서 짜릿한 충격을 준다. 어느새 쿵쾅쿵쾅거리는 심장. 왜, 왜 이러지?

"한 사람만의 일방적인 짝사랑. 그 감정으로는 두 사람의 사귄다는 관계가 이루어질 수 없어. 그건 사귀는 게 아니라 말 그대로 무모한 짝사랑일 뿐이지."

"입 닥쳐라."

은빈이 무겁고도 위협적인 음성으로 말했지만 주전자 녀석은 전혀 개의치 않고 다시 입을 연다.

"세별이 넌 이 자식을 좋아하지 않아. 결코 단순히 이 녀석의 위협적인 태도에 끌려가고 있는 것뿐이야. 네 감정을 착각하고 있는 것뿐이라고. 어때? 내 말이 완전히 틀리다고는 반박 못하겠지?"

두근두근! 쿵쾅쿵쾅!

갑자기 온몸에 열이 오르며 사정없이 가슴이 두근거리기 시작한다.

"네 자신의 감정에 좀 솔직해지는 게 좋지 않겠어? 좋아하지도 않는 사람이랑 사귄다는 거, 좋아하지도 않는데 그 사람의 일방적인 감정에 끌려가는 거, 그거 상당히 우습고도 비참한 일이잖아. 안 그래?"

"내 마음을 훤히 들여다보고 있는 것처럼 말하지 마."

억눌려 있던 말투가 이상한 소리를 내며 흘러나온다. 이런 기분, 이런 분위기 정말 싫어!

"너… 전혀 행복해 보이지 않아. 마치 하기 싫은 일에 억지로 끌려다니는 것처럼 보인다고."

"한마디만 더 지껄이면 2차 경고 들어간다."

"난 네 녀석과는 달라. 아주 확실하게 다르지. 네 녀석처럼 차갑지도, 그리고 권위적이지도 않아. 난 적어도 내가 사랑하는 여자의 기분이나 마음은 존중해 줄 줄 알거든. 너처럼 좋아한다는 감정만으로 그 여자의 모든 것을 소유하고 있는 듯한 착각에 빠져서, 그 여자의 기분 같은 거 무시하지는 않는다고. 난 이 녀석 행복하게 해줄 자신 있어. 네 녀석과는 비교도 할 수 없을 정도로……."

"2차 경고."

은빈의 입에서 낮게 흘러나오는 목소리. 지금까지와는 확실히 다른 목소리다. 화가 나는 것을 간신히 억누르고 있는 것 같은 목소리.

"그래, 그 2차 경고라는 거 도대체 어떤 건지 상당히 궁금했거든? 이러면 어떨까? 네 2차 경고에 더 불을 당겨주겠지?"

그렇게 은빈에게 말하며 느닷없이 내 얼굴을 확 돌리는 주전자 녀석. 그리고… 순간 내 입술에 닿아버린 주전자 녀석의 입술. 눈앞은 온통 하얘져 버렸고 시간은 멈춰 버렸다. 꿈속을 걷는 듯한 느낌에 정신을 못 차리고 있다가 무언가 세게 부서지는 큰 소리와 사람들의 비명 소리에 정신을 차리고 보니 주전자 녀석이 쓰러진 테이블 옆에 곤두박질쳐져 있었다. 입가에 빨간 피를 흘리며. 그리고 그 앞엔 지금까지는 한 번도 본 적 없던 무시무시한 얼굴의 은빈이 주먹을 움켜쥔 채 서 있었다. 아주 차가운 눈동자로 쓰러진 주전자 녀석을 응시한 채.

"일어나! 일어나, 이 자식아!"

재즈바 안, 한가득 은빈의 목소리가 커다랗게 울려 퍼졌다. 어느새 웅성웅성거리는 주위. 몰려들어 구경하는 사람이 있는가 하면, 서둘러 몸을 피해 밖으로 나가는 사람들도 보인다. 주전자 녀석의 멱살을 세게 움켜쥐고 일으킨 은빈이가 다시 한 번 녀석의 얼굴에 주먹을 날렸다.

퍽—!!

힘없이 쓰러지는 녀석.

"은빈아! 그만, 그만 해!"

옷자락을 잡으며 말려봤지만 은빈은 아랑곳하지 않고 쓰러진 주전자 녀석을 다시 일으켰다. 너무도 무서운 눈빛. 활활 타오른다는 건 저런 눈빛을 두고 하는 말인가 보다.

"2차 경고가 뭔지 아주 확실하게 보여주지. 나와!"

녀석의 멱살을 움켜쥐고 밖으로 끌어내는 은빈. 얼른 그들을 쫓아가려다가 문득 옆을 돌아보니 빛나가 두 손으로 얼굴을 감싸쥔 채 파랗게 질려 있었다.

"빛나야."

빛나를 부르며 다가가려는 순간 그런 나를 무서운 눈으로 쳐다보고 휙 나가 버리는 빛나. 그 눈빛이 난 의아했지만 곧 상황의 심각함을 깨닫고 밖으로 급히 뛰어나갔다. 건물의 옆 구석에서 들려오는 거친 소리.

"네가 뭔데 모든 걸 다 알고 있는 듯이 말해?! 네 자식이 뭔데! 경고했잖아!! 주위에서 얼쩡거리지 말라고!"

보기에도 너무나 무서울 정도로 화가 난 은빈이가 주전자 녀석에게 주먹을 날리고 있었다. 저항하지도 못한 채 그 주먹을 그대로 맞고 있는 주전자의 어느새 피투성이가 된 얼굴. 안 돼!! 저러다가 죽겠다!

"그만 해! 제발! 이러다가 주전자 죽으면 어떡해!!"

은빈의 옷자락을 힘차게 잡아당기며 소리쳤다. 그러자 동작을 멈추고 천천히 뒤를 돌아보는 은빈. 눈빛이… 싸늘하게 굳어 있다.

"나 이 자식, 용서 못해. 절대로."

그리고는 나를 밀어낸 채 다시 손을 들어 올리는 은빈. 그만, 제발 그만!!

"제발 그만 해!! 그만 하라고! 너 지금 너무 흥분했어. 진정해."

주먹을 쥔 채 부들부들 떨고 있는 녀석을 진정시켜 주려는데 그런 나에게 차가운 말투를 내뱉는 녀석.

"진정하라고? 나보고 지금 진정하라고? 이 자식이 내 눈앞에서 나 확 돌게 만들었는데, 나보고 지금 진정하라고?"

"그래 진정해. 여기서 더 하면 망가지는 건 너야!"

"상관없어! 상관없다고! 비켜!"

날 밀어내며 다시 주전자 녀석의 멱살을 들어 올리는 은빈. 그렇게 때려서 뭘 어쩌겠다고! 왜 지금 기분만 생각하는 거야!!

"제말 그만 해! 이 바보 같은 녀석아! 그렇게 때려서 어떡할래? 폭행죄로 경찰서라도 끌려갈래? 그래야 속이 시원하겠어? 왜 나중 일은 생각 못해! 그렇게 때린다고 해결되는 거 아무것도 없어! 결국 망가지는 건 너잖아! 그만둬! 널 위해서라고, 이 바보야!"

나의 커다란 외침에 우뚝 멈춰 버린 녀석의 손. 은빈이 녀석에게 잡혀 있던 주전자 녀석의 멱살이 소리없이 풀어지자 주전자 녀석은 무너지듯 스르르 쓰러져 버렸다. 피투성이가 되어 기절해 버린 주전자 녀석. 난 순간 가슴이 덜컥 내려앉았고 쿵쾅거리는 심장 소리를 들으며 얼른 주전자 녀석에게 다가갔다. 얼굴을 들어 올려보니 생각보다 심각하다는 걸 느낄 수 있었다. 주전자 녀석의 얼굴은 심하게 망가져 있었다.

"얼른 부축해! 심하게 다친 것 같아. 병원으로 옮기자!"

다급한 말투로 소리치는데 그런 내 귀에 중얼거리듯 들려오는 은빈의 말.

"넌 항상 그런 식이야."

천천히 고개를 돌려보니 은빈이 왠지 슬픈 얼굴로 날 응시하고 있었다.

"한 번쯤… 내 기분 생각해 주면 안 되냐? 내 입장에서 생각해 주면 안 돼? 내가 왜 이렇게 화가 났는지… 왜 저 자식을 저 지경이 되도록 두들겨 팼는지… 왜 미친놈 돼서 날뛰는지… 그 이유 한 번만이라도 생각해 주면 안 되냐?"

녀석의 목소리를 타고 흐르는 슬픈 기운. 무슨 말이라도 해야 하는데 목구멍은 꽉 막힌 것처럼 닫혀 버려서 날 답답하게 한다.

"나… 왠지 힘 빠진다. 나 당연히 화내고 소리칠 권리 있는 거 아니냐? 내 앞에서 보란 듯이 너한테 그런 짓 하는데, 나 당연히 화낼 권리 있는 거 아니냐고. 근데 지금 보니까 나만 나쁜 놈 같다. 내가 미친 놈 같다."

"그럼… 네가 이 녀석 정말 죽을 때까지 패는 걸 그냥 눈으로 보고만 있으란 소리니? 잘못된 일인 거 뻔히 아는데 어떻게 보고만 있어? 어떻게 보고만 있냐고. 네 말 무슨 뜻인지 알겠는데… 그래도 폭력은 안 돼. 봐, 지금 이 녀석이 얼마나 처참한 몰골로 쓰러져 버렸는지."

"그래, 다 내가 잘못했다. 내가 미친 짓 한 거다. 내가 죽일 놈이고 몹쓸 놈이다."

"그런 식으로 말하지 마! 지금 네 잘못을 따지고 있는 게 아니잖아!"

"지친다… 지쳐서 이젠 단 한 발도 네 앞으로 다가갈 수 없을 것 같아."

녀석의 중얼거림에 난 아무 말도 할 수 없었다. 지친다… 그 한마디가 아픈 유리 조각이 되어 내 가슴에 날카롭게 박혀 버렸다. 녀석은 그렇게 굳어버린 얼굴로 쓰러진 주전자 녀석을 들쳐 업고 저벅저벅 걸어가기 시작했다. 후우… 저절로 나오는 한숨. 도대체 뭐가 뭔지 알 수 없는 이상한 기분으로 녀석의 뒷모습을 바라보는데 주전자 녀석을 들쳐 업은 은빈이가 택시를 잡는 듯 손을 흔드는 게 보였다. 곧 택시 한 대가 그들 앞에 섰고, 멍하니 쳐다보고 있는 나에게 오라는 듯 눈짓을 하는 은빈. 힘이 빠져서 후들거리는 다리로 그들에게 다가가자 은빈은 녀석을 택시 안으로 밀어 넣으며 말한다.

"병원 가."

그리고는… 돌아서서 저벅저벅 걸어가 버렸다, 한없이 슬퍼 보이는 뒷모습으로.

"은빈아!!"

"학생, 안 탈 거야?"

"아, 네. 탈게요."

어쩔 수 없이 택시에 올라탔다. 곧 요란한 소리와 함께 출발하는 택시.

"제일 가까운 병원으로 가지?"

아저씨가 백미러로 나를 쳐다보며 말했지만 그 말은 귀에 들어오지도 않았다. 빠르게 달려나가는 택시의 창문 밖을 쳐다보니 담배에 불을 붙이며 천천히 걸어가고 있는 은빈이가 보였다. 찌릿하게 저려오는 마음 한구석. 상처받았다. 저 녀석, 온몸으로 말하고 있다, 상처받았다고……. 내가 말을 잘못한 걸까, 아니면 은빈이 내 말을 오해한 걸까? 주전자 녀석을 이 지경이 되도록 때려봤자, 결국 불리한 건 너인데. 이런 내 생각이 잘못된 거니?

· 병원.

"얼굴만 아주 집중 공격을 했네. 어머나, 이 얼굴 어떡해? 흉터 남

으면 보기 흉할 텐데……."

"다른 곳은… 다른 곳은 괜찮나요?"

"다른 외상은 없어요. 얼굴만 많이 다쳤네요. 소독하고 치료했으니까 하루 정도 입원했다가 퇴원해도 될 거예요."

"감사합니다."

한숨을 푸욱 내쉬며 의자에 앉아 얼굴에 반창고를 잔뜩 붙이고 있는 주전자 녀석을 바라보았다. 얼굴에 흉터 남으면 보기 흉하다는데… 그럼 안 되는데. 게다가 이 녀석, 모델이잖아. 후우……. 말없이 녀석의 다친 얼굴을 쳐다보고 있는데 아까 은빈의 음성이 귓가에 앵앵거리며 맴돌기 시작한다.

"지친다… 지쳐서 이젠 단 한 발도 네 앞으로 다가갈 수 없을 것 같아."

모든 걸 포기한 듯한 녀석의 목소리. 왜 이렇게 가슴이… 시릴까?

"아… 되게 아프다."

신음이 섞여 나오는 녀석의 목소리를 듣고 퍼뜩 정신을 차린 나.

"괜찮아? 많이 아프지?"

"하… 자식. 무슨 주먹이 그렇게 세냐? 반격하고 싶어도 반격할 힘이 있어야지. 틈도 안 주고… 대단한 놈."

"너… 맞을 짓 한 건 알지?"

내 물음에 피식 웃으며 말하는 주전자 녀석.

"그래, 맞을 짓 한 건 알겠는데… 어쩐지 기분은 좋은걸? 쿡!"

"주해민, 내 말 똑바로 들어. 네가 날 좋아하든 그렇지 않든 난 널 친구 이상으로 안 봐. 그러니까 다시 한 번 그런 무모한 짓 하면 나 다신 너 안 볼 거야. 친구로 안 볼 거야. 알았어?"

그러자 내 눈을 똑바로 쳐다보며 말하는 녀석.

"좋아하도록 만들 거야. 네가 나 좋아하도록 만들 거라고."

"우리 제발 이러지 말자. 너랑 난 좋은 친구잖아. 앞으로도 좋은 친구로 지내고 싶단 말이야. 네가 자꾸 이러면 난 다시는 너 못 봐. 아니, 안 봐."

"왜? 잘난 남자 친구가 있어서? 넌 그 녀석 안 좋아하잖아. 내 눈에는 다 보이는걸."

"네가 내 마음을 어떻게 그렇게 훤히 아니? 다 알고 있다는 듯 말하지 마. 그런 말 듣는 거 싫다."

더 이상 주전자 녀석과 얘기하고픈 마음이 없어진 나는 자리에서 조용히 일어섰다.

"나 간다. 몸조리 잘해."

"가지 마."

"갈게."

굳은 얼굴로 의자에서 일어섰다. 들려오는 녀석의 말을 애써 무시한 채 병실을 나왔다.

한숨은 푹푹 나오고… 마음은 복잡하고… 머리는 어지럽게 흔들리고……. 어떻게 집에 왔는지도 모르겠다. 집으로 들어가니 엄마가 거실로 나오며 물으신다.

"아니, 얼굴이 왜 그래? 은빈이랑 싸우기라도 한 거니?"

"아니, 아니야, 엄마. 싸우긴… 놀이동산 갔었는데 재밌었어. ^-^"

"어머, 너 어지럼증이랑 고소공포증 있어서 놀이기구 못 타잖아."

"그냥 탔지 뭐. 재밌던데? 헤헤."

"그나저나 해민이 녀석, 오늘 놀러오기로 했었는데 못 와서 서운했겠다. 모델 한다며? 대체 얼마나 근사해졌길래 모델씩이나 해? 다음에 꼭 놀러오라고 해. 알았지?"

"네, 그럴게요, 엄마."

후우… 주전자 녀석, 은빈이한테 늘씬하게 맞아서 병원에 누워 있다는 사실, 엄마가 알면 얼마나 놀라실까? 무거운 마음으로 힘이 쭈욱 빠진 몸을 끌고 내 방으로 올라갔다. 올라가자마자 눈에 들어오는 책상 위의 스웨터. 벌써 거의 다 완성된 스웨터. 나도 참 대단하지. 역시 난 한다면 하는 성격이라니까. 이 스웨터를 선물하면 은빈이가 좋아할까? 그런 생각을 하다가 은빈에게 전화를 했다. 받지 않는다. 어쩌면 당연한 건가? 집에 들어왔을까? 서향 창문 커튼을 젖히고 보니 불이 꺼져 있는 은빈의 창문이 눈에 들어온다. 아직 안 들어왔나? 아님 벌써 자는 건가? 이렇게 녀석이 걱정되고 마음이 아픈 걸 보면… 나 어느새 녀석을 좋아하게 돼버린 건가?

다음날, 은빈은 집 앞에 나와 있지 않았다. 요 며칠 동안 하루도 안 빼놓고 함께 등교했는데……. 은빈의 집을 올려다보다가 문득 이상한 예감이 들어 집 안으로 들어가 아줌마에게 물어보니 새벽에 학교

갔댄다. 그런 일은 있을 수 없다!! 맨날 지각하다가 요 며칠 동안은 제시간에 등교하긴 했지만… 그래도 새벽에 학교를 갔을 리는 없을 텐데……. 설마 어제 안 들어 온 거 아냐? 은빈이 깨우러 방에 가보니까 없고, 그래서 새벽에 학교 갔다고 생각하시는 거 아닌가?

불안한 예감을 안고 학교에 갔다. 교실에 들어선 나는 입을 크게 벌리며 놀라고 말았다. 책상에 엎드려 자고 있는 은빈이 녀석. 이, 이럴 수가… 정말 새벽에 학교 왔나 보다. 교복 입고 있는 거 보니 집에 들어간 것 같기는 하다만……. 조심스럽게 다가가 잠에 푸욱 빠져 있는 은빈의 팔을 흔들며 말했다.

"은빈아… 은빈아……."

그러자 뒤척뒤척 몸을 움직이다가 천천히 고개를 드는 은빈. 헝클어진 머리를 쓸어 넘기며 흐릿한 눈동자로 말없이 날 바라본다. 아무것도 담겨 있지 않은 눈동자. 왠지 모르게 피곤해 보이는 얼굴.

"어떻게 된 거야? 아줌마는 너 새벽에 나갔다던데 설마 어제 집에 안 들어갔던 거니?"

나도 모르게 가늘게 떨리는 목소리. 내 말에 한숨을 푸욱 내쉬더니 가라앉은 목소리로 중얼거리는 은빈.

"오늘은 너랑 얘기하기 싫다."

그리고는 책상에 다시 엎드려 버렸다.

"나한테 화난 게 있으면 말해 봐. 그래야 내가 잘못한 거 있으면 고치고……."

그러자 고개도 들지 않고 중얼거리는 은빈.

"너한테 화난 거 없어. 너 잘못한 것도 없어. 그냥 화가 나. 화가 나서 미쳐 버리겠어. 나 그냥 내버려 둬라."

더 이상 아무 말도 할 수 없었다. 무언가 잘못 되어가고 있다. 어제 저녁부터 알 수 없는 나쁜 기운이 우릴 감싸고 있는 것만 같아. 난 결국 더 이상 은빈에게 아무런 말도 하지 않은 채 등을 돌려 버리고 말았다.

하교 길, 하루 종일 수업에 안 들어오다가 지호의 손에 이끌려 모습을 드러낸 은빈.

"아, 글쎄 오라니까! 형 혼자 어딜 간다는 거야? 안 돼!! 오늘 우리 소모임 있는 날이잖아! 어? 세별이 누나!"

막 신발을 신고 현관을 나서려다 그들을 발견하고 걸음을 우뚝 멈춘 나를 향해 손을 흔드는 지호. 오늘도 역시 밝은 웃음이구나. 귀여운 지호.

"누나, 오늘 우리 소모임 있어요. 가요."

지호의 말에 조금 당황한 눈으로 은빈을 쳐다보자 애써 내 시선을 외면해 버리는 녀석. 하룻밤 사이에 이렇게 어색해져 버리다니.

"어… 둘 다 표정이 왜 그래? 둘이 싸우기라도 한 거야? 우씨, 손 붙잡고 얼싸 안아도 모자랄 판에 왜 싸우고들 그래!!"

나와 은빈을 번갈아 보며 소리치는 지호.

"애정이 부족해도 한참 부족하구만! 어이구, 이 답답 무식한 커플들아! 세상에 형이랑 누나 같은 커플 또 있을까? 참 궁금하다!! 자, 이리 와봐요, 누나!"

갑자기 나를 확 끌어당기더니 잡고 있던 은빈의 손에 내 손을 쥐어 주는 지호.

"꼭 잡아봐! 얼마나 보기 좋아? 하하. 여기서 잠깐 기다려. 애들 불러 올 테니까 다같이 가자! 오늘은 영상이가 쏜다구 했으니까 그 자식 껍데기 몽땅 벗겨 먹어야지. 헤헷."

우리 둘의 손을 꼬옥 쥐어주고 환한 미소를 날린 채 등을 돌려 뛰어가는 지호. 그런 지호의 뒷모습을 멍하니 쳐다보고 있는데 살며시 내 손을 놓아버리는 은빈. 고개를 들어 은빈을 쳐다보니 아무렇지도 않은 얼굴로 중얼거린다.

"너 가봐야 되잖아, 병원."

참… 주전자 녀석, 오늘 퇴원이지?

"병원 같이 가볼래?"

"없어."

"어?"

"병원 갈 생각 없다고."

"그래도……."

"먼저 간다."

짧게 중얼거리고 등을 돌려 저벅저벅 걸어가기 시작하는 녀석. 어쩐지 한없이 멀어지는 기분이다.

무거운 마음으로 주잔자 녀석의 병원에 들렀다. 얼굴에 온통 밴드를 덕지덕지 붙인 녀석을 보니 안쓰러운 마음도 들었지만, 어제 이후로 난 녀석을 보고 웃을 수 없다. 어색한 얼굴로 녀석을 보내고 집으로 돌아왔다.

　한숨을 푸욱 내쉬고 의자에 앉아 난 습관적으로 서랍으로 손을 뻗었다. 서랍을 열자 거의 다 완성되어 있는 스웨터가 눈에 들어온다. 습관처럼 그것을 꺼내서 뜨기 시작한다. 머리 속에는 다른 생각으로 가득 차 있는데 손은 따로 논다. 아무 생각 없이 부지런히 손을 움직이고 있는데 갑자기 요란스럽게 울려대는 핸드폰. 얼른 폰을 귀에 댔다.

　"여보세요?"

　[누나, 지호예요.]

　"어, 지호야."

　뜻밖의 지호 전화.

　[누나, 어떻게 된 거예요? 은빈이 형, 혼자 술 왕창 마셔서 뻗게 내버려 두고 지금 뭐 하는 거예요?]

　"뭐? 은빈이가 술을?"

　[아까 사라졌길래 둘이 어디 같이 간 줄 알았는데 예감이 안 좋아서 형한테 전화해 보니까 술 잔뜩 취해서 인사불성이잖아요.]

　혼자 술을 잔뜩 마시다니… 도대체 강은빈, 너.

　[둘이 무슨 일 있었죠? 형 그렇게 몸도 못 가눌 정도로 술 마신 적 없는데, 그런 힘없는 목소리 한 번도 들어본 적 없는데, 누나 이름 부르면서 괴로워하잖아요. 당장 가봐요!]

　그 이후 지호의 목소리는 더 이상 내 귀에 들어오지 않았다. 빠르게 대문을 나와 골목길을 달리면서 난 자꾸만 답답해지는 가슴에 숨이 탁탁 막혀 버리는 것 같은 기분을 느꼈다. 술에 잔뜩 취해서 쓰러질 지경이라니… 대체 얼마나 마신 거야! 쿵쾅쿵쾅 미칠 듯이 뛰어대는 가슴을 부여잡고 얼른 택시를 잡았다. 빠르게 출발하는 택시 안에서 멍하니 창문 밖을 내다보는데 지호의 마지막 음성이 귓가에 맴돈다.

"형 슬프게 하면… 아무리 누나라도 용서 안 해요……."

내가 누굴 슬프게 할 가치나 있는 사람이던가? 나도 나 때문에 누군가가 아프고 슬픈 건 싫어. 그런 건 싫어.
몇 번 와본 적 있는 블루 클럽 앞에 선 택시. 택시가 서자마자 난 얼른 내려 클럽 안으로 들어갔다. 신나게 떠들며 한껏 분위기에 취한 사람들 속에서 정신없이 은빈을 찾고 있는데… 순간적으로 오른쪽 구석 테이블에 시선이 간다. 저절로 몸이 굳어지며 심장이 주체할 수 없을 정도로 쿵쾅거리기 시작한다. 소파에 몸을 기댄 채 눈을 감고 있는 은빈. 그런 은빈의 팔짱을 끼고 자연스럽게 어깨에 기대 있는… 빛나? 빛나 맞지? 차마 그들을 향해 발길이 떨어지지 않아 멍하니 서 있는데… 언제 왔는지 내 팔을 잡으며 지호가 말한다.
"누나, 저 여자… 얼마 전에 전학 온 탤런트 맞죠? 어떻게 된 거예요? 왜 저 여자가 형이랑……."
"몰라, 나도 모르겠어……."
여전히 멍한 상태에서 중얼중얼 흘러나오는 음성.

"몰라요? 모른다니요!!"

나도 모른단 말이야. 나도 당황스럽단 말이야. 지호의 손에 이끌려 난 그들 앞에 다가갔다. 나와 지호를 보고도 아무렇지 않은 얼굴로 입가에 미소를 띠우며 말하는 빛나.

"너무 괴로워하길래… 잠깐 술친구 해준 것뿐이야."

"당신 뭐야? 왜 형이랑 같이 있어?"

"어머, 당신이라니? 말했잖아, 은빈이가 너무 괴로워하길래 술친구 해준 것뿐이라고. 무슨 일인지는 모르지만 내 위로받고 마음이 많이 가라앉았어. 나한테 고마워해야 되는 거 아니니?"

순간 빛나의 멱살을 거칠게 움켜쥐는 지호! 곧 빛나의 비명 소리가 가득 울려 퍼졌고 클럽 안은 순식간에 시끄러워지고 말았다.

"지호야! 이거 놔!!"

지호를 말리며 소리쳐 봤지만 이미 흥분하기 시작한 지호에게 귀에 내 말이 들릴 리 없었다. 어떻게든 지호를 말리려 발만 동동 구르고 있는데 상황의 심각함을 느낀 주위 사람들이 다가오기 시작한다.

"이봐, 여자 멱살을 그렇게 잡는 게 어딨어! 무슨 잘못을 했는지는 모르겠지만 말로 하라고!"

순간 낮게 들려오는 음성.

"한지호, 그거 놔."

고개를 돌려보니 은빈이 소파에서 비틀비틀 일어서고 있었다. 은빈의 말에 곧 빛나의 움켜쥔 옷자락을 놔주는 지호. 빛나는 파랗게 질린 얼굴로 지호를 확 떠밀고는 거친 발걸음으로 클럽을 나가 버렸다. 은빈을 보며 소리치는 지호.

"형 미쳤어? 뭐 하는 거야, 지금!"

"신경 쓰지 마. 술 마시고 싶어서 마신 것뿐이니까."

정말로 많이 마셨나 보다. 잔뜩 흐트러진 음성에 비틀거리는 몸, 흐릿한 눈동자. 그 모습에 나도 모르게 울컥 화가 치밀어 오른다.

"젠장, 나도 몰라!! 둘이 해결해!!"

지호의 고함이 클럽 안에 가득 울려 퍼지고 그 고함으로 내 마음은 점점 더 가라앉기 시작한다. 자꾸만 내 팔을 밀어내는 녀석을 붙들고 거의 강제적으로 택시에 타버린 나. 백미러 너머로 우릴 한심하다는 듯 쳐다보시던 아저씨가 결국 한마디 하신다.

"아이고, 무슨 술을 그렇게 많이 먹었나? 보아하니 아직 학생인 것 같은데, 쯧쯧… 하여튼 요즘 것들은 문제야, 문제."

"아, 아니에요, 아저씨. 어른들이랑 예의상 조금 마신 것뿐인데……."

"거짓말 말아! 요즘 이런 녀석들 한두 번 본 줄 알아? 쯧쯧쯧… 세상 말세야, 말세."

결국 우리는 집으로 오는 내내 아저씨의 꾸지람을 들어야만 했다.

끼이익—!!

골목 어귀에 택시가 서고 난 재빨리 내려 은빈을 부축하려 했다. 그러나 내 손을 밀어내고 혼자 힘으로 택시에서 내리는 은빈. 집으로 오는 택시 안에서 창문을 열어 시원한 바람을 쐬게 했더니 술이 좀 깼는지 은빈은 안정된 걸음걸이로 앞서 걸어갔다. 난 얼른 그 옆으로 다가가 나란히 걷기 시작했다.

"아줌마한테 많이 혼나겠다."

그렇게 말하며 조심스럽게 은빈의 얼굴을 쳐다보니 아무 말 없이 앞만 보고 걷는다. 그러자 자연스럽게 생각나는 아까의 장면. 물어보고 싶다, 빛나가 왜 거기 있었는지……. 이유없이 내 마음속에 작은 불길이 확 번지는데,

어느새 집 앞. 은빈은 대문 앞에 털썩 앉아서 머리를 쓸어 올린다.

"안 들어가니?"

"이따 들어갈 거야. 먼저 들어가."

은빈의 말에 난 작게 한숨을 내쉬다가 은빈의 옆에 나란히 앉았다.

"은세별."

가만히 내 이름을 부르는 은빈. 한숨 섞인 목소리.

"응?"

"내가 어떡해야 되는 거냐?"

"……."

"나보고 어떡하라고… 나오는 건 한숨뿐이고, 널 옆에 붙잡아뒀던 내 모습이 죽도록 한심하게 느껴지는데… 나 대체 어떡해야 되는 거냐?"

녀석의 눈동자가 흔들리고 있었다. 머리를 마구 헝클어뜨리는 녀석의 손이 다시는 잡을 수 없을 것처럼 낯설게만 느껴지기 시작하는데……. 한동안 말없이 바닥만 내려다보고 있던 녀석이 다시 중얼거린다.

"나 병신 맞지? 나 혼자 발광하는… 나 등신 맞지?"

무슨 말이든 하려 입을 열었지만 우습게도 입 밖으로는 아무 말도 나오지 않았다.

"문득 이건 아니라는 생각이 들었어. 못하겠다……. 나 더 이상 병신 되기 전에… 진짜 미쳐 버리기 전에… 그만둘래……. 솔직히 넌 한 번도 우리가 진짜 사귄다고 생각한 적 없지? 그렇지?"

녀석의 말에 아니라고 부정하고 싶었지만… 그 말은 입속에서 뱅뱅 맴돌기만 할 뿐 차마 입 밖으로 나오지 않았다.

"나 한 가지만 물어보자. 너… 나 좋아하냐? 아니, 좋아하는 마음 조금이라도 있어?"

녀석의 말에 문득 마음이 차갑게 내려앉아 버렸다. 마치 가능성없는 대답을 들으려는 듯 힘없이 중얼거리는 말투에 힘이 스르르 빠져 버린다. 그리고 거짓말처럼… 은빈의 그런 얼굴에 빛나의 얼굴이 겹쳐져 버렸다. 무슨 대답을 원하는 거니? 나 아까 네 그런 모습 본 것만으로도 마음 아프고 화나는데… 넌 왜 네 생각밖에 안 해? 너만 답답하고 마음 아픈 거 아니잖아. 이런 내 기분을 아는지 모르는지 은빈은 마치 독백하듯 다시 중얼거리기 시작했다.

"사실은 무서웠다. 네 입에서 아니라는 말 나올까 봐, 나 안 좋아한다는 말 나올까 봐 무서웠다. 하루에도 몇 번씩 네 얼굴 볼 때마다 물어보고 싶었던 그 말, 나 좋아하냐… 그 물음에 대한 네 대답이 두려워서… 나 그렇게 바보처럼 매일 마음속으로만 삭였다. 아니라는 네 대답 들으면 나 미쳐 버릴까 봐, 정말 미쳐 버릴지도 모른다는 그런 두려운 생각에… 항상 묻고 싶었으면서, 물어보고 싶었으면서… 마음속에 묻어만 두고 있었다. 그런데 지금 이 순간 물어보고 싶어. 이제 네 마음, 확실한 네 마음 정말 알고 싶어. 너… 나 좋아하냐?"

녀석의 입에서 흘러나오는 중얼거림. 그 중얼거림을 가만히 듣고 있다가 마음속에 참을 수 없는 불길이 커다랗게 번진다고 느끼는 순간 나도 모르게 마음에도 없는 말이 나오기 시작했다.

"넌 이미 내 대답, 다 알고 묻는 거 아냐? 마치 그런 것처럼 묻고 있잖아. 내가 할 대답, 넌 이미 다 알고 있으면서 네 목소리 왜 그렇게 힘이 없어? 왜 그렇게 힘없는 목소리냐구. 그래… 내 대답은……."

"그만!!"

힘없이 중얼거리는 녀석의 모습에 화가 나 마음에도 없는 말을 내뱉어버리는데 그런 나의 말을 녀석이 중단해 버린다.

"듣기 싫어. 안 들을래. 그냥 안 듣는 게 나을 것 같아."

녀석의 말에 힘이 스르르 빠지는데… 마치 꿈속에서 들려오듯 녀석의 목소리가 다시 들려오기 시작했다.

"이제 조금은 너랑 가까워졌다고 생각했는데… 이렇게 같이 지내면 더 가까워질 거라고 생각했는데… 그게 아니었나 봐. 넌 점점 더 멀어지고 있었나 봐."

은빈이 말끝을 흐리며 천천히 고개를 들어 먼 곳을 응시하며 말을 잇는다.

"너 처음 본 날, 아직도 생생해. 쿡!! 침대에 누워 있다가 뛰어들어

온 나보고 놀라던 모습……. 사실은 그때 알아버렸어. 한눈에 너 알아봤다구, 네가 바로 어렸을 때의 그 은세별이란 거."

 처음 듣는 얘기. 놀란 눈으로 녀석을 쳐다보니 녀석은 그런 내 시선을 외면한 채 다시 중얼거린다.

 "너무 놀랐었어. 어렸을 때의 그 장난스러운 얼굴은 그대로지만… 너무도 사랑스럽게 자란 네 모습에 바보 같지만… 가슴도 두근거렸어. 그렇게 처음부터 너에게 조금씩, 조금씩 내 마음을 주고 있었나 봐."

 너무도 편안한 목소리였다. 마치 과거의 일을 무심하게 회상하듯… 그렇게 녀석의 목소리는 무심하게 이어지고 있었다.

 "하지만… 그런 내 자신에게 화가 났지. 어렸을 때 그렇게 날 괴롭혔던 네 녀석인데… 이제 내가 널 죽도록 괴롭혀야지 하면서도 생각과는 반대로 너한테 끌리는 마음 때문에 너한테 참 못되게 굴었지. 그때마다 화를 내기는커녕 오히려 바보 같은 네 녀석 웃음, 행동들에 우습지만 속으로 얼마나 기뻤는데."

 머리가 점점 멍해진다. 무슨 소리야? 그럼… 넌… 처음부터 날?

 "그냥 내 곁에 두고 싶었어. 네 웃는 모습, 나만 보고 싶었고… 사랑스러운 말투랑 표정, 행동, 나에게만 보여줬으면 하는 욕심이 생겼어. 이렇게 곁에 두면 내 마음 알아줄 거라고 믿었어. 언젠가 내 마음 알아주기만 한다면 바보 같더라도 기다리겠다고 그렇게 생각했어. 근데 그런 내 생각이… 잘못된 건가 봐."

 한숨을 작게 내쉬고는 천천히 몸을 일으키는 은빈. 내 앞에 서서 멍해 있는 나를 내려다본다.

"난 정말 바보였어. 정작 중요한 건 네 마음인데… 네가 날 어떤 눈으로 바라보는지, 어떤 식으로 생각하는지, 그건 생각조차 하지 않고 무조건 내가 많이 좋아하면 너도 따라와 줄 거라고 생각했어. 진짜… 바보 같은 생각이었지."

"왜… 왜… 그런 말을 하는 거야, 왜……."

"인정하기 싫지만 주전자 놈 말이 맞아. 그 새끼가 한 말, 처음부터 끝까지 다 맞아. 그날 그 자식이 하는 말 들으면서 점점 깨닫기 시작했어. 내가 엄청 한심한 놈이었다는 거. 내 맘을 이미 다 알고 조롱하는 듯한 그 자식에게 화가 났어. 나보다도 내 자신을, 너와 나의 상황을 잘 알고 있는 그 자식 말에 화나서… 그 자식 쓰러뜨리지 않고는 견딜 수 없을 정도로 화났었어. 네가 아니라고 말해 주길 바랬어. 그 자식한테 네가 뭔데 우리 사이를 그렇게 잘 알고 있냐고… 알지도 못하면서 말 함부로 하지 말라고… 그렇게 말해 주길 바랬어. 그런데 넌 내가 그 자식 쓰러뜨리는 그 순간까지, 쓰러진 그 녀석 걱정하기에만 바빴지. 내 마음은 상관없이 말야. 그때 처음 그런 생각이 들더라. 어쩌면 그 자식 말대로 넌 날 좋아하지도 않으면서 내 권위적인 행동에 끌려오고 있는 건지 모른다고… 마음은 아닌데, 정말 아닌데… 단지 내 주도적인 행동 때문에 어쩔 수 없이 내 곁에 머물고 있는 건지 모른다고… 그런 생각이 들었어. 그런 생각까지 드니까 진짜 미쳐 버릴 것 같았다."

기나긴 말을 마치고 한숨을 푸욱 내쉬던 은빈이가 천천히 몸을 돌린다.

"너 그거 아냐? 내가 고백한 후로 너 한 번도 내 앞에서 진심으로 환하게 웃은 적 없어. 진심으로 즐거워한 적도 없어. 바보처럼 지금에서야 생각나, 넌 항상 무언가에 끌려다니 듯 피곤한 모습이었다는 거… 바보처럼 지금에서야 생각나. 네가 내 곁에 있는 게 행복하지 않다면… 놓아주는 게 옳은 거겠지?"

그리고 내 마음을 덜컥 내려앉게 하는 은빈의 목소리가 잔잔히 울려 퍼진다.

"우리, 끝내자. 어차피 시작도 나 혼자였지만……."

아무 말도 할 수가 없었다. 손도 발도 모두 뻣뻣하게 굳은 채 멍한 눈으로 땅만 내려다보았다. 은빈이가 아무 말 없이 대문을 열고 집으로 들어가는 동안 난 바보처럼 한마디의 말도 하지 못했다. 자꾸만 귓가에 맴도는 녀석의 슬픈 목소리.

"우리, 끝내자. 어차피 시작도 나 혼자였지만……."

두근두근거리는 가슴은 좀처럼 진정이 되지 않고… 난 한동안 멍하니 집 앞에 홀로 서 있다가 집으로 들어갔다.

"세별이, 너 어디 갔다 오니?"

엄마가 안방 문을 열고 나오며 내게 묻는다. 하지만 차마 입이 떨어지지 않는다. 내 표정을 보고 가만히 다가와 내 손을 잡는 엄마.

"왜 그래? 무슨 일이니?"

"엄마……."

마치 신음 소리처럼 내 입에서 중얼중얼 흘러나오는 목소리.

"그래, 말해 봐."

"은빈이가… 헤어지재."

가만히 내 중얼거림을 듣고 있던 엄마, 아무 말 없이 가만히 내 어깨를 안아준다. 엄마의 품에 얼굴을 묻는 순간 주르르 흘러나오는 눈물.

"내가 잘못한 거야……. 엄마, 나 되게 못된 애야. 그치? 바보 멍청이처럼… 은빈이가 주는 마음, 난 그냥 받고만 있었나 봐. 난 몰랐는데… 내가 은빈이를 좋아하는지, 아니면 그냥 친구로 느끼고 있는지… 나도 내 마음을 몰라서 은빈이 마음 받기만 하고… 그 마음 그냥 방치해 버렸었는데… 그런데… 그런데……."

애써 울음을 참으려 해도 바보처럼 꾸역꾸역 흘러나오는 눈물.

"이 바보야, 남자와 여자가 사귄다는 게… 그게 어디 애들 장난 인 줄 아니? 은빈이를 좋아하는지 안 좋아하는지 네 확실한 마음도 모르면서 그냥 사귀었단 말이야? 세별이, 네가 잘못한 거야."

처음부터 날 좋아했다고 고백하는 동시에 헤어지자는 말을 하다니……. 참… 너무도 아이러니하다. 너무 아이러니해, 강은빈……. 네 마음이 그 정도일 거라고는 생각 못했어. 미안해, 네 마음 그냥 받기만 하고 방치해 버려서……. 나조차도 확신이 서지 않는 감정으로 그동안 너 힘들게 한 거, 결국 너 그렇게 힘들게 만든 거, 모두 나인데… 잠시라도 너 원망했던 거 미안해…….

내가 너무 한심해서… 너무 한심해서… 침대에 한참 동안 엎어져 있다가 고개를 드니 책상 위에 놓여 있는 하얀색 스웨터가 눈에 들어온다. 이제 마무리만 하면 되는데… 정말 정성 들여 뜬 건데… 이젠 줄 수 없게 돼버린 건가?

다음날 학교.

"어? 왜 그렇게 힘이 없어? 무슨 일 있었니? 안색이 상당히 안 좋은데?"

힘없이 의자에 앉아 멍하니 고개를 숙이고 있다가 들려오는 목소리에 고개를 드니 세영이가 걱정스러운 얼굴로 나를 바라보고 있었다.

"왜 그래? 무슨 일 있는 거 맞지?"

"아냐, 아무 일도 없어. ^-^"

애써 밝게 웃으며 세영을 바라보는데 가슴 한구석이 심하게 저려온다. 마음이 너무나 불편하다. 이런 느낌, 이런 이상한 느낌… 싫어, 싫다!

"강은빈! 선생님이 오늘까지 제출하라는 숙제, 너만 안 냈잖아! 이 녀석아, 너 오늘도 안 내면 점수 팍팍 깎는댔어!"

"팍팍 깎으라 그래!! 그 딴 유치한 숙제나 내주면서 요구하는 것도 더럽게 많아."

평소와 다름없는 목소리. 무심코 고개를 돌린 나. 막 책을 꺼내려던 은빈과 정통으로 눈이 마주쳐 버렸다. 눈이 마주치는 순간, 곧 내 눈을 외면하며 책으로 시선을 옮기는 은빈. 평소와 다름없다. 저 눈빛… 저 표정… 저 모습… 평소랑 같구나. 근데 난 왜 다를까? 항상 바보스러울 정도로 웃어댔던 나인데 지금은 도저히 웃을 수가 없어! 헤어지면… 헤어지면 친구조차 될 수 없는 거구나. 인사조차 할 수 없는 거구나. 그런 거구나. 바로 이런 게… 헤어진다는 거구나. 어제의 일들이 꿈이 아니었음을 절실히 깨닫는 순간이었다. 문득 한숨이 나오는데 뒷문이 드르륵 열리며 언제나 그렇듯 청순하고 예쁜 빛나가 들어온다. 빛나를 보자마자 어쩔 수 없이 생각나는 어제의 그 장면. 은빈의 품에 안겨 있던 빛나. 둘이 원래 그렇게 친했었나? 아무렇지도 않게 스킨십을 할 정도로?

"어머, 세별아, 안녕?"

"어, 안녕? 오늘은 촬영 없나 봐, 일찍 왔네?"

"응, 오늘하고 내일은 비워뒀어. 방과 후에 어디 갈 데가 있어서. ^_^"

발랄하게 상큼한 웃음을 짓고는 책장을 팔랑팔랑 넘기고 있는 은빈에게 다가가는 빛나.

"은빈아, 어제 술 많이 마셨는데 잘 들어갔니? 어제 내가 말한 데 있잖아. 엄마한테 말씀드렸더니 오늘 놀러와도 좋대. 가는 거지?"

빛나의 말에 순간적으로 뒤를 돌아보니 아무 말 없이 묵묵히 책장을 넘기고 있는 은빈이가 눈에 들어온다. 어제 말한 데라니? 오늘 놀러간다니?

"아참, 너 세별이랑 사귀는 중이지? 깜빡했네. 세별아, 너도 같이 갈래?"

빛나가 나를 쳐다보며 말한다. 싱그러운 미소. 너무도 예쁘지만 왠지 안 좋게 보이는 건 왜일까? 역시나 지금 내 마음이 많이 불편해서 그런 건가?

"아니, 난 별로……."

여전히 아무 말 없는 은빈을 힐끔 쳐다보며 말하는데 느닷없이 내 팔목을 움켜잡고 일으키는 세영.

"잠깐 얘기 좀 하자."

"어, 어, 왜 그래, 세영아?"

세영의 손에 이끌려 복도로 나온 나. 어리둥절한 눈으로 세영을 쳐다보는데 세영, 한숨을 쉬더니 천천히 입을 연다.

"너랑 은빈이 녀석 왜 그래? 무슨 일 있는 거 맞지? 왕빛, 쟤는 또 뭐야? 저거 왜 저렇게 설치는 건데? 말해 봐, 은세별. 무슨 일 있는 거지, 저 녀석이랑."

말… 해야겠지? 어차피 세영이도 알게 될 텐데…….

"헤어졌어."

말을 하는 순간 가슴이 찌릿해 오는데 소리치는 세영.

"뭐?! 헤어졌다니, 무슨 소리야! 언제!"

"어제."

내 대답에 기가 막히는 듯 어이없는 외마디 신음을 흘리는 세영. 싫다, 이런 말 하는 거. 이런 말 하면서 비참해지는 거…….

"은빈이 자식이 헤어지재? 왕빛 저 기집애랑 바람나서?"

"무슨 소리야? 아니야, 그런 거 아니야. 내 잘못이야. 내가 은빈이 마음 몰라주고 하도 답답하게 굴어서… 은빈이 지쳐서… 헤어지재. 내가 잘못한 거야. 나… 사랑받을 자격 없어."

"이 바보… 바보 멍청이… 바보!"

나도 알아, 나 바보라는 거……. 근데 너무 늦게 깨달았어. 나 진짜 바보라는 거… 진짜 답답한 바보였다는 거… 어제 알아버렸는걸. 어제 확실히 알아버렸는걸. 세영은 한동안 아무 말도 하지 않은 채 창밖만 바라보고 있다가 말없이 내 어깨를 꽉 잡아줬다. 마치 내 마음을 다 아는 것 같은 그런 얼굴로…….

그렇게 삼 일이란 시간이 흘러버렸다, 너무도 빨리. 여전히 달라진 건 없다. 다만 내 마음 한구석이 마치 구멍이 뚫린 듯 시리다는 것만 빼면… 모든 게 평소와 다를 게 없다. 정말… 가슴에 커다란 구멍이 뻥 뚫렸나 봐. 그렇지 않으면 이렇게… 아플 정도로 시릴 리가 없잖아?

방과 후, 신발을 신고 현관을 나서던 나는 걸음을 우뚝 멈추었다. 지호가 현관 옆 기둥에 기대어 서서 날 기다리고 있었다.

"어? 지호야, 웬일이야?"

"정말이에요?"

"뭐가?"

천천히 내 앞으로 다가오는 지호. 평소의 밝은 모습과는 판이하게 다르다는 걸 느낄 수 있을 정도로 표정이 잔뜩 굳어 있다.

"은빈이 형이랑 헤어졌냐구요."

"그래, 맞아."

"하하… 하하하하……."

지호는 한동안 실없는 웃음을 계속해서 웃어대더니 별안간 표정을 싹 굳히며 소리치기 시작한다.

"헤어져요? 헤어져요? 그렇게 쉽게 그냥 헤어져 버려요?! 은빈이 형이 누나 얼마나 많이 좋아한 줄 알아요? 누나를 얼마나 많이 생각한 줄 알아요? 누나 땜에… 얼마나 많이 아파한 줄 알아요? 아냐구요!"

"알아… 안다구! 그래서… 그래서 헤어졌잖아. 나 같은 바보 멍청이 같은 애랑 헤어졌으니까… 헤어져 버렸으니까 이제 슬프지도, 괴롭지도, 맘 아프지도 않을 거라고."

"왜 안 붙잡았어요, 왜!! 은빈이 형 마음 어떤지 알면서… 누나한테 헤어지자고 말하는 그 순간까지 고통스러울 정도로 맘 아파했을 형 알면서… 헤어지자고 한다고 그대로 받아들여요? 왜 안 붙잡았어요, 왜! 왜!"

"더 이상은 싫어. 나 너무 늦게 알아버렸지만… 그동안 내가 은빈이 마음 정말 많이 아프게 했다는 거, 안타깝게 했다는 거 알았어. 내가 무슨 염치로 지쳐서 헤어진다는 은빈이를 붙잡니? 지금까지의 잘못으로도 충분해. 은빈이의 마음받을… 그럴 자격 없어. 그리고 은빈이가 나 때문에 고통스러워한다면 내가 곁에 없어야 한다고 봐. 은빈이가 나를 놓아준 것처럼 나도 놓아주어야 한다고 생각해."

"좋아는 했어요?"

두근두근 강하게 요동치기 시작하는 심장.

"형 좋아했냐구요."

"…소용없잖아, 이제……."

그렇게 지호를 뒤로하고 무거운 발걸음으로 운동장을 걸었다. 미안해, 지호야……. 그냥 너에게조차 미안하다는 생각밖에 들지 않는구나. 난 나쁜 애였어. 후우… 언제까지 이렇게 축 처져 있을 거야, 은세별!! 정말 바보처럼 맨날 한숨만 쉬고 다닐래? 힘내, 힘내자!! 애써 웃으며 마음속으로 파이팅을 외치고 있는데…

"세별이, 오랜만이네?"

교문 앞에 서 있는 여자. 오랜만에 보는 미소 언니다. 여전히 아름다운 얼굴에 예쁜 미소를 머금은 미소 언니.

"아, 안녕하세요?"

"우리 설악산 갔다 온 이후로 한 번도 못 봤지? 오랜만이네, 그동안 잘 지냈니?"

"네, 잘 지냈어요. 그런데 여긴 웬일로……."

"언니랑 잠깐 얘기 좀 할래?"

살짝 웃으며 말하는 언니의 말에 왠지 가슴이 무겁게 내려앉았지만 결국은 언니를 따라 언니가 일하는 카페에 갔다. 나 퇴원하던 날, 은빈이가 데려왔던 카페. 그래, 여기서 미소 언니를 처음 만났었지……. 언니는 향기가 좋은 차 한 잔을 내 앞에 놓아주며 의자에 앉는다.

"언니까 꼭 해주고 싶은 얘기가 있어서. 은빈이랑 헤어졌다며?"

언니도 알고 있구나. 은빈이가 말했나? 하긴 은빈이와 미소 언니는 각별한 사이인 것 같았어, 둔한 내가 눈치챌 수 있을 정도로……. 그런 생각이 들자 문득 조금씩 궁금해지기 시작한다. 여자를 싫어한다고 생각했던 은빈. 하지만 미소 언니와의 다정한 분위기가 못내 궁금했었지. 도대체 둘은 무슨 인연일까? 어떻게 만나게 됐을까?

"세별이 네가… 은빈이 마음을 너무 모르고 있는……."

"언니, 뭐 하나 물어봐도 돼요?"

"어? 그래, 물어봐."

"전부터 궁금했어요. 은빈이랑 언니… 어떤 인연으로 맺어졌는지……. 사실 전 은빈이가 여자를 무지 싫어한다고 생각했거든요. 그런데 언니와 은빈이, 둘 사이에 흐르는 분위기는 뭔가 특별하다고 생각했어요. 궁금했는데… 오늘 언니 보니까 갑자기 꼭 물어보고 싶어졌어요."

내 말에 아무 말 없이 고개를 끄덕거리더니 곧 잔잔한 미소를 짓는 미소 언니. 찻잔을 내려놓으며 붉은 입술을 연다.

"그래, 궁금하기도 하겠구나. 지나간 얘기지만… 해줄까?"

문득 떨려오는 마음으로 미소 언니의 입술을 쳐다보고 있는데… 나긋나긋한 미소 언니의 목소리가 들려온다.

"내가… 은빈이의 마음을 열어준… 첫 여자야."

소중한 사랑을 위해 '날개'

제11장 소중한 사랑을 위해
날개

 밀려오는 짜증을 간신히 참으며 아무 말 없이 그들을 바라보았다. 덩치 큰 놈이 침을 타악 뱉더니 거친 욕을 해댄다.
 "건방진 새끼, 감히 누구 앞이라고 까부냐? 나참, 웃기지도 않아. 야! 야! 저 새끼 밟아버려!"
 덩치 큰 놈이 빈정빈정 시비를 걸며 대여섯 명의 똘마니들에게 명령을 내린다. 그러자 어리버리하게 생긴 놈이 내 눈치를 슬금슬금 보다가 천천히 내게 다가오기 시작한다. 내 앞에까지 다가온 그놈, 순간적으로 빠르게 주먹을 날린다. 그런 솜방망이 같은 주먹으로 날 치겠다고? 난 속으로 코웃음을 치며 가볍게 그 주먹을 피하는 동시에 놈의 배에 초강력 펀치를 꽂았다! 순간,

"허어억!!"

고통스러운 신음을 흘리며 나가떨어지는 놈. 곧 이어 남은 똘마니 새끼들도 모조리 내게 덤볐지만 난 그놈들의 주먹을 가볍게 피해 처절하게 짓밟아줬다. 쿡쿡… 초등학교 1학년 때부터 태권도, 검도로 다져진 주먹이라 꽤 아플 거다. 일 년 전에 그만두긴 했지만, 아직 녹슬진 않았지.

"으… 으아아… 그만, 그만!!"

놈들의 비명 소리가 처절하게 울리자 팔짱을 낀 채 방관만 하던 덩치 큰 놈의 얼굴이 서서히 굳어짐과 동시에 눈가가 파르르 떨린다. 그리고 순식간에 내 앞으로 다가와 내 머리를 휘어잡으려 손을 치켜든다. 쿡! 힘만으로 모든 게 해결되는 줄 아냐? 난 그놈의 손을 가볍게 쳐·내는 동시에 놈의 등허리를 팔꿈치로 찍어 넘어뜨려 버렸다. 그리고 신음하는 놈의 등허리를 천천히 잔인하게 밟아줬다.

"허억… 그… 그만, 그만……."

놈의 신음에 난 천천히 발을 떼고 쓰러진 새끼들을 하나하나 둘러보았다. 가관이다. 저마다 얻어터진 곳을 부여잡고 신음하는 놈들.

"괴, 괴물 같은 새끼… 한 대도 안 맞고 다 쓰러뜨려 버리다니……."

"입만 산 놈들아, 괜한 사람 시비 걸 시간 있으면 책 한 장이라도 더 봐라. 쿡쿡."

"네 새끼… 이름이라도 알자."

덩치 큰 놈이 천천히 몸을 일으키며 나를 향해 물었다. 눈빛을 묘하게 반짝거리면서…….

"영서 중학교 강은빈. 잘 기억해 둬라. 쿡!"

"캑!! 중학생! 저딴 중삐리한테 얻어터지다니!! 이런 빌어먹을!"

난 버럭 소리치며 얼굴이 발갛게 달아오르는 놈들을 뒤로하고 여유있게 걸었다. 한심한 놈들.

약속 시간에 늦어 빠른 걸음으로 약속 장소에 가보니 역시 형은 기다리기 지루한 얼굴을 하고 있었다.

"강 은빈 이 자식아, 어디 갔다 이제 오는 거야? 기다렸잖아, 임마."

하얀 남방을 멋지게 입은 준일이 형이 내 머리를 벅벅 문지르며 말한다. 준일이 형, 나보다 한 살 많은 이 형과 알게 된 것은 중학교 1학년 때. 같은 학교의 선배로서 우연한 기회에 인연을 맺게 되어 지금은 거의 친형제나 다름없이 지내고 있다. 지금은 고등학교 1학년이 된 내가 정말로 좋아하고 믿는 형.

"어라, 이 자식! 왜 대답이 없어? 야!"

"응. 형, 미안. 오다가 어떤 한심한 놈들 만나서 몇 번 밟아주고 왔어."

"자식, 그놈의 성질머리 좀 고치라니까. 쿡."

"시비 거는데 짜증나잖아. 우씨, 주먹은 솜방망이인 주제에 덤비기는. 근데 형, 오늘 소개해 준다는 사람이 누구야?"

내 물음에 별안간 얼굴이 환해지며 씨익 미소를 짓는 형. 저 심상치 않은 미소… 뭐지?

"뭐야? 누군데?"

"나… 여자 친구 생겼다. 푸하하하!"

헛! 여자에게는 관심없던 준일이 형. 아무리 잘 나간다는 기집애들이 달라붙어도 눈 하나 깜짝하지 않던 형이 여자 친구라니. 내가 놀란 눈으로 쳐다보자 형은 내 어깨를 툭툭 두드리면서 웃어댄다.

"하하하하하! 글쎄, 이 몸이 한눈에 뿅갔다는 거 아니냐. 그녀는 천사야, 천사. 앗! 기다리겠다. 얼른 가자!"

여전히 크게 웃으며 내 등을 떠미는 형. 여자? 여자 때문에 저렇게 웃다니… 이해가 안 간다, 절대로. 별로 내키지 않는 표정으로 멍하니 딴 곳만 쳐다보고 있는데, 그런 내 어깨에 손을 올리고 강제적으로 끌고 가기 시작하는 형.

"왜 그렇게 멍하니 있어! 얼른 가자!"

그렇게 형의 성화에 못 이겨 형을 따라 들어간 카페. 카페에 들어가자마자 한 여자가 눈에 확 들어온다. 깔끔하게 입은 교복, 긴 생머리를 단정히 빗어 넘긴, 남자라면 누구나 호감을 가질 만한 그런 여자가 얌전히 앉아 있었다. 저 얌전한 척 내숭 덩어리…….

"많이 기다렸어, 누나? 미안, 미안! 이놈이 오는 길에 일이 생겨서 늦었어."

캑! 누나? 그럼 연상이란 말이야? 미쳤군, 미쳤어, 준일이 형. 속으로 꿍얼꿍얼대고 있는데 여자의 발랄한 목소리가 들려온다.

"어머, 아니야. 나도 방금 왔는걸. 어, 네가 준일이가 그렇게 아끼는 후배 은빈이니? 만나서 반갑다. 난 윤미소라고 해. ^-^"

너도 여느 기집애들과 다를 바 없이 가식적인 웃음에 이쁜 척하는 목소리를 내는군. 기집애들은 정말 싫어.

"야, 임마. 누나 손 무안하게… 얼른 반갑게 악수해 줘!"

"여자랑 손 잡는 거 싫어."

"하하하하. 이, 이런… 누나가 이해해. 이 녀석 원래 여자 되게 싫어하거든. 이놈 별명이 여성혐오증이야. 하하."

"어머, 그래? 재미있는 아이네. ^^"

웃지 마라. 쏠린다.

"이 자식아, 인상 좀 펴, 인상 좀. 나 특별히 너한테 내 여자 친구 첨 보여주는 거야, 임마."

"형보다 나이도 많잖아. 이런 여자 뭐가 좋다고."

"우씨, 한 살밖에 안 많아! 그리고 네가 이상한 거야, 이놈아! 자 봐라, 얼마나 천사 같은 모습이냐? 이런 여자 보고 마음 안 설레는 네가 이상한 놈이라는 거 깨달아라, 엉?"

왜 여자를 보고 마음이 설레지? 도대체 이해 안 된다.

"왜 그래? 여자랑 안 좋은 일이 있었나 보지? 예를 들어 어렸을 때 여자애에게 괴롭힘당한 그런 기억이라든지……."

슬퍼지는 얼굴로 중얼거리는 여자. 순간 뭔가에 얻어맞은 듯 띵해지는 머리. 뭐야, 마치 내 과거를 알고 있다는 듯……. 내가 놀란 눈으로 여자를 쳐다보자 여자는 오히려 그런 내 얼굴에 당황한 듯 어색한 웃음을 흘린다.

"어… 난 그냥 한 말인데?"

젠장, 빌어먹을……. 잊고 있었던 한 기집애가 천천히 내 머리 속에서 일어나며 머리를 아프게 한다. 날 괴롭히는 걸 최대의 즐거움으로 삼았던 악동 같던 기집애……. 내 앞에서는 늘 화만 내고 소리 지르고 괴롭히다가도 제 친구들 앞에만 서면 천사 같은 웃음을 보이던 기집애. 여자들은 그런 존재야, 가식적인 존재… 요물 덩어리.

"뭐야, 너 진짜냐? 어렸을 때 어떤 여자애가 널 괴롭히기라도 했어?"

"우씨! 무슨 헛소리야, 형!!"

얼른 얼버무렸지만 내 속마음을 다 들켜 버린 것 같아. 아니, 내 우스운 과거를 다 들켜 버린 것 같아. 속이 쓰리고 기분이 영 나빠진다.

"후훗, 근데 너도 한인물 하는구나? 여자한테 인기 정말 많을 것 같은데, 왜 여자를 싫어하는 거니?"

저 여자, 뭐라는 거야?

"흑! 누나도 내 앞에서 이 자식 칭찬하는 거야? 안 그래도 아는 후배 기집애들, 이 자식 소개시켜 달라고 목을 메고, 누나들까지 징징거려서 미치겠는데, 내가 사랑하는 누나까지……."

"어머, 무슨 소리야? 내 눈엔 우리 준일이가 제일 멋져 보여. ^^"

"정말? 하하하! 나도 누나가 세상에서 제일 예뻐~"

웬 주접들이야? 이런 닭살껍데기 같은 것들, 아주 쌍으로 생쇼를 하는구나. 으윽! 속 안 좋아.

"앞으로 친하게 지내자. ^^ 나랑 준일이랑 같은 고등학교거든. 은빈이 너도 우리 고등학교로 진학할 거지?"

"난 무조건 집하고 가까운 학교 갈 거예요."

"무슨 소리야! 당연히 형 있는 학교로 와야지! 우리 제일고등학교가 얼마나 명문고로 이름을 날리는데!"

"그래서 더 싫어. 절대 안 가."

"후후, 귀엽네, 정말……."

저 여자가 지금 누구보고 귀엽다고 하는 거야? 제기랄, 기분 되게 나쁘네. 다신 마주치지도 말아야지. 그러나… 앞으로 수도 없이 마주치게 될 줄 누가 알았겠는가? 정말 빌어먹을 악연이라고 생각한다, 이건…….

일주일 후, 학교.

"어? 저게 뭐야? 야, 저 운동장 한가운데로 가로질러 오는 놈들 누구냐?"

"글쎄, 윽! 조폭같이 생겼다. 우리 학교는 아닌 것 같은데? 교복이 달라."

아까부터 창문에 찰떡처럼 착 붙어서 뭐 하는 거야, 저놈들? 거기다가 더럽게 쫑알쫑알거리네. 시끄러워 죽겠구만. 속으로 투덜투덜거리는 데 잠시 후, 느닷없이 뒷문이 거칠게 드르륵 열린다.

"헉! 우, 우리 교실로 들어왔다!!"

"무슨 일이래?"

웅성웅성 떠들기 시작하는 아이들. 문득 신경질이 나서 책을 팍 덮어버리려고 하는데 그런 내 귀에 들려오는 어디선가 들어본 듯한 음성.

"여기… 강은빈이라고 있지? 어디 있냐?"

천천히 고개를 돌려보니 어디선가 본 듯한 면상이 내 눈에 들어왔다. 저 무식한 면상을 어디서 봤더라? 교실을 이리저리 둘러보던 덩치 큰 놈, 나와 눈이 마주치더니 기분 나쁘게 씨익 웃는다. 아, 생각났다. 쓸데없이 시비걸던 덩칫값 못하는 한심한 놈. 덩치 큰 놈은 여전히 한심하게 똘마니들을 거느리고 나에게 천천히 다가왔다. 바로 내 앞까지 다가온 놈, 느닷없이 손을 쑥 내민다.

"나 기억하지? 얼마 전에 너한테 엄청나게 깨졌던 인간이다. 정말 초강력 펀치였어. 중학생치고는 말이지. 쿡!!"

놈의 말에 인상을 찡그리다가 무심코 놈의 가슴팍을 보니, 주머니 겉에 안일고등학교라고 박혀 있는 글씨가 보였다.

"단도직입적으로 말하지. 너 아주 마음에 들었거든? 우리 모임에 널 스카웃하고 싶다."

모임? 무슨 헛소리야? 난 콧방귀를 픽 끼며 말했다.

"한심한 놈들. 모임? 그 딴 모임에 스카웃될 생각, 눈곱만큼도 없으니까 그만 꺼져 주시지."

"미안하지만 거절이란 건 없다. 내 마음에 든 이상 무조건 와야 해. 알아들었냐? 내 말에 승낙하거나 거절할 권리, 너한테 없다고. 대답은 무조건 예스여야 한다는 거지."

"미친놈."

고등학생이나 된 놈들이 한심한 모임이나 만들어서 맘대로 사람을 끌어드리려고 하다니.

"거절하면… 처절하게 밟는다. 정말 처절할 정도로. 내 특별히 너 한테는 기간을 주지. 기간은 일주일이다. 아, 한 가지 알려줄게. 우리 모임을 이끌고 있는 형님이… 들어는 봤냐? 안일의 불사조라고 불리는 대단하신 분이거든. 그분한테 밟히면 기분 정말 짱일 거다. 뭐. 더 잘 보이면 칼 세례를 받을 수 있을지도 모르지. 쿡쿡!! 후회 말고 깊이 생각해 봐라."

"입 닥치고 꺼져."

"이거, 이거! 중학생 주제에 진짜 너무 건방지다니까. 형님들한테 겁없이 개기고, 물론 그래서 더 맘에 들기는 하지만. 잘 생각해 봐라. 여기서 요절할지, 아니면 우리 모임 들어와서 매일매일 천국 같은 생활 누릴지."

더 이상 저런 한심한 소리 듣고 있을 필요 없다. 난 거칠게 의자를 박차고 일어나 덩치 놈의 어깨를 팍 밀어버리고 교실 뒷문을 거칠게 열었다. 성큼성큼 복도를 걸어나오는데 괜히 기분 더럽다. 안일의 불사조? 그 딴 거 알게 뭐야. 아니… 사실 뭐 좀 유명하긴 하다. 양손으로 단도를 기가 막히게 날린다는 공포의 불사조……. 들려오는 소문으로는 20:1의 싸움에서 현란한 단도 솜씨로 상대 놈들을 죄다 쓰러뜨려 버렸다고 한다. 사실 무근이긴 하지만 거의 사실화되고 있는 듯. 그런 괴물 같은 놈이 짱인 모임이란 말이지. 별 진짜 할 짓 없는 놈들. 사회의 암적인 존재들.

덩치 놈의 등장으로 하루 종일 기분이 찜찜했다. 거기다가 방과 후에는 원치도 않은 약속까지 생겨 내키지 않은 마음으로 약속 장소로 나가야 했다. 제길. 더위도 가셨는데 망할 놈의 햇빛은 왜 이렇게 뜨거워? 난 계단에 걸터앉은 채 그 여자를 기다렸다.

"은빈아, 중요한 일이야! 꼭 나와줘야 해. 누나 너 나올 때까지 기다린다."

귓가에 맴도는 여자의 목소리. 대체 뭐가 중요한 일이라고… 제길, 여자랑 다니기 싫은데……. 날 왜 부르는 거지? 그것도 준일이 형도 없는데.
"은빈아! 많이 기다렸지?"
손을 흔들며 뛰어오는 여자. 하얀 원피스에 받쳐 입은 하얀 카디건이 햇빛을 받아 반짝거린다. 여자들은 참 피곤하겠다. 저렇게 짧은 치마, 굽 높은 구두. 어떻게 신고 다닐까?
"미안해, 오는 길에 초등학교 동창을 만나서… 어찌나 반갑던지, 길에서 손잡고 펄쩍펄쩍 뛰었다는 거 아니니. 후후후, 그나저나 은빈이, 정말 착하네. 안 나올지도 모른다고 생각했는데 이렇게 먼저 나와서 기다리다니. ^^"
"부른 이유나 말해요. 씨, 집에 가서 축구 봐야 되는데……."
"너 축구 좋아하는구나? 하지만 오늘은 참아줘. 축구보다 더 좋은 게 기다리고 있으니까. 자, 가자. ^^"
처음 만났을 때부터 느낀 거지만, 이 여자 웃음 정말 헤프다. 시도 때도 없이 실실 웃음을 흘리고 다니니. 준일이 형, 이런 여우 같은 여자가 뭐가 좋다고. 앗, 그런데 난 여기 왜 나온 거지? 나오란다고 나온 난 또 뭐지? 젠장, 뭐에 홀린 것처럼 나와 버리다니……. 저 여자 혹시 마녀 아냐?

"준일이한테 멋진 선물을 해주고 싶은데 남자들이 뭘 좋아하는지 알 수가 있어야지. 은빈이 넌 남자니까, 게다가 준일이 절친한 후배니까, 준일이가 뭐 좋아하는지 알지? 깜짝 선물 해주고 싶은데, 좀 도와줘."

그렇군, 그래서 불렀군. 그런데 깜짝 선물이라니… 쿡!! 유치하다. 별로 내키진 않았지만 어서 빨리 여자와 헤어지고 싶었던 나는 서둘러 걸음을 옮겼다.

그렇게 해서 도착한 양복 전문점. 난 포장되고 있는 넥타이 상자를 보며 나도 모르게 흐뭇한 미소를 지었다. 준일이 형은 참 특이한 걸 모으는 사람이다. 양복이라고는 한 벌도 없고 입지도 않으면서 여러 가지 넥타이를 사서 모은다. 그리고 한 번도 보지 못한 이상야릇하게 생긴 칼들도 수집한다. 처음엔 사이코라고 생각했지만 지금은 이해한다. 아니, 이해하는 게 아니라 어느새 면역이 된 거겠지. 쿡!

"정말 좋아할까? 이런 평범한 넥타이로 하는 게……."

"내가 알려줬다고 하지 말고, 그냥 생각나서 샀다고 해요. 그럼 무지 좋아할 거예요."

"그래? 정말 고마워. ^^"

"이제 나 가도 되죠?"

"어머, 가긴 어딜 가? 아직 남았어. 이번엔 널 위한 이벤트야. ^^"

생글생글 웃으며 나의 등을 떠미는 여자. 뭘까? 친하지도 않은데, 이런 친한 척은. 내 떨떠름한 표정은 보이지 않는지 여전히 생글생글 웃으며 날 떠미는 여자. 그렇게 여자의 손에 끌려 난 양복점을 나왔다.

"어디 가는 거예요? 날도 어두워지는데."

"조금만 가면 돼."

아씨, 짜증나. 속으로 궁시렁거리며 걸어가고 있는데 느닷없이 가게에서 커다란 박스를 갖고 나오던 아저씨가 휘청거린다.

"어머! 진구 아저씨!"

진구 아저씨? 아는 사람인가? 아저씨가 넘어지려는 찰나, 여자가 얼른 달려가서 박스를 들어 올린다.

"아저씨, 괜찮으세요? 조심하셔야죠."

"아니, 미소 아니냐? 오랜만이네. 아이구, 갑자기 다리에 힘이 풀려서… 휴우, 고맙구나. 그나저나 저 많은 박스들을 언제 다 옮긴다냐……. 훈철이 녀석도 어디로 내빼서 이게 뭔 고생이야."

"아저씨, 제가 도와드릴게요. ^^"

뭐야, 저 여자. 저 수십 개도 더 되 보이는 박스, 그것도 가전제품이라서 무거울 것 같은데 뭘 도와준다고 대체……. 그냥 가자고 말하려는데 벌써 가게 안으로 씩씩하게 걸어 들어가고 있는 여자가 보였다. 거참, 대책없군.

"아이고! 미소 너는 그거 무거워서 못 들어! 가뜩이나 가느다란 손목 확 부러져 버린다. 아서! 허리 다쳐!"

"저 힘세요, 아저씨!"

그렇게 소리치면서 박스 들고 비틀거린다. 비틀비틀 박스를 안고 나오는 여자. 차마 지켜만 볼 수 없어서 박스를 받아 들며 궁시렁거렸다.

"여자가 이렇게 무거운 걸 어떻게 들어요? 진짜… 자기가 뭐 천사라도 되는 줄 아나? 괜히 친절 베푼답시고 병원 신세지지 말고 그냥 가요."

순간 박스를 다시 빼앗아 들려고 하며 말하는 여자.

"여자는 무거운 거 못 든다는 법이라도 있니? 여자들이 모두 다 나약하고 힘없는 건 아니야. 그리고 난 친절을 베푼답시고 돕는 게 아니라, 정말 마음이 끌려서 돕는 거라구. 네가 여자에 대해 어떤 생각을 갖고 있는지는 모르지만, 여자에 대한 고정관념… 버려!"

그때 처음으로 난, 이 여자가 다른 여자들과는 뭔가 다르다는 것을 느꼈다. 그리고 결국 가전제품 박스를 모조리 옮겨주는 수고를 해야 했다. 몇 번이나 고맙다고 말하는 아저씨를 뒤로한 채 우린 여자가 데려간다는 목적지로 향했다.

"너무 무리했나? 하하. 허리가 좀 땡기네."

허리를 두드리면서 계단을 올라가는 여자. 빌어먹을, 당신 때문에 나도 사서 고생했잖아. 무거운 박스를 연속해서 날랐더니 팔, 허리 다 쑤신다. 다음에 오면 가전제품 30% 할인해 준다는 아저씨 말에 화가 좀 누그러들긴 했지만…….

카페는 무슨 일로 온 거야? 여기서 준일이 형 만나기로 했나? 여자와 함께 카페 문을 열고 들어갔다. 들어가자마자 손을 흔들며 발랄하게 소리치는 여자.

"혜주야, 많이 기다렸지!"

그러자 저쪽 테이블에 앉아 있던 화장 두꺼운 여자가 수줍게 웃으며 손을 흔들었다. 저 여자는 또 뭐냐? 저 화장… 귀신나부랭이가 따로 없군.

"뭐예요?"

여자를 향해 딱딱하게 물었지만 여자는 여전히 싱긋 웃으며 내 등을 떠밀었다. 여자에게 등을 떠밀려 귀신나부랭이 여자가 있는 테이블 앞에 서자 귀신나부랭이 여자, 갑자기 얼굴이 새빨개진다.

"은빈아, 누나가 널 위해 마련한 이벤트야. 후훗. 이 애는 혜주라고, 동일중학교 3학년, 너랑 동갑이야. 누나가 정말 아끼는 후배거든. 정말 예쁘고 착해. 너 처음 본 순간 우리 혜주 소개시켜 주고 싶어서 혼났다니까. ^^"

"……"

"아, 안녕? 흠, 흠… 저기, 난 신혜주라고 해. 사, 사실은 나 너 알아. 너네 학교 근처에서 많이 봤어. 볼 때마다……"

"뭐예요, 지금?"

화난다. 짜증난다. 이 여자, 대체 무슨 짓이야? 빌어먹을.

"누가 여자 따위 소개시켜 달랬어? 혼자 설치고 난리야, 진짜. 웃기지도 않네. 제기랄."

난 얼굴이 굳어지는 귀신나부랭이 여자를 뒤로한 채 거칠게 카페

문을 열고 나왔다. 뭐 하자는 거야, 지금? 누가 맘대로 이런 거 하래? 웃겨, 진짜.

속으로 투덜투덜거리면서 계단을 내려오는데 카페 문이 덜컥 열리는 소리가 나더니 여자의 목소리가 들려왔다.

"강은빈, 거기 서."

뒤를 돌아봤다. 여자가 천천히 계단을 내려오고 있었다. 얼굴을 보니 화가 난 것 같다.

"넌 기본적인 예의도 없니? 사람 앞에 두고 그렇게 무안하게 나가버리는 게 어디 있어?"

"웃겨, 진짜. 내가 언제 여자 소개시켜 달랬어요? 왜 시키지도 않은 짓 혼자 벌여놓고 생쇼해요? 내가 원해서 간 게 아니니까, 내 맘대로 나오는 건 당연하잖아요."

"너 왜 그렇게 못났니? 왜 그렇게 뒤틀렸어?"

"나 원래 이런 놈이에요. 이제 알았죠?"

어쩐지 슬퍼지는 것 같은 여자의 눈빛. 그 눈빛에 어쩐지 내 마음까지 이상해진다. 빌어먹을······.

"너 처음 만난 날부터 내내 안타까웠어. 여자를 병적일 정도로 싫어한다는 네 얘기 듣고 우습지만, 마치 내 가족 일처럼 신경 쓰이고 맘 아팠단다. 왜인 줄 아니?"

여자의 입에서 중얼중얼 흘러나오는 말. 그냥 그 말을 듣고만 있었다.

"우리 큰오빠랑 너무도 많이 닮았기 때문이야. 불쌍한 우리 큰오빠… 큰오빠도 너처럼 여자를 많이 싫어했지. 어렸을 때 같은 유치원에 다니던 여자애에게 심한 괴롭힘을 당한 후 그 후유증으로 여자를 싫어하게 됐어. 성인이 될 때까지 그 지독한 여성혐오증은 사라지지 않았지. 정신적인 치료를 받아보길 권유해도, 본인이 병적일 정도로 진저리치며 거부해 버렸어. 스물일곱 살이 됐을 때, 큰오빠는 가족들의 성화에 못 이겨 억지 결혼을 해버렸지. 워낙 완고하신 아버지랑 할아버지 때문에……. 그런데 여성혐오증인 오빠는 당연히 정상적인 결혼 생활을 할 수 없었어. 결국 한 달도 못 돼서… 자살하고 말았어."

나도 모르게 여자의 슬픈 눈을 들여다보았다. 왜 그런 얘기를 하는 거야? 왜… 나에게…….

"널 보면 큰오빠 생각이 나서 괜히 마음이 아팠어. 후훗… 나도 참 주책이지? 미안해. 갑자기 그 생각이 나서… 아무튼 주제 넘는 얘기인지 모르지만, 네 여성혐오증… 고쳐 주고 싶어, 진심이야."

"당신이 뭐라고… 우리가 뭐라도 돼요? 쓸데없이 남의 일에 참견하지 마요."

"우리가 왜 남이니? 이렇게 좋은 인연을 맺고 있잖아. ^^"

"싫어. 여자 따위, 그리고 당신이랑도 인연 같은 거 맺고 싶은 마음 없어. 준일이 형 여자 친구라 길래 그래서 몇 번 마주쳤던 것뿐이야. 앞으로 만날 일 없어."

"은빈아, 누나 얘기 들어봐. 강요하지는 않을게. 그냥 천천히… 거부감 들지 않을 정도로 우선 누나랑 많이 얘기해 보자."

웃긴다, 저 여자. 도대체 나를 얼마나 안다고… 나에 대해서 뭘 얼마나 알고 있다고… 저런 친절 베푸는 척 쇼하는 거야?

"필요없다고 했잖아! 마치 나에 대해서 다 아는 척, 그렇게 말하지 마. 불쾌해. 너희 여자들, 앞에서 실실거리고 뒤돌아서면 욕하는, 그런 가식적인 존재라는 거 누가 모를 줄 알아? 질색이야, 당신들."

순간 여자의 눈빛이 조금은 무섭게 빛나기 시작한다. 화가 나는 듯했지만 이상하게도 여전히 슬픔이 묻어 있는 목소리로 말했다.

"너 진짜… 못났구나. 못됐구나. 나… 이런 생각이 들어. 널 안 지 얼마 되진 않았지만 조금은 너에 대해서 알 것 같아. 너 사실은… 여자를 싫어하는 게 아니라, 여자를 무서워하는 거 아니니? 그래서 여자에 대한 관심을 완전히 상실해 버린 건 아니니?"

순간 쿵쿵쿵 심하게 요동치기 시작하는 심장. 그와 동시에 머리 속이 하얗게 비워지며 모든 게 멍해진다. 빌어먹을… 제기랄… 뭐야, 이런 느낌… 이런 이상한 느낌……. 정신 차려! 이렇게 되면 저 여자 말을 인정하는 게 돼버리잖아! 난 고개를 세차게 흔들며 소리쳤다.

"알지도 못하면서 함부로 지껄이지 마! 잘난 척하지 말라구! 아주 불쾌해! 당신 같은 여자, 최악이야!"

그리고는 얼굴이 굳어지는 여자를 뒤로한 채, 밖으로 나왔다. 나도 모르게 점점 빨라지는 걸음. 급기야는 숨이 찰 정도로 달리면서 난 머리 속을 비워내려 애썼다. 하지만 자꾸만 생각나는 슬픈 여자의 얼굴.

"당신 같은 여자, 최악이야!"

제길, 너무 심하게 말했나? 하지만 순간적으로 너무 화가 나서……

"너 사실은… 여자를 싫어하는 게 아니라, 여자를 무서워하는 거 아니니?"

여자 따위는 정말 나쁜 존재들이라고 생각했어. 가식적인 존재들이라고 생각했어. 그래서 여자 따위… 그런 존재들, 정말 싫다고… 싫다고 내 스스로 생각해 왔는데……. 사실은… 그랬던 건가? 나도 모르게 내 마음속에 여자에 대한 공포심을 하나하나 키우고 있었던 건가? 달라. 싫어한다는 것과 무서워한다는 건… 분명 달라. 우습게도… 참으로 우습게도 난 그 여자의 말에 나조차도 착각하고 있었던, 엉뚱한 내 감정을 깨닫고 말았다. 지금까지 착각하고 있었던… 내 못난 감정을 그때야 비로소 알았다. 난 여자를 싫어하는 게 아니라… 사실은 무서워했었다는 걸… 다가가기를 두려워했었다는 걸……. 너 때문이야! 나 이렇게 만든… 못된 기집애!

"당신 같은 여자, 최악이야!"

그걸로 끝이라고 생각했다, 그 여자와의 인연은……. 그런 말을 들었으니 정이 뚝 떨어졌겠지. 쿡! 너 때문에… 너 때문에 지금까지 착각했었던 내 못난 감정을 깨달아 버렸지만 그렇다고 해서 달라지는 건 없어. 난 여전히 여자가 싫어, 여자 따위 정말 싫어. 그 여자를 다시는 만날 일이 없다고 생각했다. 어쩌다 길에서 우연히 재수없게 마주쳐도 차가운 얼굴로 외면해 버릴 거라고 그렇게 생각했다.

하지만 며칠 후, 너무도 환하게 웃는, 마치 아무 일도 없었다는 듯 활짝 웃으며 나를 바라보는 여자를 보고 내 예상이 빗나가 버렸다는 걸 깨달았다.

"은빈아, 안녕? 오늘 준일이 만나기로 했지? 준일이 잠깐 학교 끝나고 볼일있다고, 너 만나면 데리고 바이올렛으로 오랬어. 가자. ^^"

아무 일도 없었다는 듯, 처음 만났을 때 보았던 그 편안한 미소를 짓는 여자. 이 여자는 자존심도 없나? 그런 말 듣고 어떻게 이런 미소를 지을 수가 있지?

"뭐야, 너 그날 그 일 때문에 아직도 화났니? 그래, 그날 일은 누나가 미안해. 그냥 누나는… 우선 네가 착한 여자애랑 자연스럽게 만나고 얘기하다 보면 여자를 싫어하는 마음이 조금은 누그러지지 않을까하는 생각에 그랬던 거야. 하지만 네게 물어보지도 않고 마음대로 그 자리에 데리고 나간 거, 생각해 보니까 내가 잘못했던 같아. 네가 어떤 식으로 받아들일지에 대해선 미처 생각 못했거든. 네가 그렇게 민감하고 기분 나쁘게 받아드릴 거라고는 생각 못했어. 아무튼 누나의 실수야. 용서해 줄 거지? ^^"

"…없어요?"

"응?"

"당신은 자존심도 없냐구요."

"어머, 이 녀석 봐라. 누나한테 당신이라니!! 당신이 뭐야, 누나하고 불러봐. 얼마나 친근하고 좋니?"

"내가 그런 말했는데… 최악이라고, 불쾌하다고… 그렇게까지 심하게 말했는데… 다시 내 얼굴 보고 싶은 마음이 생겨요? 참는 거죠? 사실은 지금, 내 머리통 후려치고 싶을 정도로 화나는데, 속으로 삭이고 있는 거죠? 착한 척하지 마요. 착한 척하지 말라구. 역겨워."

그렇게 웃지 말란 말이야. 그렇게 따뜻하고 편안한 미소로… 내 머리 속, 내 마음속 헤집지 말란 말이야. 어지럽게 하지 말란 말이야. 혼란스럽게 하지 말란 말이야. 욕해, 나쁜 놈이라고……. 너같이 막 되먹은 놈 처음이라고 욕해. 차라리 욕을 해. 욕이라도 얻어먹으면 마음이 시원해질 것 같다. 이런 기분… 이런 이상하고 묘한 기분, 처음이다. 눈 속에 강한 적대심을 담아 여자를 쳐다봤다. 화내며 소리쳐 주길 바라면서 차가운 눈으로 여자를 쳐다봤다. 하지만 여전히 따뜻한 미소로 나를 바라보는 여자. 제기랄…….

"네가 화내는 건 당연해. 당연하다고 생각해. 솔직히 그날 일은 누나가 정말 잘못했는걸……. 착한 척이라니, 누난 진심이야. 진심으로 너에게 미안함을 느껴서 사과한 거야. 여자를 싫어한다고 해서, 아예 여자라는 존재를 믿지 않는 거야?"

"……"

"이거 하나만큼은 자신있게 말할 수 있어. 여자를 싫어한다고 해서 그 존재를 완전히 믿지 않는다는 거, 그건 정말 바보 같은 생각이라고. 그건 여자라는 존재 자체를 완전히 부인한다는 것과 같아. 세상의 반은 남자야. 그럼 반은 뭐겠니? 여자잖아. 너와 똑같은 인간. 똑같이 숨을 쉬고, 똑같이 감정이라는 걸 가지고 있어. 너와 똑같아. 단지 겉모습만 다를 뿐, 똑같은 사람이라고. 사람이 사람을 믿어야지. 네 마음속에 갖고 있는 편견으로 모든 여자를 판단하지 마. 네가 과거에 여자애와 어떤 일이 있었는지는 모르지만 세상 모든 여자가 그 아이와 같은 건 아니잖아? 마음을 열지 않겠니? 은빈아, 믿어봐. 한번 믿어봐. 세상에 좋은 여자가 얼마나 많은데……. ^^"

정말 괴상한 여자다. 정말 괴상한 여자야. 아무리 욕을 하고, 화를 내고, 심한 말을 해도 언제나 웃어. 짜증날 정도로. 게다가 내가 전혀 생각지도 못했던 나 자신의 잘못된 감정을 하나하나 깨닫게 해줘. 속지 마. 잘난 척이야. 마치 자기가 모든 것을 다 아는 것처럼… 나에 대해서 다 아는 것처럼 착각해서 지껄이는 것뿐이야. 주제넘게, 건방지게. 내 마음속에서 일어나는 묘한 감정. 난 그게 싫어서… 그게 마음에 안 들고 매우 불쾌해서 여자의 모든 말을 부인하려 애썼다. 인정하지 않으려 했다. 항상 이 여자 앞에만 서면 작아지는 내 자신이 싫어서, 내가 얼마나 못난 놈인지 깨닫게 해주는 그 여자가 싫어서, 이 여자의 존재를 더 인정하기 싫어했었는지도 모른다. 하지만 그때까지만 해도 난 잘 몰랐다. 여자의 그 말들이 내게 얼마나 많은 것을 깨닫고 다시 생각하게끔 해주는지. 여자의 말을 들음으로써 잃어버린 내 자신을 하나하나 되찾아가고 있었다는 걸…….

"가만 있어보자, 바이올렛이 어디 있었더라? 저 카페 근처였던 것 같은데……."

"한 달 전에 사거리로 이전했잖아요."

"어머, 그랬니? 정말? 난 몰랐네. 가본 지가 꽤 돼서… 나도 참… 자, 가자~"

사거리로 가는 길. 길거리를 지나가는 남자들, 모두들 한 번씩은 여자를 돌아본다. 쳇, 준일이 형 같은 것들. 신호가 바뀌고 횡단보도를 건너 사거리 길로 들어서는데 아무 생각 없이 고개를 돌린 나, 순간적으로 걸음을 우뚝 멈추어 버렸다. 그놈이다. 나한테 왕창 깨지고 학교로 찾아와 한심한 제안을 하던 놈. 덩치 큰 그놈은 잠시 날 빤히 쳐다보다가 곧 이어 사악한 웃음을 흘렸다. 재수없는 놈. 기분이 확 나빠지는 걸 간신히 참으며 그 옆을 지나가는데 내 어깨를 잡고 돌려 세우는 그놈.

"오늘로서 일주일째다. 내가 한 황금 같은 제안, 잘 생각해 봤겠지? 마침 대답 들으려 학교로 찾아가려고 했는데, 운좋게 이렇게 만났네. 자, 대답해 주실까? 물론 대답은 예스겠지?"

"당연히……."

난 위협적인 눈으로 그놈을 쳐다보면서 중얼거렸다.

"거절한다."

"쿡쿡! 저승길을 자처하시는군. 다시 한 번 기회를 준다."

"그런 기회 두 번, 세 번… 백 번, 천 번을 줘봐라. 이 할 일 없는 놈아, 앞으로 아는 척 하지 마. 한 번만 더 눈에 띄면… 그땐 밟는 걸로 끝나지 않을 테니."

내 말에 조금씩 조금씩 얼굴이 굳어지는 그놈. 눈가를 파르르 떨며 화가 난 듯 얼굴을 붉히더니 내 옆에 서 있는 여자를 묘한 눈으로 쳐다보며 말한다.

"오, 이 삼삼한 년은 네놈 애인?"

더 이상 상대할 생각이 없어진 나는 아무 말 없이 그놈을 노려보고 발길을 옮겼다. 그러자 뒤에서 들려오는 놈의 목소리.

"거절한 각오는 해야 할걸. 거기다가 그냥 거절도 아니고 싸가지 없는 네놈 성격을 그대로 드러내 줬으니, 단단히 각오해야 할 거다. 쿡!"

아, 진짜 짜증나는 놈. 그때 그냥 죽여 버릴 걸 그랬나? 그럼 저딴 식으로 귀찮게 나불거리지는 않았을 거 아니야, 씨! 속으로 투덜투덜거리고 있는데 여자가 말한다.

"너… 쟤 어떻게 아니?"

"몰라요. 그냥 며칠 전에 지나가다가 시비 걸어서 패줬을 뿐인데, 무슨 모임인가 들어오라고 지껄이네. 짜증나는 놈."

"쟤 안일고등학교 애 아니야? 무슨 조직에 있다는 안 좋은 소문들은 것 같은 기억이 있는데……. 조심해, 왠지 예감이 안 좋아."

"예감은 무슨… 저딴 놈 그냥 무시하면 돼요. 대들면 밟아주고."

그러나 여자의 예감은 사실이 되었다. 며칠 후에 벌어진 그 엄청난 일을 상상도 하지 못했던 나는 그 후 내내 죄책감을 안고 살아야만 했다.

며칠 후.

"그럼 그게 사실이란 말이야? 정말 저 자식이, 후아… 맨날 여자들한테 시선만 받는 기생오라비인 줄 알았는데."

"나도 그런 줄 알았는데, 사실은 숨겨진 쌈 실력이 있다는 거야. 어렸을 때부터 태권도다, 검도다, 유도다, 아무튼 안 해본 운동이 없대. 괴물이야, 괴물."

"하긴… 그러니까 안일고교 운상 선배를 그렇게 짓밟았겠지. 그래서 그 선배가 학교 왔던 거구나. 저 녀석 자기네 써클에 집어넣으려고."

아까부터 귀가 간지럽다 했더니 할 일 없는 놈들이 나를 씹고 있었나 보다. 문제를 일으켜도 시끌시끌, 조용히 살아도 시끌시끌하니… 대체 어떻게 살라는 건지.

"야야, 강은빈, 그게 사실이야? 네놈 괴물이라며! 안일고 이운상 밟았다는 거, 진짜냐?"

친구 놈까지 날 짜증나게 하는군.

"어디서 그런 헛소문을 듣고 왔냐? 이 미친놈, 내가 무슨 깡패냐? 그놈들을 짓밟게……. 야야, 이 자식아, 그런 쓸데없는 소문 들을 시간 있으면 도시락이나 퍼먹어! 나 먼저 간다."

그리고는 멍한 표정의 녀석을 뒤로한 채 교실을 나왔다. 커다란 운동장을 가로질러 교문을 나오던 나는 한눈에 보아도 기분 나쁘고 싸가지없게 생긴 놈이 붙잡는 바람에 걸음을 멈추었다.

"뭐야?"

"윤미소 알지?"

윤미소? 그 여자…….

"그 기집애 죽는 꼴보고 싶지 않으면 당장 튀어오는 게 좋을 거다. 쿡."

그놈의 기분 나쁜 음성에 철렁 내려앉는 가슴. 직감적으로 무슨 일이 벌어지고 있는지 깨달아 버린 나는 피가 날 정도로 입술을 꽉 깨물었다.

"우리 학교 뒤 공터 알지? 그 공터 옆 창고에……."

놈이 뭐라고 지껄였지만 난 더 이상 그 말을 듣지 않고 빠르게 달렸다. 대체 무슨 일을 벌이는 거야, 이 비겁한 놈들아! 너희가 지금 무슨 짓을 저지르고 있는지 알기나 하는 거냐? 아무 상관도 없는, 정말 티끌만큼의 상관도 없는 여자를 왜!! 이를 악물고 달렸다. 다들 모조리 끝장내 준다. 내 그렇게 경고했건만… 네놈들… 다 죽었어. 모조리 죽여 버린다, 내가 죽는 한이 있어도…….

숨을 몰아쉬며 거칠게 철문을 열고 들어가니 제일 먼저 의자에 거만하게 앉아 있는 덩치 놈이 보였다. 그리고 그 옆에 피가 흐르는 얼굴로 쓰러져 있는 여자의 모습도……. 그 모습을 보자 눈에 확 불이 일었다.

"문 닫아."

덩치 놈이 중얼거리자 문 앞에 서 있던 똘마니 놈들이 문을 닫았다. 난 말없이, 그리고 천천히 그놈에게 다가갔다. 덩치 놈은 천천히 다가오는 날 보고 조금 움찔하다가 곧 태연한 얼굴로 중얼거린다.

"각오하라고 했지? 내 말을 그냥 똥으로 들은 것 같아서 아주 처절하게 확인시켜 주려고. 쿡쿡! 네놈, 마음 찢어지겠다. 네 여자, 이 반반한 얼굴에 내가 상처 좀 내줬거든? 그런……."

놈이 말을 마치기도 전에 난 놈의 얼굴로 사정없이 주먹을 날렸다.
퍽—!!

큰 소리와 함께 옆으로 확 돌아가는 놈의 얼굴.

"잘못 짚었어!! 잘못 짚어도 한참 잘못 짚었다고!! 누가 누구 여자라는 거냐!"

그렇게 소리치면서 다시 한 번 놈의 얼굴에 주먹을 꽂았다. 곧 피가 주르륵 흘러내리는 놈의 얼굴. 뒤에 서 있던 똘마니들이 얼른 내게로 달려왔지만 덩치 놈이 손으로 저지하며 피가 흐르는 얼굴로 쓴웃음을 짓는다.

"죽여 버린다, 네놈. 더 이상 참을 수가 있어야 말이지. 건방진 것도 정도껏 해야 재롱으로 봐주는 거다, 알았냐!"

덩치 놈이 벌떡 일어서며 내 얼굴로 주먹을 날렸다. 순간적으로 고개를 돌린 나, 놈의 주먹에 머리를 맞고 나도 모르게 앞으로 털썩 무릎을 꿇었다. 어질어질 아파오는 머리. 제기랄!!

"조금 전까지만 해도 네놈 어떻게 잘 구슬려서 우리 모임에 넣으려고 생각했는데, 이젠 그 생각 다 없어져 버렸어. 다 끝났다고! 어차피 네놈, 내 마음대로 안 될 바에야 차라리 죽여 버린다!"

섬뜩할 정도의 목소리였다. 난 그놈이 날 밟으려 발을 드는 걸 보고 얼른 몸을 옆으로 굴려 일어섰다.

"쿡쿡쿡. 좀 있음 우리 불사조 형님도 오실 거야. 형님 보시는 앞에서 처절하게 밟아주지. 반항하면 형님이 친히 밟아주실 거야. 하하하하!"

그렇게 웃으며 소리치는 놈의 눈에 광기가 흘렀다. 그 모습에 어질어질하는 머리를 흔들며 다시 방어 자세를 취하는데 순간 뒤에서 철컹! 철문 열리는 소리가 난다. 설마, 불사조가? 약간은 긴장하며 뒤를 돌아본 나는 눈을 크게 뜨며 놀랐다.

"…주, 준일이 형!!"

형이었다. 준일이 형이 숨을 몰아쉬며 잔뜩 일그러진 얼굴로 빠르게 다가오고 있었다. 여긴 어떻게 알고 온 걸까? 미처 생각할 틈도 없이 준일이 형이 빠르게 다가와 쓰러져 있는 여자를 들어 올리며 소리친다.

"누나! 정신 차려. 일어나라구!! 윤미소! 정신 차려!!"

형이 거칠게 어깨를 흔들어대자 여자는 고통스러운 신음을 흘리며 천천히 눈을 떴다. 제길, 도대체 얼굴을 어떻게 해놓은 거야? 저 피… 저 상처…….

"준일아……."

"뭐야? 이 새끼는 또 뭐야?"

덩치 큰 놈이 빈정거리는 투로 말하며 발로 준일이 형을 툭툭 친다. 그러자 벌떡 일어서며 덩치 놈에게 소리치는 형.

"네놈이냐? 누나 이렇게 만든 거 너냐고!! 도대체 무슨 이유로! 누나가 뭘 잘못했는데!! 이 천하에 나쁜 자식아!!"

제길, 나 때문이야. 그때 확실하게 말해 줬어야 하는데… 저 여자는 내 여자 친구가 아니라고 분명히 말해 줬어야 하는데……. 덩치 놈에게 발목 잡힐 일을 스스로 만들어 버리다니, 빌어먹을. 준일이 형은 극도로 흥분해서 덩치 놈의 멱살을 붙들고 계속해서 소리쳐 댔다. 그러자 그런 준일이 형을 거칠게 밀어내며 주먹을 날리는 덩치 놈.

퍽—!!
"형!!"
털썩 쓰러진 형 앞에 무릎을 꿇고 형을 일으켰다. 눈을 맞았는지 제대로 못 뜨고 있었다. 그때부터 나는 확실히 미쳐 버리기 시작했다. 나는 이를 악물고 일어나 비아냥거리는 웃음을 달고 있는 덩치 놈을 거칠게 밀어내는 동시에 배에 주먹을 꽂았다.

"허억!!"
"가만 안 둔다. 그래, 이 새끼야, 오늘 너 죽고 나 죽는 거다!!"
덩치 놈에게 사정없이 주먹을 날리고 발길질을 해댔다. 처음엔 맞받아 치던 놈, 점점 힘이 빠지는지 주춤주춤거린다. 난 숨을 몰아쉬면서도 참을 수 없는 흥분에 계속해서 놈에게 주먹질을 해댔다. 사태의 심각성을 느낀 똘마니 놈들이 나를 붙잡기 시작한다. 그리고 순간 주춤주춤거리던 덩치 놈이 부들부들 떨리는 손으로 품 안에서 무언가를 꺼냈다. 어둠 속에서도 소름 끼칠 정도의 빛을 발하는 날카로운 단도! 칼!! 저, 저 자식!

"이놈 꽉 붙들어! 죽여 버릴거야, 죽여 버린다고!!"

내 어깨와 팔을 단단히 잡고 있는 똘마니 놈들. 그놈들을 떨쳐 내려 몸부림을 치는데, 덩치 놈, 바로 내 앞까지 다가와서 칼을 치켜 올린다. 젠장!! 그때 갑자기 준일이 형이 내 앞을 막아서며 덩치 놈의 어깨를 거칠게 밀어내기 시작했다.

"뭐야, 너 저리 안 비켜!!"

그러나 계속해서 덩치 놈의 가슴팍을 처대며 밀어내는 준일이 형. 그러자 얼굴이 새빨개진 덩치 놈이 빠르게 칼을 치켜든다.

"안 돼!! 형!!"

미친 듯이 똘마니 놈들을 밀어내며 몸을 날리려던 찰나!!

"허어어억!!"

"꺄아아아아악—!! 준일아!!"

여자의 찢어지는 듯한 비명 소리를 들으며 머리가 멍해진다고 느끼는 순간, 피가 흐르는 칼을 들고 눈을 커다랗게 뜬 채 부들부들 떨고 있는 덩치 놈이 눈에 들어왔다. 그리고 내 발 밑에 시체처럼 엎어져 있는 준일이 형도……

"뭐, 뭐야. 난 아니야! 이 새끼가 갑자기 달려든 거야! 찌를 생각 없었어! 그냥 겁만 주려던 것뿐이라고……. 난 잘못없어! 난 아니야! 죽이지 않았어!! 아아아아아악—!!"

덩치 놈은 눈물까지 흘리며 발악을 하다가 허겁지겁 철문을 열고 나가 버렸다. 그리고 곧 이어 파랗게 질린 똘마니들도 서둘러 자리를 떴다. 뭐야… 뭐야… 뭐냐고… 이게 뭐냐고!!

"준일아! 준일아!! 정신 차려! 준일아!!"

여자가 눈물을 폭포처럼 쏟으며 가슴에서 피를 철철 흘리는 준일이 형을 붙잡고 오열하기 시작한다. 나도 모르게 털썩 꿇어지는 무릎.

"형… 준일이 형… 형!"

미친 듯이 어깨를 흔들어 보지만, 눈을 뜨기는커녕 신음 소리조차 내지 않는다.

"얼른… 얼른 119에 전화해요!!"

나의 외침에 여자는 벌떡 일어서서 달려나갔다. 나는 침착하려 애썼다. 아니야, 그냥 가볍게 찔린 것뿐이야. 스친 거야. 설마, 아닐 거야. 심장은… 아닐 거야.

"형… 정신 차려! 형… 괜찮아, 조금만 참아……. 곧 구급차 올 거야……. 눈떠… 정신 차려!! 형!!"

아무 반응도 없다. 아무런 반응도… 소리도……. 설마하는 마음에 코밑에 손을 대본 나는… 심장이 덜컥 내려앉았다. 안 쉬어… 안 쉬어… 숨을……. 나도 모르게 주르르… 볼을 타고 흐르는 눈물…….

"형!! 형!! 아니지? 장난하는 거지? 숨 쉬어!! 숨 쉬란 말이야! 안 돼… 안 돼! 죽으면 안 돼, 안 된다구!!"

얼굴이 터질 정도로 소리쳐 대면서 나는 오열했다.

그때… 태어나서 처음으로 울었다. 어렸을 때부터 냉혈한으로 불리던, 눈물 한 방울 흘릴 줄 모르는 냉혈한으로 불리던 내가… 평생 흘릴 눈물을 그때 다 흘려 버렸다.

"안 돼, 안 돼, 제발!! 형… 제발—!!"

소리치며 울어대던 나. 정신이 멍해지며 온몸에 모든 힘이 쭉 빠지는 느낌이 든다. 그리고… 정신을 잃었다.

"야, 이거 봐라. 하하하! 이 칼 정말 멋있지 않냐? 이 빛나는 광택, 우아한 자태. 캬, 죽인다! 이 쌍칼, 내가 얼마나 어렵게 손에 넣은 줄 알아? 이제부터 이건 내 보물 1호다!! 내 무덤까지 가져가야지. 우하하. 아니, 아니지. 야, 만약에 내가 너보다 먼저 죽으면 이 칼, 너 가져라. 쿡쿡. 내 영혼이 깃들어 있다고 생각하고, 네 방 가장 잘 보이는 곳에 평생 걸어놔야 돼!! 근데 나 오래 살거야, 너보다. 하하하."

"우리… 어른 되면 같은 집에서 살까? 집 멋지게 지어놓고 넌 일층, 난 이층. 각자 어여쁜 마누라 옆에 끼고 화목하게 사는 거지. 하하하! 생각만 해도 기쁘다. 평생 네 녀석 얼굴 보면서 끊임없이 괴롭혀주마. 풋!"

"강은빈, 이 형 믿지? 형 믿지? 너랑 내가 어떤 사이냐? 친형제보다도 더 절친한 사이잖아. 영원히 형제처럼 지내자고 맹세한 거… 잊지 않았지? 잊으면 안 돼, 임마. 내가 널 얼마나 아끼는데… 정말 소중한 존재야, 임마. 너 내 목숨보다도 소중한 자식이라고… 이 형 믿어. 꼭!!"

아득히 멀어지는 정신 속에서… 난 환하게 웃고 있는 형의 얼굴을 보았다. 형… 형… 정말 소중한… 나의 형. 곧 형의 얼굴은 어둠 속에 묻혀서 사라졌고 난 천천히 눈을 떴다.

"…정신이 드니?"

제일 먼저 눈에 들어온 건… 얼굴에 반창고를 잔뜩 붙이고 있는 여자의 얼굴이었다. 그리고 화악 풍겨오는 병원 특유의 냄새. 난 벌떡 일어서서 여자를 향해 소리쳤다.

"형은… 형은!! 형은요!!"

순간 아무 말 없이 고개를 숙이다가… 크게 울음을 터뜨려 버리는 여자.

"죽었어… 죽었다고… 흑!!"

어질어질 흔들려 대는 머리. 죽었어, 죽었다고? 형이? 믿을 수 없다… 이거… 혹시 꿈 아닐까? 그래, 꿈! 악몽이야, 이건!! 한참을 멍하게 있던 나는 영안실에 반듯이 누워 있는 형의 얼굴을 보고서야 비로소 모든 게 현실이란 걸 깨달았다. 즉사였다. 칼날은 정확히 심장 한가운데를 관통했고 즉시 심장은 멈춰 버렸다.

얼마 후 형의 장례를 치르던 날, 여자는 정말 많이 울었다, 정말… 보기에도 안쓰러워질 정도로. 그리고 난… 그때부터 여자의 얼굴을 똑바로 볼 수가 없었다. 나 때문이야. 내가 죽인 거야. 나만 아니었으면… 나만 아니었으면… 가슴속에 아릿하게 밀려오는 죄책감. 형… 형… 미안해… 미안해… 미안해……. 못난 나, 용서하지 마. 다시는 이 여자를 만날 일이 없다고 생각했다. 나 때문에 사랑하는 사람을 잃은 여자… 얼마나, 얼마나… 내가 죽이고 싶도록 미울까……. 제대로 된 용서조차 구하지 못한 나는 내 스스로 여자를 피했고, 여자도 내게 더 이상 다가오지 않았다.

한 달쯤 후, 정말 뜻밖에도… 여자가 찾아왔다. 약간 야위긴 했지만 여전히 따뜻하고 편안한 미소를 지으며 날 바라보는 여자를 보며… 나는 놀랐다.

"은빈아… 오랜만이지? 잘 지냈니?"

차마 인사조차 나오지 않아 멍하니 여자의 얼굴만 바라보고 있는데 싱긋 웃으며 말하는 여자.

"준일이 산소… 같이 가자고 왔어. 같이 가보지 않겠니?"

그렇게 여자를 따라간 형의 산소. 산소에는 듬성듬성 풀이 나기 시작하고 있었다. 사실… 난 일주일에 두세 번씩 이 산소에 왔었다. 참을 수 없는 죄책감으로… 죽고 싶어질 정도로 괴로웠을 때… 정신을 차려보면 어느새 난 이곳에 와 있었다. 형… 나… 어떻게 형한테 용서받을 수 있을까? 나 어떻게 용서받지? 아니, 용서받지 못하겠지? 저 여자에게도…….

"있잖아… 나 며칠 전에 아주 이상한 꿈 꿨다?"

산소의 흙을 가만히 어루만지던 여자가 천천히 고개를 돌리며 중얼거린다.

"꿈속에서… 준일이가 나왔어. 평소의 모습처럼 아주 밝고 환한 웃음을 지으면서……. 난 너무도 기쁜 나머지… 준일이 손을 꼭 붙들고 한참을 얘기했지. 그런데 준일이가 이런 말을 하는 거야. 은빈이 너를 부탁한다고…….''

난 눈을 크게 뜨고 여자를 쳐다보았다. 여자의 눈이 조금 슬퍼지는가 싶더니 다시 천천히 입을 연다.

"사실, 나 네가 미웠어. 너 구하려다가 죽은 준일이… 너무 불쌍하고 안타까워서……. 슬픔이 큰 만큼 너에 대한 미움도 커져만 갔어. 그래서 너 용서하지 않겠다고… 죽을 때까지 너 용서하지 않겠다고… 그렇게 다짐했었단다. 이 못난 누나… 정말 못났지?"

 아니… 당연한걸… 당연하잖아… 정말 당연하잖아. 내가 죽이고 싶도록 미운 거… 당연한 거잖아. 내가 당신이었어도… 나 용서하지 않았을 거야, 절대로.

 "그런데 생각해 보니까 그건 누구의 잘못도 아니더라. 준일이가 너 구한 거… 당연한 거였다는 생각이 들어. 만약 내가 준일이었다면… 나도 당연히 너 구했을 거야. 그리고 너 또한… 준일이가 똑같은 상황에 처했다면 준일이를 구했을 거야. 왜냐하면 소중한 사람이니까, 정말 아끼는 사람이니까… 목숨보다 소중한 사람이니까."

 "……."

 "나 이해해. 그리고 너 용서했어. 준일이도 너 용서했어. 비록 꿈속이지만… 꿈속에서 준일이가 너 용서해 주라고 하면서 널 부탁한다고 했어. 너 끊임없는 죄책감 속에 살면서 네 자신 망쳐 버릴 거라고… 스스로 너 죽일지도 모른다고… 그렇게 걱정하면서 네가 더 이상 죄책감에 시달리지 않게 도와달라고 했어."

 나도 모르게 눈시울이 뜨거워진다. 젠장, 젠장, 형… 준일이 형…….

 "은빈아… 날 준일이라고 생각해 주겠니? 이 누나를… 네가 그렇게 따르던 준일이라고 생각해 주지 않겠니? 준일이의 마지막 부탁이야."

 난 숙이고 있던 고개를 천천히 들어 여자의 얼굴을 바라보았다. 진심이다. 진심으로 말하고 있는 거야. 이렇게 못난 나에게… 이렇게 못난 놈에게… 마음속 깊은 곳까지 따뜻해지는 위로를 해주는 여자. 난 그때부터 이 여자의 존재를 인정하기 시작했다.

 "그래주지 않겠니? 은빈아, 날 준일이라고 생각하고 네가 준일이에게 못다 베푼 정… 나누어주지 않겠니? 준일이가 정말 소중하게 생각했던 너와 나… 이렇게 잘 지내고 있는 거 보면 분명 기뻐할 거야. 그렇지, 은빈아?"

 "네, 그래요… 누나."

 그때부터 여자를 누나라고 부르기 시작했다. 너무도 어색하고 생소한 단어지만 그 순간만큼은 하나도 어색하게 느껴지지 않았다. 누나 또한 눈물 맺힌 눈으로 날 바라보며 천천히 고개를 끄덕였다. 형… 준일이 형……. 나 그래도 될까? 정말 그래도 될까? 형이 정말 사랑했던 미소 누나… 형이라고 생각하고 따라도 될까? 그럼 형이 기뻐할까? 기뻐해 줄까?

 "그래, 임마. 미소… 우리 착하고 예쁜 미소… 이 형이라고 생각하고 잘 따라줘. 죄책감 같은 건 갖지 마, 임마. 죄책감 갖는 건 이 형의 죽음을 모독하는 거야. 그렇게 생각할 거야. 그러니까 임마, 그런 못난 감정 갖지 마. 미소랑 잘 지내면서 형이 보고 싶을 땐… 형이 그리울 땐… 미소의 이름을 불러줘."

 난 들었다. 머나먼 곳에서 아득히 들려오는 형의 목소리를. 형…

사랑하는 형… 우리 후생에는… 진짜 친형제로 만나자. 알았지? 약속했다… 고마워, 형… 고마워…….

한 달 후. 벽에 걸려 있는 커다란 쌍칼을 멍하니 바라보던 나는 천천히 의자에서 몸을 일으켰다. 형이 장난처럼 했던 말대로 형이 가장 아꼈던 칼은 내가 갖게 되었다. 형의 영혼이 깃들어 있다고 생각하고 내 평생 벽에 걸어둘게. 그럴게, 형…….

오늘은 미소 누나와 약속이 있는 날이다. 이번에 보면 일주일 만에 보는 건가? 난 얼른 준비를 마치고 약속 장소로 나갔다. 현란한 장식의 간판이 붙어 있는 카페 앞, 주머니에 손을 찔러 넣은 채 누나를 기다리는데 저쪽에서 아까부터 날 힐끔힐끔 바라보던 조그마한 여자아이가 발갛게 달아오른 얼굴로 내게 다가와 조심스럽게 말을 건다.

"저기… 저… 오빠… 저기요…….”

오빠? 이게 언제 봤다고 오빠야? 한 번도 본적 없는 앤데……. 내가 의아한 눈으로 그 아이를 쳐다보자 그 아이의 얼굴이 더 더욱 빨개지더니 느닷없이 소리친다.

"오빠! 영서중학교 3학년 2반 45번 강은빈!! 맞죠?"

얼래? 얘 뭐야? 날 알고 있나? 내 번호까지? 놀라긴 했지만 여전히 의아한 눈초리로 여자 아이를 쳐다보자 여자 아이가 수줍게 웃으며 말한다.

"저 옛날부터 오빠 좋아했어요!! 오빠! 제발 저랑 사귀어주세요!"

캑!! 뭐야, 이 애. 정신 나간 애 아니야? 기분이 슬슬 안 좋아지기 시작한 나. 얼른 그 여자 아이를 지나쳐 가려는데 느닷없이 내 팔에 매달리며 소리치는 여자 아이.

"오빠! 가지 마세요! 제가 이날을 얼마나 기다려왔는데… 저랑 사귀어주세요, 네? 그러실 거죠? 오빠!"

이런 망할!! 여자가 엉겨붙는 거, 질색이란 말이야!

"이거 놔!! 너 뭐야? 이거 안 놔!!"

버럭 소리치며 여자 아이를 거칠게 확 떠밀었다. 그 바람에 내 팔에 밀려 바닥으로 픽 쓰러져 버리는 여자 아이. 캑! 젠장, 그거 살짝 밀었다고 넘어져? 투덜투덜거리면서 여자 아이를 일으켜 주려고 하는데 들려오는 목소리.

"강은빈, 너어… 도대체 언제쯤 고칠래? 그 여성혐오증!"

고개를 돌려보니 미소 누나가 새침한 미소를 지으며 날 쳐다보고 있었다.

"어? 누나."

"이 못난 녀석아, 이렇게 귀엽고 사랑스러운 여자 아이가 사랑 고백하면 얼씨구나 하고 받아줘야지. 굴러 들어온 복을 그냥 걷어차 버려? 후훗, 이 바보 녀석아."

"우씨, 이 여자애가 팔짱 꼈단 말이야!!"

"호호호호호."

내 말에 재미있다는 듯 웃어대는 누나. 결국 난 누나에게 이 소리 저 소리를 들으며 카페 안으로 들어가야 했다. 시원한 주스가 나오고 한동안 뭔가 생각하는 듯하더니 살짝 묘한 웃음을 지으며 내게 묻는 누나.

"솔직히 말해 봐. 누나 말이 맞는 거지? 너 어렸을 때, 여자애한테 괴롭힘당한 적 있지?"

누나의 말에 난 어렴풋이 떠오르는 과거의 추억에 잠겼다. 과거 일은 별로 떠올리고 싶진 않지만… 가만 생각해 보면 웃음도 나온다. 쿡! 난 궁금해하는 누나의 얼굴을 보며 천천히 입을 열었다.

"솔직히 말하면… 그래요. 우씨, 어렸을 때 우리 동네에 살던 여자애가 있었는데 무지 활발하고 장난스러운, 귀여운 여자애였어요. 그런데 그 여자애가 나한테 무슨 앙심을 품었는지 막 괴롭히잖아요. 그래도 내 딴에는 친해지고 싶은 마음이 좀 있었는데……. 도대체 내가 무슨 잘못을 했다고, 난 잘못한 것도 없는데 막 때리고 욕하고 구박했어요. 처음엔 황당해서 맞고만 있었죠. 그런데 점점 날이 갈수록 때리는 강도가 심해지는 거예요. 그러다 보니까 오기가 생기더라구요. 아예 무시해 버리자, 그냥 무시해 버리자… 그때부터 여자애가 날 때리던, 욕을 하던, 그냥 무조건 가만히만 있었어요. 넌 때려라… 난 맞아도 하나도 안 아프다… 네가 때리는 거 하나도 안 괴롭다… 그렇게 여자애에게 철저히 무관심했어요. 그러면 그럴수록 여자애는 더 심하게 괴롭혔고, 하도 괴롭힘을 당하다 보니까 정신적으로도 신체적으로도 상처받기 시작했고, 하도 참아서 마음속에 스트레스만 쌓여갔던 것 같아요. 근데 더 웃긴 건 날 그렇게 괴롭히면서도 제 친구들 앞에만 서면 천사 같은 미소를 보이는 거예요. 정말 눈물 날 정도로 환하게. 그 모습 보고 그때부터 내 마음이 뒤틀리기 시작했던 것 같아요. 여자는 가식적인 요물 덩어리라는 생각도 들고… 미워지고… 그때부터 여자가 싫었어요, 정말 끔찍할 정도로. 지금은 여자를 싫어하는 게 아니라 무서워한 거였다는 거, 다가가기를 거부했다는 거 깨닫긴 했지만. 물론 누나가 깨닫게 해줬구요."

"흠, 그런 일이 있었구나. 이제야 좀 이해가 된다, 네가 왜 여자를 싫어하는지. 넌 어렸을 때도 한성격 했구나? 후훗. 근데 은빈아, 누난 이런 생각이 든다? 그 여자애… 널 싫어해서 괴롭힌 게 아니라, 사실은 호감을 얻어보려고 괴롭혔던 게 아닐까?"

"네? 말도 안 돼요. 그 애가 정말 날 얼마나 싫어했는데……."

"아냐. 누난 왠지 다른 생각이 들어. 그 여자애는 너한테 분명 호감을 갖고 있었는데, 자연스럽게 다가가기는 어색하고 쑥스러워서 호감을 갖고 있는 마음을… 실제로는 괴롭히는 걸로 표현했던 거야. 그런데 더 오기가 생긴 네가 여자애를 점점 무시하니까, 그 여자애 또한 오기가 생긴 거지. 그래서 더 괴롭힌 걸지도 모르고."

"에이, 말도 안 돼요, 말도 안 돼. 분명 그 애는 나 싫어했어. 미국 가는 그날까지도 나한테 눈길 한 번 주지 않았었는걸요."

"훗. 이제 보니까 은근히 마음 여린 구석이 있구나, 너? 그게 맘에 걸렸나 봐? 아직까지 기억하고 있는 거 보면. 후훗, 강은빈, 너 사실… 그 여자애 좋아했었던 거 아니니?"

"쿡! 누나, 너무 넘겨짚는 거 아니에요? 정말 지나친 넘겨짚음이야. 하하."

"은빈아, 누나가 저번에 했던 말 기억하니? 네 여성혐오증 고쳐 주고 싶다고 그랬잖아. 그 생각 아직도 변함없어. 이제 조금씩 마음을 열어보지 않겠니? 아주 천천히, 거부감 들지 않을 정도로 조금씩 천천히 말이야. 누나가 도와줄게."

"어떻게… 어떻게 도와줄 건데요?"

"네 마음에… 네 마음속에 날개를 달아줄게. 누나가 멋진 날개를 달아줄 테니까 언젠가 느낌이 팍 오는 정말 좋아하는 여자를 만나면 그 날개를 멋지게 활짝 펼치렴. ^^"

"날개? 날개를 활짝 펼쳐요? 그래서요? 펼친 다음엔……."

"멋진 날개를 이용해 그 여자애의 마음속으로 멋지게 날아가는 거지. 하하하."

"푸하하. 누나 너무 유치해!"

"후훗."

누나… 미소 누나, 나… 좋아하는 여자가 생겼어요. 아니, 그 여자애를 좋아하게 돼버렸어요. 정말 바보처럼… 어렸을 때 나 그렇게 괴롭혔던 못된 기집애한테 마음 줘버렸어요. 복수해 줘도 시원찮은데… 정말 우습게도, 웃기게도, 나도 모르게 조금씩 마음이 끌리더니… 이젠 하루라도 그 애 얼굴 보지 않으면 견딜 수 없을 정도로 너무 많이 좋아하게 돼버렸어요. 그런데… 그 애는 날 별로 좋아하지 않는 것 같아요. 그래도 기다리겠다고 했었어요. 나 좋아하지 않아도 기다리겠다고… 그 애가 마음 열 때까지 그렇게 곁에 있으면서 기다리면 그 애도 조금씩 날 좋아할 거라고 생각했는데, 근데 그건 단지 나의 착각이었나 봐요. 그 애의 무심함 때문에… 알 듯 모를 듯 애매

한 마음 때문에 나 지쳤어요. 점점 지쳐서… 정말 미쳐 버릴 정도로 지쳐서… 그 애에게 헤어지자고 말해 버렸어요. 그냥 헤어져 버리자고, 끝내자고……. 차라리 끝내면, 지금까지의 일들, 없었던 일처럼 생각해 버리면 맘 편할 줄 알았는데… 속 시원할 줄 알았는데… 어떡해요? 나 더 미쳐 버릴 것 같아. 헤어진 다음날, 학교에서 퉁퉁 부은 그 애 눈, 그 애 얼굴 보고… 마음이 너무 아팠어요. 안고 싶은데, 그냥 확 안아버리고 싶었는데, 나 쳐다보는 그 애 눈빛 애써 아무렇지도 않은 얼굴로 외면하느라… 정말 가슴이 너무 쓰렸어요. 왠지… 그래야만 할 것 같아서 외면해 버린 건데… 이제 다 끝난 건데……. 정말 다시 되돌리면 안 된다는 거, 나도 아는데… 나 왜 이러죠? 누나, 그 애 좋아하는 내내 가슴앓이한 것보다 지금이 더 힘들어. 더 힘들어서 쓰러질 것 같아요. 어차피 지금도 그 여자앤 나 좋아하지 않을 텐데……. 이제 조금씩 나 지워 나가고 있을지도 모르는데……. 내 마음속에 그 여자앤 점점 더 커져만 가요. 안 되겠죠? 다시 되돌리면 안 되겠죠? 그럼 서로가 더 힘들어지겠죠? 그래도 미칠 것 같은걸……. 한 번만, 단 한 번만 그 애 꼭 안아보고 싶은걸… 꼭 안고 사랑한다고 말해 주고 싶은걸……. 안 된다고 생각하면 할수록 마음은 그 애를 더 원해요. 나 어떡해요, 누나. 이런 바보 같은 나, 누나가 달아준 날개 한 번 펼쳐 보지도 못하고… 내 가슴속에서 썩어가는데, 나 어떡해요… 어떡해요, 누나?

제12장

아픈 눈물 '더 이상 함께할 수 없음에 흐르는'

제12장 아픈 눈물
더 이상 함께할 수 없음에 흐르는

"그렇게 인연을 맺게 돼 지금까지 그 인연의 끈을 이어오고 있는 거란다. 이제 궁금한 게 좀 풀렸니?"

기나긴 말을 마치고 나를 바라보며 싱긋 웃는 미소 언니. 난 나도 모르게 흥분으로 두근두근거리는 심장 소리를 들으며 고개를 끄덕였다. 이건… 완전히 영화잖아! 그런 영화 같은 일이 있었다니… 그리고 그 무식한 칼에 그런 사연이 있었다니…….

"세별아, 언니도 너에게 궁금한 게 있단다."

"네? 무슨?"

나한테 궁금한 거라니… 난 귀를 쫑긋 세우고 미소 언니의 말에 귀를 기울였다. 그런 나를 가만히 바라보다가 천천히 입을 여는 미소 언니.

"은빈이에게 들었어. 어렸을 때 네가 은빈이 괴롭힌 거, 사실은 친구가 되고 싶어서 그런 거였다며? 그런데 은빈이가 너에게 무관심하자 더 더욱 괴롭혔던 거고."

그랬지. 처음 술 마시고 술 주정하던 날, 술기운에 은빈이에게 그런 말을 했었다고……. 내 가슴속에 오랫동안 억눌려 있던 감정이 무의식중에 튀어나왔던 거겠지.

"네, 어렸을 때 은빈이를 처음 보고… 참 예쁜 아이라고 생각했어요. 그래서 다가가고 싶었는데 마음과는 반대로 못된 말과 행동이 먼저 나와 버렸어요. 그 애는 그런 나에게 질린 것 같았고 점점 무관심해지더라구요. 그래서 전 더 오기가 나서 괴롭혔고요. 그 애가 미웠어요."

"그렇다면 어렸을 때 너의 기억 속에 은빈이는… 미운 아이로 기억되어 있겠구나. 관심을 가지고 다가가려 하면 할수록 더 더욱 마음을 닫아버리는 그 아이가 미웠겠지. 다른 쪽으로 생각해 보면 좋아하는 마음을 버림받았다고 생각해 볼 수도 있겠네."

무슨? 내가 의아한 눈으로 언니를 쳐다봤지만 언니는 계속해서 말을 이었다.

"문득 그런 생각이 든다. 너희 둘, 사실은 서로 호감을 가지고 있었는데 다가가는 방법이 달랐기 때문에 결국은 서로가 상처를 받은 거야. 그래서 은빈이는 여자를 싫어하게 돼버렸고, 넌 좋아하는 마음이 상처받아 누군가를 좋아하는 마음을 닫고 살아온 것 같다. 그런 생각이 들어."

 미소 언니의 말에 나도 모르게 가슴이 덜컥 내려앉았다. 내가? 누군가를 좋아하는 마음을 닫고 살아?

 "너… 어렸을 때 그 일 이후, 누군가를 좋아해 본 적이 있니?"

 "…아뇨, 미국에서 살 때 한 번도 누구 좋아한 적 없어요. 아무리 멋있는 남자를 봐도 마음이 떨린다거나 그런 적도 없었고요. 좋아하는 사람을 만나면 가슴이 터질 정도로 벅차다는 말도 무슨 소린지 몰랐어요."

 "넌 모르는 거야, 누군가를 좋아할 때 네 마음이 어떻게 반응하는지……. 네 무의식 속에 좋아하는 아이에게 받은 상처가 강하게 남아있어서 너도 모르게 누군가를 좋아하는 마음을 굳게 닫아버린 거야. 그래서 모르는 거야. 넌 그 아이를 분명히 좋아하고 있는데 그게 좋아하는 감정인지 모르는 거야. 깨닫지 못하는 거야."

 두근두근 심장이 빠르게 두근거린다. 무슨 말인지 정확히는 알 수 없지만 이상하게도 가슴속에 하나하나 강하게 들어와 박히는 느낌이다. 그랬었나? 난 어렸을 때 받은 상처로 나도 모르게 마음을 닫아버린 거였을까?

 "휴, 세별이 너, 은빈이를 10년 만에 다시 만났을 때, 느낌이 어땠니?"

 다시 만났을 때? 후… 어쩔 수 없이 생각나는 은빈의 얼굴.

 "솔직히… 어렸을 때 내가 많이 괴롭혔던 아이이기 때문에 미안한 마음이 컸지만 한편으로는 무서웠어요. 무서운 얼굴로 소리칠 땐 진짜 얄밉기도 했고요."

"그랬구나. 후우. 이제야 답이 나오네. ^^"

미소 언니가 갑자기 상쾌한 웃음을 지으며 반짝반짝 빛나는 눈으로 날 쳐다본다. 그리고는 어리둥절해 있는 나의 손을 꽈악 잡더니 싱긋 웃는다.

"과거에 서로 엇갈린 감정이 아직도 가슴에 앙금처럼 남아 있어서 서로가 서로를 받아들이는 게 어색하고 자연스럽지 못했던 것 같아. 세별이 너 스스로도 진지하게 네 자신에게 물어본 적 없을 거야. 네가 과연 진심으로 은빈이를 좋아하는지에 대해서 말이야. 아니, 진지하게 생각해 보려는 시도도 안 해봤을 거야, 그렇지? 그리고 어느 순간에는 그 감정에 대해서 진지하게 생각하려 해도 답이 안 나왔을 거고……. 그건 세별이 네가 네 진심을 깨닫지 못했기 때문인 것 같아."

미소 언니는 그렇게 말하고 싱긋 웃으며 다시 말을 이었다.

"언니 생각에는 그런 것 같다. 다른 사람도 아니고 은빈이… 과거 너에게 상처를 주고 좋아하는 마음을 닫아버리게끔 만들어 버린 은빈이었기 때문에 넌 무의식적으로 은빈이에 대한 너의 감정을 네 스스로 뒤틀어 버리고 있었던 거야. 상처를 준 사람에게 끌리는 너의 감정을 인정하기 싫었기 때문에……."

언니의 말에 난 천천히 고개를 끄덕였다. 그래, 내가 그랬구나… 언니 말대로 내 스스로 내 감정을 너무 꽁꽁 동여매고 있었기 때문에 녀석에게 진심으로 다가갈 수 없었던 거구나. 그 진심을 인정하기 싫었기 때문에 무의식적으로 애써 그 마음을 외면하고 있었던 거구나.

"사실 요 며칠 사이 제가 은빈이를 좋아하고 있다는 걸 조금씩 느끼긴 했어요. 물론 은빈이에게 헤어지자는 말을 듣고 나서 더 확실하게 느꼈지만요. 그때 전 자신이 없었어요. 힘들어하는 녀석 앞에서 자신있게 좋아한다고 말할 수 없었어요. 그저 미안해서, 너무 미안해서… 저렇게 힘들게 만들어 버린 게 나라는 생각이 드니까… 아무 말도 할 수 없었어요. 내가 녀석의 곁에 있는 게 고통이라면 옆에서 사라져 주는 게 녀석을 위한 길이라는 바보 같은 생각을 했어요. 그때까지도 난 확실하게 알 수 없었으니까요, 내 진심을요. 너무 늦었을지도 모르지만, 너무 늦어버렸을지도 모르지만… 만약 지금 다시 한 번의 기회가 주어진다면 난 자신있게 말할 수 있을 것 같아요. 녀석을 진심으로 좋아한다구요."

꿈꾸듯 내 입속에서 중얼중얼 흘러나오는 말에 언니는 고개를 끄덕이며 미소를 짓는다.

"아직 늦지 않았어. 은빈이는 항상 널 기다리고 있었어. 예전에도, 그리고 지금도 말이야. ^^"

언니에게 몇 번이나 고맙다는 말을 하며 카페를 나왔다. 왠지 가슴이 벅차오르는 느낌이다. 나… 이제야 진심으로 네게 다가가려 하는데, 그래도 되니? 그래도 될까? 자신이 없었지만 미소 언니의 말을 생각하며 다시 한 번 용기를 냈다. 용기를 내자 갑자기… 은빈이 녀석 목소리가 너무 듣고 싶었다. 떨리는 손으로 폰을 꺼내 들었다. 한참의 신호가 가도 들리지 않는 녀석의 목소리……. 대여섯 번을 연속해서 걸어봐도 받지 않는다. 좋아! 그렇다면… 직접 가는 수밖에! 지금 시간이면 집에 가고도 남았을 시간이겠지?

난 버스에서 내려 부지런히 우리 동네를 향해 걸었다. 힘찬 발걸음을 따라 힘차게 뛰는 심장. 심장은 빠르게 뛰지만, 머리 속엔 아무 생각도 없다, 아무 생각도……. 그냥 무조건… 지금 네 얼굴을 봐야만 할 것 같아. 그래야… 답답하게 꽉 막혔던 내 마음이 시원하게 풀릴 것 같아. 그냥 그런 느낌이 들어.

어느새 도착해 버린 은빈의 집 앞. 심장은 떨리지만 이상하게 마음은 편안하다. 벨을 누르고 집 안으로 들어가니 아줌마가 웃는 얼굴로 날 맞아주셨다.

"어머나, 세별아. 혼자 왔니? 은빈이는?"

"네? 은빈이 아직 안 왔어요?"

"아니, 아직 안 왔는데… 너랑 같이 오지 않았니?"

아줌마는 아직 모르시는구나, 우리가 헤어진 걸……. 조금 당황스러운 마음에 난 어색한 미소를 지으며 얼버무렸다.

"그, 급한 일 때문에 잠시 어디 들렸다 오나?"

그러자 내 말에 활짝 웃으며 말하는 아줌마.

"그런가 보다. 그럼 조금 있으면 오겠네. 여기 앉아서 기다려라. 아줌마가 직접 갈아 만든 토마토 주스 줄게. ^^"

난 밝게 웃는 얼굴로 고개를 끄덕였고 아줌마는 잠시 후 토마토 주스가 담긴 컵을 가져오셨다. 그걸 쭈욱 마시고 TV를 보며 은빈을 기다리고 있는데, 30분이 훨씬 지나도 올 기미가 안 보인다.

"이 녀석, 늦나 보네. 전화해도 안 받는다고? 세별아, 은빈이 방 올라가서 기다리렴. 이제 곧 손님이 오실지도 모르거든."
 "아, 네, 그럼 방에 가서 기다릴게요. 조금만 기다리다가 안 오면 그냥 가죠 뭐."
 딱 10분만 더 기다리다 가야지. 아니, 5분 더… 뭐 인심 쓰는 셈치고 5분 더……. 은빈의 방으로 올라가 방문을 여니 역시 제일 먼저 그 사연 많은 칼이 눈에 들어온다. 정말… 소중한 사람이었구나, 준일이 형이라는 사람. 은빈이, 마음 많이 아팠겠다……. 난 칼 앞에서 고인의 명복을 비는 것처럼 잠시 눈을 감고 있다가 침대에 털썩 앉았다. 순간 갑자기 떠오르는 미소 언니의 음성.

 "은빈이가 너 얼마나 좋아하는지 아니? 후훗. 정말 내가 다 부러웠을 정도라니까……. 왜 저번에 은빈이 학교 안 갔던 날 있었지? 하교 길에 버스 정류장에서 너랑 마주 쳤잖아. 그때 은빈이랑 나랑 학교 안 가고 하루 종일 뭐 한 줄 아니? 너한테 해줄 선물, 세상에서 하나밖에 없는 선물 구하러 다녔어. 훗! 그거 아직 안 받았니? 그럼 아직 은빈이 방에 있겠구나."

 선… 물… 선물이라, 무슨 선물일까? 사뭇 궁금해진다. 난 나도 모르게 스르르 일어나 은빈의 책상 서랍을 뒤지기 시작했다. 이, 이건 다른 뜻 없이 그냥 선물이 궁금한 마음에……. 헤헷.
 첫 번째 서랍을 열자 웬 게임 카드랑 작은 칼밖에 없다. 두 번째 서랍은 텅 비어 있고, 세 번째 서랍은 종이 뭉치들. 그리고… 마지막 네 번째 서랍을 열어보니 약간 큰 상자가 들어 있었다. 앗, 혹시 이게 선물? 상자를 조심스럽게 꺼내서 뚜껑을 연 나는… 소스라치게 놀라며 상자 뚜껑을 떨어뜨리고 말았다. … 이게… 뭐야? 손가락 두 개 크기만한 인형이 가지런히 빽빽하게 놓여 있었다. 떨리는 손으로… 인형 한 개를 들어 올렸다. 이건… 나잖아……. 인형의 얼굴… 분명히 나다. 환하게 웃고 있는 얼굴. 머리가 멍해지는 느낌을 받으며 다른 인형들을 하나하나 들어 보았다. 웃는 얼굴, 찡그린 얼굴, 화난 얼굴, 수줍은 얼굴……. 표정은 각기 다르지만… 이건 분명 나야! 어떻게? 이거 어떻게 만든 거지? 나도 모르게 숨이 탁 막혀오는데……. 인형들 밑에 놓여 있는 작은 종이쪽지가 눈에 들어왔다. 쪽지를 펴보니 눈에 들어오는 은빈의 가지런한 글씨.

너의 모든 표정을… 내 눈 속에 담아두고 싶다.
네가 짓는 모든 표정, 지켜봐 줄 수 있는 단 한 사람이 나였으면.

나도 모르게… 가슴이 너무 아파온다. 한참을 멍하니 있다가 고개를 들어보니 어느새 내 눈엔 눈물이 넘쳐흐르고 있었다. 이 녀석… 이 녀석, 정말……. 난 아릿하게 아파오는 마음을 주체하지 못해 침대에 얼굴을 박고 엉엉 울어버렸다. 그리고 그렇게 울다가… 울다가 지쳐 버린 나는… 나도 모르게 스르르 잠에 빠져들고 말았다.
드르르르르르. 드르르르르르르.
그렇게 얼마나 잔 걸까? 한참 잠에 빠져 있던 나는 요란하게 진동해 대는 핸드폰에 화들짝 놀라 잠에서 깨어났다. 도대체 얼마나 잔 거지? 밖은 깜깜한 어둠이 내려앉아 있었다. 내 자신의 한심함을 탓하며 진동해 대는 폰의 플립을 여는데,

[세별아!!]

내가 대답하기도 전에 들려오는 찢어지는 듯한 여자의 음성.

"여, 여보세요?"

[나야, 나! 빛나야! 큰일 났어! 해민이가 병원에 실려갔어!]

"뭐? 그게 무슨 소리야? 주전자가 왜?"

[심하게… 맞았어. 폭행당했다고!]

이게 무슨 소리야, 대체!

"폭행을 당하다니! 누구한테!"

[…은빈이가. 은빈이가 그랬대!]

빛나의 말에 정신이 온통 아득해지고 말았다. 너 도대체… 도대체 무슨 짓을 한 거야? 이 바보… 바보 녀석아!! 택시 안에서 내내 나도 모르게 화가 나는 마음을 주체 못하고 애꿎은 차 유리만 벅벅 문질러 대다가 택시가 서자마자 후닥닥 내려서 병원을 향해 달려가기 시작했다. 사람을 폭행한다는 거… 그거 범죄잖아!! 한 번도 아니고 두 번씩이나… 너 정말…….

엘리베이터를 타고 삼층에서 내려 빛나가 알려준 병실을 찾아 급하게 발걸음을 옮기던 나는 병실 앞에… 우두커니 서 있는 은빈을 보고 걸음을 멈추었다. 아무 감정 없는 얼굴로 병실 문을 바라보며 서 있는 녀석. 그런 녀석을 보자… 순간 나도 모르게 울컥 화가 난다. 천

천히 녀석을 향해 다가가자 그런 나를 발견한 듯, 조금은 놀란 표정으로 날 바라보는 은빈. 보고 싶었던 얼굴인데… 너무 보고 싶은 얼굴이었는데……. 네 얼굴 보면 답답하고 많이 아팠던 내 마음이 시원하게 풀어질 줄 알았는데……. 아니, 하나도 그렇지 않아. 화나… 화가 나… 왜 이렇게 화가 나지?

"왜 그랬니?"

은빈의 눈을 쳐다보며 조용하게 물었지만 은빈은 내 눈을 쳐다보지 않았다. 그리고 아무 말도 하지 않았다.

"왜 그랬어… 왜 그랬어… 이 바보야, 안 된다고 했잖아. 어떤 이유든 폭력은 안 된다고 했잖아. 너 때문에 병원 신세졌던 애, 또 병원 오게 만드니. 왜 그랬어… 꼭 그래야만 했니?"

무슨… 변명이라도 해주길 바랬다. 한마디 변명이라도… 왜 그랬는지… 최소한 미안한 표정이라도 지으며 얘기해 주길 바랬다. 하지만 여전히 차가운 표정으로 아무 말 없이 내 시선을 외면하는 은빈. 그러다가 천천히 고개를 돌려 날 쳐다보며 말한다.

"이유 따위 없어. 열받아서 때렸다. 맘에 안 들어서 밟아줬다고."

"이 바보야… 이 바보야!! 너 도대체 왜 그래!! 네가 깡패야? 아무 이유 없이 그저 화난다고 사람을 때려서 병원까지 실려오게 만들어? 왜 그래!! 너 원래 그렇게 막무가내인 애였어? 이 바보야… 이 바보야!!"

참을 수 없이 화가 나서 주먹을 꽉 쥐고 은빈의 가슴을 때리며 눈물을 쏟기 시작했다. 아무 미동도 없이 피하지도 않은 채 그저 내 주먹을 고스란히 맞고 있는 녀석……. 너 이런 애 아니잖아… 이 정도로 생각없고 잔인한 애 아니잖아. 참을 수 없이 폭발하는 감정에 그렇게 눈물을 쏟고 있는데 들려오는 목소리.

"누나."

고개를 돌려보니 지호가 어두운 얼굴로 우리를 향해 천천히 다가오고 있었다. 눈물을 닦으며 꽉 쥐었던 주먹을 스르르 힘없이 풀어버리는데 지호가 무슨 말인가를 하려는 듯 굳은 눈빛으로 입을 연다. 그런데 그 순간…

"이제 알았냐? 나 원래 이런 놈이야. 원래 이렇게 막 나가는 놈이라고! 네 잘난 친구 놈, 하도 마음에 안 들길래 사정없이 밟아줬어. 숨 넘어갈 때까지 밟아줬다고. 그래, 그놈 병원 실려갔다니까 눈앞이 다 캄캄해지디? 네가 그렇게 아끼는 친구, 나한테 밟혀서 볼 만한 몰골 되어 있으니까 가서 구경이나 해라."

"형!! 그게 아니잖아!"

순간 지호가 소리쳤지만 은빈은 차가운 얼굴로 날 스쳐 지나가 지호의 팔을 끈다.

"형… 형!!"

"시끄러. 한마디만 더하면… 너도 죽는 수가 있어. 그러니까 입 다물어."

말로 표현할 수 없을 정도로 단호하고 차가운 목소리였다. 소름이 끼칠 정도로……. 처음 본다. 지호에게 저렇게 말하는 거. 뭔가 지나칠 정도로 화내는 듯한 느낌을 받았다. 모퉁이를 돌아 사라지는 그들의 모습을 보며 난 온몸에 힘이 빠지는 듯한 느낌에 한숨을 푹 내쉬었다.

병실로 들어갔다. 들어가자마자 풍기는 강한 소독약 냄새. 목에 깁스를 한 주전자가 온통 얼굴에 반창고를 붙이고 죽은 듯 누워 있다. 그리고 의자에는 빛나가 고개를 숙인 채 앉아 있었다.

"빛나야, 주전자 좀 어때?"

조심스럽게 묻자 빛나가 약간 고개를 들며 중얼거린다.

"심한 건 아니지만 목뼈에 금이 갔대. 그리고 얼굴도 많이 다쳤고……. 아마 4주 정도는 입원해 있어야 할 것 같아."

저절로 한숨이 나온다. 바보 녀석… 바보 녀석… 사람을 이렇게 만들다니……. 말없이 병실을 나오면서 난 나도 모르게 흐르는 눈물을 애써 참으려 이를 악물었다. 그런데 웃긴 건… 참으로 웃긴 건… 저렇게 다친 주전자보다 은빈이 녀석이 더 걱정된다는 거다. 이번엔 그냥 넘어가지 않을 텐데… 혹시 경찰서에서 나오지 않았을까? 그렇다면 곧 학교에도 알려질 텐데, 만약 그렇게 되면……. 후우… 바보야… 이 바보야… 너 왜 그래, 도대체 왜 그래. 나 이제 내 마음 열고 조금씩 너에게 다가가 보려고 하는데… 이젠 네가 멀어지려고 하니? 화나, 나… 너에게 너무 화가 나……. 이 바보, 이 바보야…….

그렇게 힘없이 집으로 돌아왔다. 아무것도 생각하기 싫다, 아무것도……. 그냥 당장 침대에 엎어져 버리고 싶은 마음뿐이었다. 난 거실로 들어가다가 막 욕실에서 나오던 엄마와 마주쳤다. 엄마는 한눈에 보아도 안색이 안 좋다는 걸 느낄 수 있을 정도로 창백한 얼굴로 손을 입에 대고 있었다.

"엄마! 왜 그래?"

내가 깜짝 놀라 묻자 엄마는 애써 아무렇지도 않게 웃으며 말한다.

"아까 저녁에 먹은 게 체했나 보다. 속이 울렁거려서… 소화제 먹으면 괜찮아질 거야. 아, 근데 세별아, 아까 은빈이네 엄마가 급히 경찰서로 가던데, 혹시 은빈이한테 무슨 일 생긴 거니?"

역시 경찰서에까지…….

"응, 엄마. 내일 말씀드릴게요. 나도 아직은 잘 몰라."

"그래, 그러렴."

엄마는 여전히 창백한 얼굴로 방으로 들어가셨다. 며칠 전부턴 머리가 아프다고 그러더니 몸이 많이 안 좋아졌나 보다. 내일은 병원 가서 검사를 받아보자고 해야지. 그런 생각을 하며 침대에 몸을 묻었다. 다시 어쩔 수 없이 생각나는 은빈의 얼굴. 그렇게 차가운 얼굴로… 차가운 표정으로… 차갑게 말하던 은빈. 나한테 화가 많이 나 있었겠지? 하긴 그동안 나 때문에 많이 힘들기도 했겠지. 하지만 아까 그 차가운 표정은… 정말 다시는 널 쳐다보는 거, 허락하지 않겠다는 듯한 그런 차가운 표정. 다가가기엔… 너무 늦어버린 건가? 응? 그런 거니?

끝도 없이 밀려오는 여러 가지 생각에 잠을 설치고, 다음날 푸석푸석한 얼굴로 힘없이 학교에 갔다. 교실에 들어서는데 시끄럽게 웅성웅성대고 있는 아이들이 눈에 들어왔다. 상당히 흥분한 표정으로 무언가를 열심히 떠들고 있는 아이들. 무슨 일일까? 궁금해하며 책상에 가방을 내려놓는데 들려오는 아이들의 목소리.

"야, 너 그 얘기 들었어? 강은빈, 성일고등학교 다니는, 모델 활동 하고 있는 주해민을 폭행해서 전치 4주 상해 입힌 거. 다행히 걔네 부모님이랑은 합의가 됐다는데… 아마 정학이래지? 교무실 앞에 공고 났던데."

애들이 말에 멍하게 흐려지는 눈. 손은 부들부들 떨려오기 시작했고… 난 빠르게 교실 문을 나섰다. 나도 모르게 점점 빨라지는 걸음으로 교무실로 향했다.

교무실 복도. 몇몇 아이들이 모여서 웅성웅성대고 있는 게 보인다. 다급하게 그들 사이로 얼굴을 내밀어 벽에 붙어 있는 하얀 종이를 본 나는… 밀려오는 안타까움에 한숨을 푸욱 내쉬었다.

―정학 공고
2학년 3반 강은빈.
본 학생은 14일 저녁 7시 20분 '데일리' 카페 옆 공터에서 성일고 2학년 주해민 군을 폭행하여 얼굴, 목 등 전치 4주의 상해를 입힌 바 두 달 유기정학에 처함.

바보, 이 바보. 소곤소곤거리는 아이들이 한참을 웅성대다가 각자의 교실로 돌아갈 때까지도 난 한참을 그렇게 멍하니 서 있었다. 두 달이나… 두 달……. 입으로 가만히 중얼거려 보는데 교무실 옆 상담지도실 문이 벌컥 열리더니 은빈이가 나온다. 평소와 다름없는 얼굴이지만… 눈빛이 푸욱 가라앉아 있다. 여자인 내가 부러울 정도로 맑은 눈동자를 빛냈던 은빈, 흐릿한 눈동자로 잠시 날 쳐다보더니 그대로 지나쳐 걸어간다. 무슨 말이라도 해야 하는데 아무 말도 떠오르지 않았다. 참을 수 없는 충동에 나도 모르게 걸어가는 은빈의 옷자락을 잡으려는 순간, 복도 모퉁이에서 지호가 급하게 달려오며 소리친다.

"형!!"

그 외침에 흠칫 놀라 다시 손을 내려놓는데 은빈의 뒤에 멍하니 서 있는 날 보는 지호의 눈빛이 말할 수 없을 정도로 착잡해지기 시작한다.

"세별이 누나, 사실은……."

"한지호, 분명 어제 경고했다. 나 두 번 말하는 거 제일 싫어하는 거 알지?"

지호가 내게 무슨 말인가를 하려는 순간, 은빈이가 소름 끼치도록 차가운 목소리로 지호의 말을 끊었다.

"하지만 형!!"

"됐어, 됐다고. 이제 잘됐다고. 깨끗하게 다 잘됐다고. 그러니까 너도 입 다물어."

잘됐다니… 뭐가? 알 수 없는 이상한 느낌에 고개를 갸우뚱거리고 있는데 그들은 이미 복도를 벗어나 사라진 상태였다. 이상한 느낌도 잠시, 난 곧 말할 수 없이 침울한 기분에 빠져 버리고 말았다. 잘됐다니, 바보녀석. 네가 정학받은 게 깨끗하게 잘됐다는 소리야? 뭐가 잘돼… 잘돼 긴 뭐가 잘돼, 이 바보 녀석아… 이 바보 멍청이!! 가슴속이 온통 답답한 무언가로 가득 채워지는 듯한 느낌에 난 고개를 떨구었다. 이렇게… 멀어져 버리는 건가?

항상 학교가 끝나면 밀려오는 뿌듯한 기분에 한없이 즐거워지던 나였지만, 오늘은 다르다. 추욱 가라앉는 느낌. 버스 정류장을 향해 걷는데 뒤에 오는 여자애들의 속닥거리는 소리가 들려온다.

"아흑! 말도 안 돼, 말도 안 돼. 은빈이 오빠가 폭행을 했다니… 믿을 수 없어. 뭔가를 잘못 안 거 아닐까?"

"잘못 알긴, 경찰서에서도 나오고 그랬다는데. 아무튼 정말 의외다. 싸움에는 손도 안 댈 것 같은 사람이… 다른 사람도 아니고, 그 멋진 모델 주해민을 폭행하다니. 얼굴 많이 다쳤다며? 아휴, 그 잘생긴 얼굴을……."

"야, 넌 대체 누굴 좋아하는 거냐? 지금 오빠가 정학받아서 두 달 동안이나 못 보게 생겼는데, 누구 걱정하는 거냐구!"

"근데 있잖아, 나도 확실한 건 모르겠는데 들리는 소문으로는 얼마 전에 오빠네 반으로 전학 왔던 은세별 있잖아, 그 언니……."

앗! 왜 내 얘기가… 나도 모르게 긴장하며 어깨를 잔뜩 움츠리고 걷는데 얘기 소리는 계속 들려온다.

"그 언니, 정말 믿을 수 없는 얘기지만 오빠랑 사귀다가 헤어졌잖아. 근데 그 언니가 주해민이랑 양다리 걸쳐서 열받아서 팬 거라던데? 그러니까 결국 그 언니가 바람피워서 둘이 갈라선 거지 뭐."

"아냐. 은빈이 오빠가 그 언니 좋아해서 거의 억지로 사귀었는데, 그 언니는 별로 시큰둥하고… 그래서 결국 오빠가 포기했다던데? 말하자면 뭐 짝사랑이지."

"정말? 말도 안 돼! 짝사랑이라니… 짝사랑이 얼마나 아픈 건데……."

"그러게 말야. 아무리 좋아해도, 아무리 좋아하고 다가서려고 노력해도, 상대방이 그런 마음을 몰라준다면… 얼마나 슬플까? 얼마나 비참할까?"

"아냐! 짝사랑 아닐 거야! 설마, 오빠가 뭐가 아쉬워서 그런 언니를!!"

"야!! 사람 좋아하고 싫어하는 게 뭐 맘대로 되는 줄 아냐? 그 언니한테 오빠가 좋아할 만한 어떤 매력이 있으니까 좋아한 거겠지! 나도 그 언니 별로 좋게 생각하지는 않지만, 그래도 잘됐으면 좋겠어."

"아무튼 부럽긴 부럽다. 으아, 난 언제 그런 멋진 남자한테 고백 한 번 받아보나."

재잘재잘 떠들며 날 스쳐 가는 그 아이들. 그 아이들의 말에 마음이 더 무거워지는 나였다.

"짝사랑이라니… 짝사랑이 얼마나 아픈 건데……."
"아무리 좋아해도, 아무리 좋아하고 다가서려고 노력해도, 상대방이 그런 마음을 몰라준다면… 얼마나 슬플까? 얼마나 비참할까?"

자꾸만 귓가에 맴도는 말…….
나… 너 미워할 자격 없는 거지? 너 원망할 자격도 없는 거지? 너 아프게 한 나인데, 네 맘 정말 아프게 한 나인데. 나 지금 무슨 자격으로 이렇게 네가 그리운 걸까? 이렇게 네 얼굴이, 네 목소리가, 따뜻하게 웃는 네 미소가, 네 웃음소리가 그립다. 한없이 밑으로 가라앉는 마음.

어떻게 버스를 타고 내렸는지도 모르겠다. 무거운 마음으로 버스에서 내려 우리 동네 골목으로 향하는데 느닷없이 뒤에서 구급차 사이렌 소리가 크게 울려 퍼진다. 빠르게 내 곁을 스쳐 지나가는 구급차. 왜였을까? 순간 그 하얀 구급차가 꼭 하늘로 올라가는 하얀 상자처럼 보였다. 난 고개를 휙휙 저어 내 눈앞에 펼쳐지는 환영을 몰아내고 멍하니 멀어지는 구급차를 바라보았다. 무슨 일이지? 알 수 없는 불길한 예감이 스멀스멀 밀려왔지만… 난 애써 그 느낌을 무시하며 천천히 골목길 모퉁이를 돌았다. 두근두근… 이상하다, 왜 이렇게 심장이 빨리 뛰지? 나도 모르게 불안한 기운이 자꾸만 내 가슴속을 파고들고 있었다. 이상해, 이상해……. 주체할 수 없을 정도로 심장 박동이 빨라진 나는 결국 우리 집을 향해 다급하게 뛰었다. 그리고는… 우리 집 앞에 서 있는 구급차를 보고 가슴이 철렁 내려앉았다. 왜… 우리 집 앞에? 나도 모르게 다리가 후들후들 떨려오는데 창백한 표정의 아줌마가 안절부절못하고 서 계시는 게 눈에 들어왔다. 난 빠르게 뛰어가서 아줌마를 잡고 소리쳤다.

"아줌마! 무슨 일이에요?"

그러자… 아줌마가 별안간 눈물을 글썽이시며 나를 꼭 붙들고 더듬더듬 말하셨다.

"아이고, 이를 어쩌니! 세별아, 너희 엄마 갑자기 쓰러지셨다! 제발 아무 탈 없어야 할 텐데, 어쩌니!"

아줌마의 말에 철렁 내려앉는 가슴.

그 후로는 어떻게 병원에 도착했는지 기억도 안 난다. 무슨 정신으로 병원에 왔는지… 한없이 밑으로 깔아지는 몸을 간신히 끌고 의자에 앉아 있는데… 아줌마의 목소리가 들려왔다.

"세별아, 너무 걱정 마. 그냥 가벼운 빈혈로 쓰러지신 걸 거야. 옛날부터 너희 엄마 가벼운 현기증 있었잖아."

아줌마가 내 손을 꽈악 잡아주시며 말씀하셨지만 그 말은 귀에 들어오지도 않았다. 찌릿찌릿한 경련이 머리끝에서 발끝까지 온통 내 몸을 마비시켜 버린다. 그래… 그냥 쓰러진 거야. 며칠 전부터 머리 아프다고 하셨지만 크게 아픈 적은 없었잖아. 그래, 그런 거야. 가벼운 빈혈… 침착하자, 침착하자, 제발. 난 자꾸만 밀려드는 불안한 예감을 애써 떨쳐 버리려 고개를 흔들었다. 머리 속이고 마음속이고, 온통 하얗게 비워져서 아무 생각도 나지 않는다. 하도 입술을 세게 깨물어서 입 안으로 흘러드는 비릿한 피를 그냥 그대로 삼켜 버리고 있는데, 병실 문이 열리더니 어두운 표정의 의사가 걸어나온다.

"선생님, 어때요? 그냥 가벼운 빈혈이죠?"

아줌마가 다급하게 물었지만 의사는 잠시 말하기를 꺼려하는 듯 주춤거리다가 무겁게 입을 열었다.

"뇌종양입니다."

뇌… 종양? 그게 뭐야?

"뇌종양이라니!"

갑자기 아줌마가 안색이 파랗게 질려 소리치셨다. 부들부들 떨리는 손으로 의사의 팔을 잡고 다급하게 외치는 아줌마.

"…어느 정도인가요? 네?"

"따님 되십니까?"

의사가 아줌마의 물음에는 대답하지 않고 착잡한 눈으로 나를 바라보며 물었다. 내가 멍한 눈으로 고개를 끄덕거리자 잠시 침묵하던 의사는 굳은 표정으로 천천히 입을 열었다.

"며칠 전부터 두통을 호소하지 않았습니까? 구토 증상도 있었고요."

의사에 말에 하나둘씩 생각나는 엄마의 얼굴. 머리가 아프다며 누워 있던 엄마, 약을 사다 먹던 엄마. 그래, 내가 설악산 갔다 온 날 저녁, 그때부터 그랬던 것 같아. 그냥… 가벼운 두통이라고 생각했는데… 설마! 내가 덜덜 떨며 고개를 끄덕끄덕거리자 의사는 다시 말을 잇는다.

"간단하게 말씀드리죠. 두개골 안에 종양이 생겼습니다. 뇌사질 안에 급속도로 퍼지기 시작한 종양이 뇌신경까지 들어차 있습니다. 지금 악성 종양이 의심되는데, 그렇게 되면 수술을 한다 해도 성공한다는 보장은……."

"수술, 수술하면 되죠? 수술하면 생명에는 지장없는 거죠? 네?"

아줌마가 급히 소리치셨지만 의사는 쉽사리 고개를 끄덕이지는 않았다.

"지금 수술을 서둘러야 합니다. 조기 발견만 했어도 수술로 제거할 수 있는 종양인데 워낙 넓게 퍼져서… 아무튼 지금 바로 수술 들어갑니다. 보호자 분은 따님으로?"

"제가…제가 보호자예요."

곧 쓰러질 것 같이 창백한 표정으로 부들부들 떨고 있는 나를 간신히 잡아주며 아줌마가 말씀하셨다.

"잠깐 저랑 가실까요?"

"세별아, 아줌마 잠깐 갔다 올게. 걱정하지 마! 수술해서 종양 제거하면 돼. 여기 잠깐 있어라. 아줌마 금방 올게."

내 손을 꽉 잡아주고는 의사 선생님을 따라 걸어가는 아줌마를 보고 난 그대로 의자에 털썩 쓰러지듯 앉았다. 뇌.종.양. 의사가 아까 뭐라고 했지? 분명 무슨 말인가를 들었던 것 같은데… 하나도 생각나지 않는다. 그저… 수술을 한다 해도 성공한다는 보장은… 하고 말끝을 흐리던 것만 떠오른다. 아냐… 아닐 거야. 아줌마가 그랬잖아. 종양만 제거하면 된다고. 두 손을 꽉 잡고 눈을 감고 있는데 느닷없이 내 앞의 문이 벌컥 열리더니 흰 가운을 입은 간호사 몇 명이 이동식 침대를 끌고 빠르게 나온다. 고개를 번쩍 들고 침대 위의 사람을 본 나는 나도 모르게 벌떡 일어서서 소리쳤다.

"엄마!!"

녹색 문을 밀고 들어가는 간호사들을 보며 정신없이 따라가 침대 끝을 붙잡는 순간, 그런 나를 밀어내며 말하는 간호사.

"지금 수술 들어갑니다. 침착하시고 밖에서 기다리세요."

그리고 닫혀 버리는 문. 문이 닫히자마자 주르륵 흘러내리는 눈물. 엄마…엄마……. 참았던 눈물이 한꺼번에 터져 나오기 시작한다. 마른하늘에 날벼락이라더니… 이게 대체……. 너무 어이없고 갑작스런 일이라서 눈물만 흐른다. 흐르는 눈물을 주체할 수 없어 그대로 눈물을 흘리며 멍하니 서 있는데 뒤에서 들려오는 목소리.

"세별아."

힘없이 고개를 돌려보니 날 쳐다보고 있는 세영이가 눈에 들어왔다.

"세영아……."

세영의 얼굴을 보자 마구 눈물이 쏟아져 나오기 시작한다, 주체할 수 없을 정도로…….

"세영아… 우리 엄마… 우리 엄마 어떡해? 뇌종양이래, 뇌종양. 지금 수술하러 들어갔는데… 그런데… 그런데……."

꾸역꾸역 흘러나오는 눈물 때문에 제대로 나오지도 않는 목소리로 중얼거리는데… 그런 내 어깨를 말없이 꽉 잡아주는 세영.

"괜찮아, 수술 잘될 거야."

너무도 따뜻한 목소리. 그 목소리를 듣는 순간 온몸에 힘이 쭈욱 빠져 버린다. 난 결국 내 몸을 감당하지 못하고 세영의 품에 얼굴을 묻고 엉엉 울어버리고 말았다. 잘될 거야… 잘될 거야……. 잘못될 리 없어. 분명 잘될 거야. 엄마…엄마…….

얼마나 울었을까? 세영의 셔츠를 흠뻑 눈물로 적셔 버린 나. 문득 정신을 차리고 천천히 세영의 품에서 묻었던 얼굴을 들었다. 눈물을 닦아내며 고개를 드는데 그런 세영의 어깨 너머로 보이는 낯익은 얼굴. 은빈? 은빈이었다. 어두운 얼굴로 나를 쳐다보고 있는 은빈. 나와 눈이 마주치자 곧 내 시선을 외면하며 등을 돌린다. 그리고는 모퉁이를 돌아 사라져 버리고 말았다.

"왜 그래?"

세영이 날 보며 물었다. 난 그저 가만히 고개를 저으며 아무것도 아니라고 말하고 힘없이 의자에 앉았다.

"그런데 은빈이 녀석은 아직 안 왔어? 은빈이한테 듣고 달려온 건데……."

세영이의 말을 듣자 어쩔 수 없이 생각나는 녀석의 모습. 나 지금 뭐지? 무슨 생각 하는 거지? 은세별, 너 지금 무슨 생각 하는 거야? 엄마는 지금 수술실에서 생사의 갈림길에 서 있는데……. 넌… 도대체 지금 무슨 생각 하고 있는 거야? 이 바보야… 나… 지금 아무 힘도 없어. 너무 힘들어. 한 발도 움직일 수 없을 만큼 온몸에 힘이 빠져버려서… 돌아서는 너 붙잡을 그런 힘조차 남아 있지 않아. 바보 같지만… 정말 바보 같지만… 나 지금 네가 너무 필요해……. 네 품에 안겨서 울고 싶은데……. 와주면… 와주면 안 되니? 이런 바보 같은 나에게 한마디만 해주면 안되니? 괜찮을 거라고… 분명 잘될 거라고……. 네 한마디, 그 한마디만 있으면, 바보 같지만… 나 안심할 수 있을 것 같은데… 그럴 것 같은데. 일 분 일 초가 마치 한 시간같이 흘러간다. 마음은 천근만근 무겁게 가라앉아만 가고, 눈물은 닦을 틈도 없이 계속 흘러내린다. 스스로 마음을 잡아봐도 무겁게 가라앉아

두근대는 가슴을 진정시킬 수가 없다. 아줌마가 그런 내 손을 꽈악 잡아주고, 세영이가 내 어깨를 잡아줬지만 자꾸만 밀려드는… 참을 수 없는 불안함……. 나는 두 눈을 꼬옥 감고 두 손을 모았다. 그리고 누구에게 하는지 모를 기도를 절실하게 하기 시작했다.

우리 엄마… 불쌍한 우리 엄마… 제발… 제발, 수술 잘되게 해주세요……. 제발… 제 기도, 져버리지 말아주세요, 제발…….

덜컹!

문이 열리는 소리에 나도 모르게 번쩍 고개를 치켜들었다. 의사가 땀에 젖은 얼굴로 초록색 마스크를 벗으며 나오고 있었다. 난 벌떡 일어서서 의사를 향해 다가가며 소리쳤다.

"선생님!! 수, 수술 잘됐죠? 이젠 괜찮은 거죠? 우리 엄마 괜찮은 거죠?"

나의 외침에 굳게 입을 다문 채 아무 말이 없는 의사. 왠지 모르게 불안해져 오는 마음을 떨치려 애쓰며 의사의 팔을 흔들어대기 시작했다.

"네? 잘된 거죠? 수술!"

그렇게 외치는데 그런 내 귀에 들려오는 의사의 잔뜩 굳은 목소리.

"최선을 다했지만 사망하셨습니다."

순간 하늘이 무너져 내리는 듯한 아찔한 충격에 휩싸였다. 다리고 팔이고, 온몸이 사시나무 떨리듯 부들부들 떨리기 시작한다.

"악성 종양입니다. 너무 늦었습니다. 조기 발견만 했어도 간단한 제거할 수 있었는데, 뇌신경이고 뇌막이고 온통 종양이 들어차 있어서 도저히 손을 쓸 수 없는 상태였습니다. 종양을 제거한다는 자체가… 뇌를 전부 들어내는 것과 마찬가지…….”

"거짓말!!"

나조차도 처음 들어보는 목구멍에서부터 터져 나오는 고함 소리.

"거짓말!! 거짓말이야!! 그럴 리가 없어! 그럴 리가 없다고!! 아니야, 아니야!!"

나는 미친 듯이 소리치며 당황하는 의사를 밀어내고 수술실로 달려들어 갔다. 눈물로 뿌옇게 흐려져서 앞이 보이지 않았다. 나는 이를 악물고 커튼을 열어젖혔다. 덮여 있는 흰 천. 난 부들부들 떨리는 손으로 조심스럽게 그 천을 들어 올렸다. 평소와 마찬가지로 편안하고 인자한 얼굴로 마치 잠을 자듯 눈을 감고 있는 엄마……. 눈물이 방울방울 엄마의 얼굴로 떨어져 아롱지기 시작한다. 아득해지는 정신을 간신히 붙잡으며 난 조금씩 엄마를 흔들기 시작했다.

"엄마… 엄마… 눈떠. 눈떠봐."

그러나 눈을 뜨기는커녕… 작은 움직임… 작은 숨소리조차 없는 엄마…….

"엄마… 아니잖아… 아니잖아… 일어나, 응? 엄마."

곧 쓰러질 것 같은 정신을 붙잡으며 꿈쩍도 하지 않는 엄마를 미친 듯이 흔들어대기 시작했다.

"엄마!! 일어나! 일어나, 제발!! 안 돼… 안 된다고!! 이게 뭐야, 이게 뭐야!! 내가 미국에서 살자고 했잖아!! 그냥 미국에서 살자고 했잖아… 이게 뭐야… 이게 뭐야… 흑!!"

너무 꽉 쥐어서 손톱이 살을 파고드는 것도 모르고 목놓아 울고 있는데, 어느새 다가온 아줌마가 울먹이며 나를 말린다.

"세별아, 그만… 이제 그만……."

"아니에요! 아줌마, 우리 엄마 안 죽었어! 안 죽었다구요! 그치, 엄마? 응? 일어나아… 일어나!! 제발, 제발!!"

"세별아……."

"안 돼… 안 돼, 엄마… 죽으면 안 돼……. 죽으면 나 어떡하라고… 나 어떡하라고… 나 혼자 두고 가면 어떡해… 엄마 없으면 안 되는 거 알잖아……. 나, 엄마 없으면 아무것도 제대로 못한다는 거… 알잖아……. 엄마, 제발… 응?"

중얼거리듯 흘러나오는 내 목소리에 나를 말리던 아줌마도 결국은 울음을 터뜨리고 말았다. 서럽게 우시며 내 어깨를 감싸는 아줌마.

"엄마… 나 말 잘 들을게, 응? 공부도 잘하고 엄마가 해달라는 거, 다 해줄게 엄마. 나 노래 부르는 거 되게 좋아했지? 엄마가 그렇게 좋아하던 노래, 내가 매일매일 불러줄게……. 맛있는 것도 많이 해줄게… 엄마가 제일 좋아하는 샌드위치, 나 정말 맛있게 할 수 있어. 엄마 팔다리도 주물러 줄 수 있는데… 어깨도 두드려 줄 수 있는데… 정말 다 해줄 수 있는데, 뭐든 다 해줄 수 있는데……. 엄마 없으면 아무것도 해줄 수 없잖아, 응? 엄마… 제발… 흑! 나 정말 잘할 수 있는데… 가면 어떡해? 가면 어떡해? 나 혼자 어떻게 살라고……. 안 돼… 나 안 돼… 엄마 없으면 정말 안 된단 말이야……. 엄마… 엄마……."

힘없이 중얼거려보지만 꽉 잡은 엄마의 손은 더욱더 차갑게 식어만 가고, 아줌마의 울음소리는 더욱 크게 들려온다. 믿을 수 없어… 이건 꿈일 거야. 우리 엄마, 이렇게 쉽게 죽을 리 없어. 그치, 엄마? 계속해서 흐르는 눈물을 닦지도 않고 펑펑 울었다. 눈물이 모조리 말라 버릴 때까지…….

엄마… 엄마…….

나 엄마한테 아무것도 해준 거 없는데, 벌써 가면 어떡해……?

나 지금껏 엄마한테 받기만 했잖아… 뭐든지 받기만 했잖아…….

나, 정말 아무것도 없는데… 엄마한테 해준 거 아무것도 없는데…….

가면 어떡해… 벌써 가면 어떡해, 엄마…….

오래 살 거라고 그랬잖아…….

오래오래 살아서, 나 시집가는 것도 보고… 아기 낳으면 많이 예뻐해 준다고 했잖아, 그랬잖아.

엄마 늙을 때까지 우리 같이 살기로 했잖아…….

그런데… 그런데… 이렇게 가버리면 어떡해… 어떡해…….

싫단 말야… 이렇게 갑작스럽게… 아빠처럼, 엄마도 그렇게 가버리는 거… 정말 싫단 말야…….

엄마… 엄마!!

나 혼자 어떻게 살라고… 알잖아… 알잖아, 나 엄마 없으면 안 된다는 거…….

엄마…… 엄마…….

제발… 나 두고 가지 마…….

하늘도… 엄마의 죽음을 슬퍼한 걸까? 엄마의 장례식, 아침부터 부슬부슬 비가 내렸다. 우리 엄마, 비 오는 거 되게 좋아했는데……. 비 오면 온 집 안의 창문이란 창문은 다 열어놓고 엄마가 제일 좋아하는 노래, 신나게 불렀는데……. 난 그때마다 귀 틀어막고 노래 듣기 싫다고 심술 부렸었는데……. 지금은 너무나 후회돼, 엄마. 이제 듣고 싶어도 들을 수가 없잖아, 엄마 노래, 아니, 엄마 목소리조차……. 나… 너무 듣고 싶은데……. 너무 듣고 싶은데…….

"흑흑, 이 불쌍한 것… 이 불쌍한 것… 어떻게 살라고……. 흑!!"

새벽에 부산에서 올라온 이모는 퉁퉁 부은 얼굴로 날 보자마자 꽉 끌어안고 통곡을 했다. 난 너무 울어서 눈물샘이 말라 버렸는지, 거짓말처럼 더 이상 눈물조차 나오지 않는다. 그리고… 지금 이 순간에도 엄마의 죽음을 믿을 수가 없다. 인정할 수가 없다. 지금이라도 당장 내 이름 부르며 달려올 것 같은데, 우리 엄마…….

"불쌍한 것… 아이고, 이 불쌍한 것……. 흑……."

관이 내려가고… 국화가 뿌려지고… 흙이 한 움큼 한 움큼 덮어지기 시작한다. 난 차마 보고 있을 수 없어, 고개를 돌려 외면해 버렸다. 하아… 가슴속이 텅 빈 게, 마치 빈 통을 가슴속에 달고 있는 것 같다. 머리 속도 마찬가지, 아무 생각도… 정말 아무 생각도 없다. 엄마, 나 앞으로 어떻게 살지? 엄마 없이 나 혼자 잘살 수 있을까? 나 자신없는데… 자신없는데……. 복받치는 마음을 주체하지 못하고 주르르 눈물을 흘리는데 다가온 이모가 내 어깨를 가만히 안아주며 말한다.

"세별아, 이모랑 같이 살자. 이모랑 같이 부산 내려가자……."

놀란 눈으로 이모를 쳐다봤다. 빨갛게 부은 눈으로 또 한줄기 눈물을 흘리며 말 없이 날 안아주는 이모.

"설마… 너 혼자 여기서 지낸다고 고집 부리는 건 아니겠지? 안 돼… 절대로 안 돼. 아무도 없잖아, 너한테. 이 이모밖에 아무도 없잖니. 이모랑 같이 가자. 그러자, 세별아."

이모의 말에 난 눈을 감고 이모의 어깨에 얼굴을 묻었다. 그래, 이모랑 같이 살자. 엄마, 나 혼자 살 자신 없어. 엄마가 그렇게 아끼고, 내가 그렇게 따르던 이모… 이모랑 같이 살아도 되지, 엄마? 이곳을 떠나야만 마음이 진정될 것 같다. 하루 빨리 마음을 진정시켜야만 한다. 어렸을 때의 기억… 그리고 지난 두 달간의 기억… 짧다면 짧고, 길다면 길지만… 엄마와의 추억이 고스란히 묻어 있는 이곳. 나… 이곳에 있으면 정말 미쳐 버릴 것 같아. 매일매일 엄마가 보고 싶어서, 정말 미쳐 버릴지도 몰라……. 허락해 주는 거지 엄마? 나 이모랑 살면서 엄마 정말 보고 싶을 때… 정말 미치도록 보고 싶을 때… 그때 엄마 보러 올게. 꼭 그럴게, 엄마.

장례식을 마치고 한참을 서성이다가 이모와 함께 집으로 돌아왔다. 이모의 손을 꼭 잡고 힘없이 골목 모퉁이를 도는데… 어둠이 내려앉은 골목, 은빈의 집 앞에 누군가가 서 있다. 은빈이다. 머리를 쓸어 넘기며 말없이 집 앞에 앉아 있다가 나를 발견하고 천천히 일어서는 은빈.

"세별아, 이모 먼저 들어가 있을게."

이모는 내 손을 한 번 꽉 잡아주고는 우리 집으로 들어갔다. 남겨진 나와 은빈. 눈물이 날 것 같아. 얼굴을 보면 눈물이 나버릴 것 같아. 은빈의 얼굴을 애서 외면한 채, 그냥 그렇게 서 있는데 은빈 또한 아무 말도 하지 않고 한숨만 쉰다. 계속해서 이어지는 어색한 침묵. 난 입술을 꼭 깨물고 천천히 고개를 들어 은빈의 얼굴을 쳐다보고는… 애써 참아온 눈물이 흐르기 전에 천천히 입을 열었다.

"은빈아… 나 이모 따라 부산 가."

사랑스러운 바보의 마지막 고백 '내 마음은 너만 찾아'

제13장 사랑스러운 바보의 마지막 고백
내 마음은 너만 찾아

 말해 버리면… 그냥 확 말해 버리면 차라리 속이 시원할 줄 알았는데, 가슴이 더 답답하고 아릿해지는 게… 뭐라 말로 설명할 수 없는 기분이다.
 "부산?"
 조용하게 묻는 은빈의 물음에 난 말없이 고개를 끄덕거렸다.
 "정말 가는 거냐?"
 조용한 음성이었지만 어딘가 모르게 허탈함이 느껴지는 목소리였다. 이제 이 목소리도 더 이상은… 더 이상은 들을 수 없게 되겠구나. 고개를 숙이고 한숨을 내쉬다가 문득 스웨터 생각이 났다. 그래, 스웨터! 원래 은빈이 주려고 뜬 거니까 지금 주자.

"은빈아, 나 너한테 줄 마지막 선물이 있어. 잠깐만 기다려."

의아한 눈으로 나를 바라보는 은빈을 두고 난 집 안으로 뛰어들어 갔다. 입술을 꼭 깨물고 이층 내 방으로 올라가 서랍 속에 넣어뒀던 새하얀 스웨터를 꺼냈다. 뜰 때는 잘 몰랐는데 지금 보니 왜 이렇게 엉성한지. 과연 좋아할까? 입어는 볼까? 스웨터를 꺼내자 그 밑에 있던 사진 한 장이 눈에 들어온다. 얼마 전 은빈과 놀이 동산에 놀러갔을 때 찍었던 사진. 사진 속에 행복하게 웃고 있는 녀석의 모습. 그때는 그렇게 찍기 싫다고 피했었는데 역시 찍어두길 잘한 것 같아. 나 부산 가서 너 보고 싶을 때… 너 정말 보고 싶을 때, 이 사진 보면서 그 보고 싶은 마음 달래면 되니까. 그래, 찍어두길 잘한 거야. 스웨터를 종이 가방에 넣어 다시 집 앞으로 나갔다. 말없이 날 쳐다보고 있는 은빈에게 종이 가방을 내밀었다.

"이거, 너 주려고 뜬 거야. 사실은 나중에 주려고 했는데… 나 부산 가면 이제 너 못 보잖아. 자, 받아. 못 떴다고 놀리면 안 돼. 나 이거 뜨느라고 정말 힘들었단 말야."

중얼거리면서 종이 가방을 내밀었지만 은빈은 말없이 바라보기만 할 뿐 받지 않는다. 그렇게 또 얼마의 시간이 흘렀다. 난 할 수 없이 종이 가방을 은빈의 손에 억지로 쥐어주었다.

"스웨터야. 정말 못 뜬 거니까 이거 입고 위에 잠바 같은 거 입어야 할 거야. 헤헤… 미안해. 나 이런 거 잘 못해. 다음엔 더 잘, 아니, 참… 다음은 없지."

그렇게 중얼거리는데 가슴이 너무 쓰려서 죽을 것만 같았다. 애써 참고 있던 눈물이 슬금슬금 내 눈 속에 고이기 시작한다. 안 돼… 울면 안 돼…….

"그럼 나 그만 들어갈게. 잘 지내. ^-^"

애써 참았던 눈물이 흘러내리기 전에… 고개를 돌려야 했다. 난 그렇다할 작별 인사도 제대로 하지 못한 채, 바보처럼 등을 돌려 버렸다. 그리고 대문을 향해 힘껏 뛰어가는데…

쿵─!!

"아아아앗!!"

바닥이 바로 코앞에 왔다고 느끼는 순간, 정신을 차려보니 난 바닥에 붙어 있었다. 돌부리에 걸려 넘어져 버린 것. 아아… 정말 마지막까지 창피하게……. 실없이 웃으며 몸을 일으키는데 상처가 나서 피가 흐르는 무릎이 눈에 들어온다. 다른 때 같으면 이런 날 보고 은빈이 녀석은 이렇게 말했겠지.

"아휴… 멍청한 기집애, 방정맞게 뛰어가다가 홀랑 넘어지냐? 바보 기집애."

하지만 지금은… 그런 말 해줄 리 없잖아. 바보 같은 내 모습에 지쳐서 등을 돌린 은빈이가 그런 말을 해줄 리가 없잖아. 장난스런 네 말투, 네 표정, 그립구나, 정말……. 문득 그런 생각이 들자 나도 모르게 눈물이 주르르 흘러내리기 시작한다. 그렇게 참았던 눈물이건만… 어쩔 수 없이 흘러내리기 시작하는 바보 같은 눈물. 울면 안 되는데… 울면 안 되는데……. 그러나 참으면 참을수록 더 많이 흘러내리는 눈물. 그래… 울어버리자!! 무릎 까져서 피난다고, 그래서 아프다고 핑계 대고 실컷 울어버리자!

"괜찮냐?"

은빈이가 다가와 내 앞에 쭈그리고 앉아 묻는다. 바보처럼 눈물을 펑펑 흘리는 내 자신이 너무 한심해서… 난 더욱 큰 소리를 내며 엉엉 울어버렸다.

"으아아아아아!! 너무 아파! 이것 좀 봐, 무릎 까져서 피나. 엉엉엉… 진짜 아파… 너무 아파서 도저히 못 참겠어."

나 너 보고 싶으면 어떡하지? 부산 가서 너 보고 싶을 땐, 나 어떡하지? 항상 곁에 있어서 몰랐던 네 소중함, 떨어진 후에야 절실히 깨닫고 정말 후회되면, 나 어떡하지?

"진짜 아파… 엉엉… 따가워……."

차라리 무릎이 까져 버리길 잘했어. 이렇게라도 핑계 대고 울어버리자. 나… 지금 도저히 눈물을 참을 수가 없거든… 도저히. 눈물샘이 완전히 말라 버려서 더는 흘릴 눈물이 남아 있지 않다고 생각했는데……. 어떡해? 네 얼굴 보는 순간, 나도 모르게 흘러 나오려는 눈물. 더 이상 참기 힘들단 말이야. 바보… 바보…….

계속 흘러나와 얼굴을 온통 적시는 눈물을 닦아내며 훌쩍거리고 있는데 그런 내 귀에 들려오는 은빈의 목소리.

"…울고 싶으면… 울어."

그 따뜻한 목소리에 멈춰 버린 내 심장.

"미안해. 너 힘들 때, 곁에 있어주지 못해서… 너 죽도록 힘들 때, 네 옆에 있어주지 못해서……. 죽도록 힘들어하는 너… 그런 너… 달려가서 안아주고 싶었지만, 네 옆 자리… 이젠 내 자리가 아닌 것 같아서, 바보처럼 망설였어. 네 옆 자리의 주인, 내가 아니라고 생각했어. 근데… 이젠 상관없어…….”

은빈이가 내 눈에 흐르는 눈물을 손가락으로 천천히 닦아주기 시작한다.

“내 자리가 아니라도… 네 옆 자리의 주인, 내가 아니라도… 내가 채워 버릴 거야. 네 옆 자리… 그냥 내가… 채워 버릴래. 네가 허락하지 않아도… 나 그냥 네 옆에 있을래…….”

너무도 편안하고 따뜻한 목소리. 처음 들어보는 너무 절실한 목소리. 아무리 참으려 해도 계속 흘러나오는 눈물. 안 돼… 그런 말하지 마. 그런 말해서 나 마음 약해지게 만들지 마, 제발…….

“가지 마… 가지 마, 은세별……. 가긴 어딜 가. 너 가면 나는 어떡하라고……. 이젠 알잖아, 네가 아무리 바보라도… 너에 대한 내 마음, 어느 정도인지 이젠 너도 알잖아. 이런 내 마음… 그냥 모른 척할 거야?”

…숨이 멈춰 버릴 것만 같다. 안 돼… 난 이미… 결심했단 말야. 나… 여기 있는 하루하루가 고통이 될 거야. 나… 우리 엄마 기억, 하나하나 마음속에 간직해 두기가 너무나도 힘들 거야. 미쳐 버릴지도 몰라… 정말 미쳐 버릴지도 모른단 말야. 나 되도록… 빨리 잊고 싶어. 내 마음속의 안정, 빨리 되찾고 싶어……. 여기 있으면 나 매일매일을 눈물로 보낼 거야. 그래서 너에게 더 큰 고통을 줄지도 몰라. 나 새로운 곳에서 새로 시작하면서 예전의 밝았던 내 자신을 다시 찾고 싶어. 이런 나… 이런 이기적인 나… 이해해 주지 않아도 괜찮아. 어

차피 난 너의 마음… 그런 사랑받을 자격… 없는 사람인걸…….

"미안해… 미안해……."

중얼중얼 흘러나오는 목소리. 은빈은 그런 내 목소리에 한숨을 푸욱 내쉬고는 천천히 입을 열었다.

"…정말 난 안 되는 거냐?"

눈물이 봇물처럼 터져 나오기 전에 난 마음을 다 잡고 또박또박 천천히 말했다.

"그래… 안 돼. 너 싫어. 아주 잠깐 좋아한다고 생각했지만… 아니야, 아니었어. 나 너 잊을 거야. 너 잊고 부산 가서 잘살 거야. 그러니까 너도 나 같은 거 잊어. 깨끗이 잊어버려."

좋아해… 널 좋아해, 이 바보야……. 너무도 잡고 싶던 손이지만… 너무도 기대고 싶던 어깨지만… 안기고 싶었던 품이지만… 난 쓰린 마음으로 녀석을 밀어내고 천천히 일어섰다. 그리고 녀석이 뭐라 말하기도 전에 차갑게 몸을 돌려 대문을 향해 달려갔다. 더 이상의 미련 갖지 말자. 난… 바보 같은 난… 그렇게밖에 말할 수 없어. 네가 날 잊어주길 바랄 수밖에 없어……. 은빈아, 미안해. 나 원래 이렇게 이기적인 애야. 정말 너무나도 이기적이라서… 지금의 내 아프고 쓰라린 마음을 지울 수 있는 공간을 찾는… 그런 못난 애야. 미안해… 미안해…….

두 손으로 얼굴을 감싸며 집으로 들어왔다. 거실로 들어서자 소파에 앉아 사진을 보며 눈물을 흘리고 있는 이모가 눈에 들어왔다.

"이모."

"세별아… 흑흑……."

이모는 나를 끌어안고 서럽게 통곡하기 시작한다.

"이 불쌍한 것… 흑… 세별아, 이 이모가 정말 잘해줄게. 우리 언니한테 못한 것, 너한테만큼은 다 해줄게……. 이 이모만 믿어, 이제 이모만 믿어, 세별아……."

이모의 눈물 섞인 목소리에 갈팡질팡 갈피를 잡지 못했던 내 마음이 점점 안정되기 시작한다. 그래, 이모 따라가자. 우리 이모… 엄마라고 생각하면서… 이모만 믿을래. 엄마, 나 이모한테 의지해도 되지? 참을 수 없을 정도로 슬플 때, 이모 품에 안겨서 울어도 되지? 엄마… 그래도 되지? 허락하는 거다……. 그렇게 슬픈 마음으로 하루를 보냈다.

해는 다시 뜨고 아침이 찾아왔다.

"가구는 가져갈 필요 없겠다. 그치, 세별아?"

"네, 그냥 내 짐만 꾸리면 될 것 같아."

"그래, 내일 아침 일찍 가자꾸나. 이모가 네 짐 대충 정리하고 있을 테니까, 어서 학교 가. 늦겠다. 선생님께서 전학 수속은 다 해주시겠지?"

"네. 이모, 갔다 올게. 아참, 이모… 나 오늘 어디 들를 데가 있거든요. 좀 늦을지도 모르니까 너무 걱정하지 마. ^^"

"그래, 다녀오렴."

조금 무거운 발걸음으로 학교로 향했다. 학교로 들어서면서 무겁게 가라앉기 시작하는 마음을 애써 감추려 일부러 환하게 웃었다.

"선생님!! 안녕하세요?"

윤리를 가르치시는 윤일중 선생님. 수업 시간에 자주 졸아서 혼나

곤 했었는데, 이 선생님을 보는 것도 오늘이 마지막.

"흠흠… 세별이 네 어머니 소식은 들었다. 정말 뭐라 위로를……."

"위로는요. 저 이제… 괜찮아요. ^^ 선생님, 저 오늘 전학 가요. 부산 사시는 이모네로 가는 거예요. 선생님, 그동안 수업 시간에 졸기만 해서 죄송해요. 전학 가서는 공부 열심히 할게요."

내 발랄한 외침에 아무 말 없이 안타까운 표정으로 고개를 끄덕이시는 선생님. 아… 이제 이 학교도 오늘로서 마지막이구나. 이렇게 빨리 떠날 줄 알았다면… 조금 더 즐겁게 생활할 걸. 난 아직 이 학교에 어떤 교실이 어디에 있는지, 뭐가 있는지도 잘 모르는데. 후우… 한숨을 내쉬는데 그런 내 어깨를 누군가 탁 잡는다. 고개를 돌려보니 세영이가 서 있었다.

"정말 가는 거니? 이모 따라 부산으로?"

"응, 내일 가. 그동안 너랑도 정 많이 들었었는데… 너무 아쉽다, 그치? 세영아, 우리 처음 만났을 때 생각나? 못된 선배한테 창고로 끌려갔는데 네가 도와줬잖아. 그땐 정말 고마웠어. 네가 남자란 거 알았을 땐, 충격이 정말 컸어. 후훗, 그래도 세영아, 넌 정말 좋은 친구야. 많이 보고 싶을 거야. 방학하면 꼭 놀러올게!!"

밝게 소리쳐 보지만… 아릿하게 저려오는 마음을 나도 어쩔 수 없다. 짧다면 짧고 길다면 긴 추억……. 잊지 않을게, 너와 함께한 즐거웠던 날들…….

"너… 부산 못 가."

중얼거리는 세영의 말에 난 놀라 눈을 동그랗게 떴다.

"못 간다니… 무슨?"

"못 갈 거야, 아니, 안 갈 거야……. 분명히 넌 갈 수 없어, 절대로……. 왜 인줄 아니?"

싱긋 웃으며 나에게 말하는 세영.

"…왜?"

"널 아주 간절히 원하는 사람이 있거든. 물귀신처럼 발목을 붙들고 늘어질 테니까… 발목 힘 길러놔……. 쿡쿡. ^-^"

그렇게 싱긋 웃으며 말하더니 내 어깨를 툭 치고는 현관으로 들어가 버린다. 뭐, 뭐야? 물귀신? 발목을 잡고 늘어져? 원, 싱거운 녀석. 후후. 아리송한 세영의 말을 가만히 곱씹어 보다가 난 교무실로 들어갔다. 선생님과 대화를 하고 교무실을 나왔다. 이젠… 정말 안녕이다. 아쉬움이 가슴속을 파고들지만 그래도 이제 내 앞에는 새로운 생활이 펼쳐질 거야. 잘할 수 있지? 그렇지, 은세별? 나 자신에게 주문을 걸며 주먹을 꽉 쥔 채 운동장을 걸어나왔다. 교문을 나서는데 날 붙잡는 사람이 있었다.

"어, 지호야?"

몰라보게 수척해진 얼굴. 원래 작았던 얼굴이 더 작아져 버린 듯하다. 잔뜩 수척해지고 혈색이 안 좋은 얼굴의 지호가 날 보며 서 있다.

"너 얼굴이 왜 그래? 어디 아프니?"

"가지 마요, 누나."

"어?"

"가지 말라구요. 부산 간다면서요… 가지 마요."

"나 내일 가. ^^ 지호야, 그동안 정말 고마웠어. 네 덕분에 나 정말 즐거웠어. 우리 귀여운 지호… 정말 고마웠다."

"안 돼요, 절대 못 가요."

단호한 목소리. 후우… 나도 섭섭하지만 이미 결정했는걸……. 나 이모랑 살 거야. 나 많이 아껴주는 우리 이모 따라갈 거야.

"방학 때 놀러올게."

"후우… 누나… 나 누나한테 꼭 하고 싶은 말 있어요."

"그래… 뭔데?"

"지금 나랑 어디 좀 가줄 수 있어요?"

…사실 난 지금, 주전자 녀석의 병원에 가려던 길이다. 마지막 인사라도 해야 할 것 같아, 아니, 해야지. 그래야지.

"어디 가는데? 누나 지금 어디 들를 데가 있는데."

"그럼 제가 이따 전화할 테니까 나와줘요."

"그래, 지호야."

내 대답이 떨어지자 지호는 말없이 등을 돌렸다. 축 처진 어깨. 어디 아픈 거 아니야? 후우… 그나저나 꼭 해야 할 말이라니……. 문득 궁금해졌지만 난 천천히 병원을 향해 발걸음을 옮겼다.

병원 앞. 난 병원 안으로 들어가 엘리베이터를 탔다. 엘리베이터에서 내려 복도 모퉁이를 돌던 나는 물수건을 가지고 나오던 빛나와 정면으로 마주쳤다.

"어, 빛나야!"

빛나의 이름을 부르자 빛나는 내 얼굴을 보자마자 눈물을 글썽이기 시작한다. 어? 곧 이어 빛나의 눈에서 또르르 굴러 떨어지는 눈물 방울.

"빛나야, 왜, 왜 그래?"

"세별아… 미안해……. 흑흑."

빛나는 눈물을 주르륵 흘리며 내 팔을 붙들고 흐느끼기 시작한다. 난 영문을 몰라 그런 빛나를 멍하니 보고 있다가 잠시 후 조심스럽게 빛나에게 물었다.

"왜 그래? 무슨 일인데, 응? 설마 주전자한테?"

"아니야… 해민이는 괜찮아. 나 너에게 할 말이 있어."

그리고는 의자에 앉아 천천히 입을 열기 시작하는 빛나.

"한 아이가 있었어. 그 아이는… 어렸을 때부터 소유욕이 정말 강했단다. 자신이 목표했던 건 반드시 손에 넣어야만 직성이 풀리고, 자존심도 무지 센 그런 아이였어. 집에서도 금이야 옥이야 키운 그 아이… 자라면서 점점 더 이기적이 되어갔고… 그런 그 아이를 친구들은 점점 멀리하기 시작했어. 아이는 외로워졌지. 자신의 이기적인 본모습을 아무도 좋아하지 않는다는 걸 알게 된 아이는 자신의 본모습을 숨기고 친구들에게 다가가기 시작했어. 친구들이 호감을 느끼는 모습으로, 그렇게 자신을 숨기기 시작했지. 친구들은 그런 그 아이에게 호감을 느꼈고, 아이는… 자신의 본모습을 완전히 숨기고 가식적인 모습이 되었단다. 그 아이가… 바로 나야……."

마치 고해 성사를 하는 것처럼 천천히 낮은 목소리로 중얼거리는 빛나. 다시 입을 열어 말을 잇는다.

"이기적이고 사나운 모습, 욕 잘하고 화 잘 내는 모습, 그게 바로 진짜 내 모습이야. 지금까지 연예인이라는 껍데기 안에 감추고 살아왔어. 사람들은 착하고 당당하게 보여지는 연예인이라는 껍데기를 참 좋아하더라. 그 모습만 좋아했어. 내 진짜 모습을 좋아해 줄 사람은 아무도 없을 거라고 생각했어. 그런데 세별아, 너 기억나니? 너 방송국 놀러와서 내가 하는 거친 말 듣고 놀랐을 때… 내가 사실대로 말했잖아. 나 원래는 털털한 애라고……."

빛나의 말에 생각나는 그날의 장면. 거친 욕설을 하며 화내는 빛나를 보고 참 많이 놀랐었지? 그런데… 왜 갑자기 그 얘기를?

"그때 네가 해준 말… 네가 그랬잖아, 내 진짜 모습을 알아주고 인정해 주고 좋아해 주는 친구가 진정한 친구라고……. 그 말 듣고 나 얼마나 기뻤는지 몰라. 나에게 그렇게 말해 준 사람은 네가 처음이었거든. 처음으로 날 인정해 준 사람을 만났다는 생각이 들자 정말 너무 행복해졌어. 그런데……."

말을 하다가 잠시 입을 다물고 한숨을 쉬는 빛나. 약간 망설이다가 다시 입을 연다.

"나… 네가 너무 미웠어. 해민이 뺏어간 너… 너무 미워서, 그래서……."

"뭐?"

해민이를 빼앗아가다니… 그게 무슨 소리? 놀란 눈으로 빛나를 쳐다보자 빛나는 내 눈을 마주 보며 말한다.

"사실… 해민이랑 나는 집안에서 정해놓은 결혼 상대야. 우리 부모님이랑 해민이네 부모님이랑 워낙 친분이 두터워서 우리가 초등학교 때부터 그렇게 하기로 하셨대. 난 해민이 좋아해. 아니, 사랑해. 해민이는 날 좋아하지 않았지만 나 많이 노력했어. 해민이의 마음에 들기 위해서……. 그리고 해민이도 조금씩 내게 마음을 열기 시작했어. 난 기뻤지. 다 잘될 거라고 생각했어. 해민이도 결국은 내 마음을 알아주고 나한테 올 거라고 그렇게 확신했어. 세별이 네가 나타나기 전까진……."

처음 듣는 소리다. 그런 사이였다니… 주전자랑 빛나가……. 나도 모르게 두근두근 떨려오는 가슴.

"해민이는 가끔 그런 얘길 했었어. 어렸을 때 자기가 무척이나 좋아했던 여자 아이가 있었다고. 같은 동네에 살면서 친하게 지냈지만 미국으로 가버려서 정말 슬펐다고. 그게… 세별이 너라는 거 알았을 땐 정말 놀랐어. 날 인정해 주고 마음 열고 다가가고 싶게끔 만들어 준 세별이 네가… 해민이가 좋아했던 여자애란 거 알았을 때, 정말 마음이 무겁게 가라앉더라. 그리고 부끄럽지만 네가 점점 미워졌어. 너한테 적극적으로 대시하는 해민이 보면서 나 말할 수 없을 정도로 많이 속상하고 마음 아팠어. 네가 정말 미워졌어. 그래서… 나도 모르게 복수하고 싶은 마음이 생겨 버렸어. 너와 은빈이가 서로 좋아하고 있는 사이란 거 알면서도… 알면서도… 네가 너무 미웠던 마음에 너에게서 은빈이를 뺏어버리고 싶었어."

숨이 막혀온다. 그랬다니… 그랬다니……. 난 멍한 눈으로 빛나를 쳐다보았다. 다시 눈물을 흘리는 빛나.

"너도 한 번 당해봐라… 그래, 너도 한번 당해봐라……. 좋아하는 사람 뺏기는 기분, 얼마나 마음 아프고 괴로운지… 너도 한번 당해봐라……. 그런 복수심에 불타서 못난이 같이 너에게 좋지 않은 모습 보여줬어. 미안해… 미안해, 세별아. 나 지금 너무 후회돼. 사랑을 하면 모두 이기적이 된다잖아. 난 내 사랑만 너무 소중해서 다른 사람 사랑 따윈 어떻게 되도 상관없다고, 그렇게 생각했었나 봐. 너네 어머니 돌아가시고, 너 부산 간다는 얘기 들었을 때, 정말 참을 수 없는 죄책감에 나 많이 울었어. 그동안 내가 했던 짓이 얼마나 철없고 우스운 짓이었는지 깨달았어. 미안해… 미안해, 세별아. 나 정말 못된 애지? 나 정말…….”

빛나의 볼을 타고 흐르는 눈물을 보고 난 가만히 생각에 잠겼다. 만약 내가 빛나라면 어땠을까? 나 또한… 많이 속상했겠지? 괴로웠겠지?

“빛나야… 나 너 이해해…….”

나의 중얼거림에 천천히 고개를 들어 날 보는 빛나. 두 눈이 눈물로 반짝거린다.

“나… 사랑이라는 거 잘 모르지만… 아직 사랑이라는 게 어떤 감정인지, 잘 모르지만… 조금 알게 됐거든? 사람이 사람을 좋아하면 그 사람 외에 다른 누구도 보이지 않는 거… 맞지? 네가 해민이를 얼만큼 좋아하는지… 나 조금 알 것 같아. 너 이해할 것 같아, 빛나야.”

“그럼 나… 용서해 주는 거니, 세별아?”

난 말없이 빛나의 두 손을 꼭 쥐었다. 왜 진작 말하지 않았냐… 왜……. 말해 줬다면… 말해 줬다면… 너 이렇게 바보같이 많이 울지 않아도 됐잖아. 이렇게 눈물 흘리면서 나한테 용서 구하지 않아도 됐잖아. 바보… 이 바보야.

"해민이 좋은 애야. 그건 너도 잘 알고 있지? 둘이 참 잘 어울려. 꼭 예쁜 연인이 될 수 있을 거야. ^-^"

나의 말에 눈물 섞인 미소를 예쁘게 지어 보이는 빛나.

"고마워. 정말 고마워, 세별아."

그리고는 꽉 잡았던 내 손을 놓아주며 말한다.

"해민이 조금 아까 일어났거든? 들어가 봐."

"그래, 빛나야. 작별 인사하고 나올게."

난 고개를 끄덕이는 빛나를 뒤로하고 병실로 들어갔다.

책을 읽고 있던 주전자는 내가 들어오자 책을 내려놓고 천천히 몸을 바로 일으킨다.

"일어나지 마. 괜찮아."

주전자를 제지하며 난 의자를 끌어당겨 조심스럽게 앉았다. 내가 앉자마자 천천히 입을 여는 주전자.

"어머니… 돌아가셨다며……"

"어, 뇌종양이래. 악성 종양……. 정말 믿어지지 않았지만… 너도 믿어지지 않겠지만… 돌아가셨어."

"후우… 부산 간다고? 이모 따라서?"

"응……."

"은빈이 녀석 두고?"

순간 어쩔 수 없이 찌릿찌릿 아파오는 가슴. 난 그 아픔을 감추려 애써 밝게 웃으며 말했다.

"야, 그건 그렇고 너 왜 진작 말하지 않았어? 빛나랑 결혼 약속된 사이였다고……. 이 바보야! 너 빛나 속상하게 하지 마. 빛나가 너 얼마나 좋아하는지 알아? 빛나 마음 조금이라도……."

"은빈이 녀석 놔두고 갈 수 있어? 나 하나만 물어보자. 내 물음에 대한 확실한 네 대답 들으면 나 너 깨끗하게 포기할 수 있을 것 같아."

"그래… 뭔데?"

"…은빈이 녀석… 좋아해? 정말 좋아하니?"

두근두근 심장이 떨려오기 시작한다. 바보처럼… 너무도 늦게 깨달아 버린 감정. 이제 와서 무슨 소용일까? 하지만… 왜였을까? 나나도 모르게 내 마음속에 감추고 싶었던 진심을 털어놓고 말았다.

"응… 좋아해……."

"진심으로?"

"몰랐어… 난 몰랐어……. 내가 은빈이에게 느끼던 감정이… 정말 좋아하는 감정인지, 아니면 단순히 친구에게 느끼는 정인지… 몰랐어. 항상 은빈이가 곁에 있었기 때문에 몰랐어. 그런데 어느 순간 깨달았어. 내 마음은 은빈이를 원하고 있다는 걸… 은빈이의 마음이 내 마음을 조금씩 천천히 물들이고 있었다는 걸……."

"바보… 바보……."

주전자는 내 중얼거림에 잔뜩 굳은 표정으로 침대를 치며 바보라고 중얼거린다. 그래… 나 바보야. 나 정말 바보야……. 정말 너무 바보라서 누구에게 사랑받을 자격도 없는 사람인걸… 그런 사람인걸, 나…….

"이제 와서 무슨 소용이야? 내 진심 알아버렸다고 해서 달라지는 건 없어. 나 이모 따라 가서 새롭게 시작할 거야. 그곳에서 생활하면서 지금보다 더 성숙해질 거야. 은빈이도 천천히 지워 나갈 거야."

"쿡! 부러운 자식······."

녀석이 쿡쿡 웃더니 별안간 나를 쳐다보며 단호하게 말한다.

"아니야, 은세별. 나 때린 거··· 강은빈 그 자식 아니라고."

주전자 녀석의 말에 쿵 내려앉아 버린 가슴.

"뭐? 아니라니? 그게 무슨?"

"나 때린 거··· 강은빈 그 자식 아니라고. 사실은······."

난 주전자 녀석의 말이 끝나기도 전에 의자를 박차고 일어나 거칠게 병실 문을 열고 뛰쳐나왔다. 그럴 수가··· 그럴 수가······.

"세별아, 왜 그래!!"

빛나가 뒤에서 쫓아왔지만 난 뒤도 돌아보지 않은 채 계단을 뛰어 내려왔다. 그리고 급히 주머니 속의 핸드폰을 꺼내 드는데 바로 그 순간 부르르르 진동해 대는 핸드폰. 난 숨을 몰아쉬며 급히 플립을 열었다.

"여보세요!!"

[누나, 지호예요.]

"지호야! 너 지금 어디야? 혹시 은빈이랑 같이 있니?"

[네? 네··· 은빈이 형이랑 같이 있는데······.]

"거기 어디야?"

[클럽이요··· 블루 클럽.]

"알았어, 지금 갈게!!"

[그런데 누나, 왜 그렇게 급하게…….]

지호의 말이 끝나기도 전에 난 전화를 끊고 힘차게 뛰었다. 자꾸만… 자꾸만 밀려드는 미안함. 그래… 너 그렇게 잔인한 애 아니잖아. 그렇게 막무가내로 폭력 휘두를 만큼 잔인한 애 아니라고 생각했어. 그런데 나… 네 소식 들었을 때 조금의 의심없이 사실이라고 믿어버렸어. 정말 단 한 번의 의심없이. 너를 믿었어야 했는데… 네가 아닐 거라고 그렇게 한 번이라도 의심했어야 했는데……. 나… 널 믿기 전에 눈앞에 벌어진 사실부터 먼저 믿어버렸어. 미안해, 정말 미안해……. 너 믿어주지 못해서… 미안해, 은빈아.

눈가에 고이는 눈물을 떨쳐 내며 난 달렸다. 한없이 밀려오는 미안한 마음 뒤에 슬그머니 스며드는 개운함. 답답하게 꽉 막혀 있던 그 무언가가 정말 시원하게 사악 풀리는 듯한 느낌에 난 가슴이 벅차오르는 것을 느꼈다. 다행이야. 마지막엔… 웃는 모습의 널 기억할 수 있어서…….

몇 번 와본 적이 있는 블루 클럽. 난 정신없이 그 클럽으로 뛰어들어 갔다. 숨을 몰아쉬며 주위를 두리번거리는데,

"누나!!"

목소리가 들리는 곳을 돌아보니 구석 테이블에 앉아서 손을 흔들고 있는 지호가 보였다. 그리고 그 옆엔 친구들 몇 명, 그리고… 그리고? 엥? 저거 누구야? 모자를 쓴 뒷모습… 은빈인가? 그쪽으로 천천히 다가간 나. 모자 쓴 주인공의 얼굴을 확인하기 위해 고개를 숙이는데, 헉! 푹 눌러쓴 모자에 얼굴 전체를 다 가리고 있는 하얀 마스크. 그리고… 하얀 스웨터. 분명… 내가 뜬 스웨터였다, 은빈이에게

선물로 준…….

"형… 감기 걸렸대요."

"뭐?"

"쳇, 오뉴월 감기는 개도 안 걸린다는데… 정말 웃겨. 쿡쿡쿡."

"은빈아……."

황당한 눈으로 은빈을 바라보자 은빈은 푹 눌러쓴 모자를 약간 들어 올려 날 쳐다본다. 눈은 정상인데… 초롱초롱.

"그거… 한겨울에 입는 스웨턴데… 안 더워? 이제 곧 여름인데."

이렇게 말하면서도 난 내심 기뻐지는 마음에 두근거리는 가슴을 진정시키느라 애썼다. 입어줬어. 안 입을 줄 알았는데… 이렇게 입어 줬다구…….

"…너 아니라며… 주전자 때린 거… 너 아니라며."

이렇게 중얼거리는데 날 쳐다보던 은빈의 눈빛이 흠칫 떨린다. 그리고 지호의 얼굴도 점점 굳어지기 시작한다.

"누가 그래?"

은빈이 중얼거린다.

"네가 잘못 들은 거야. 내가 팼어."

"나 지금 주전자 병원 갔다 오는 길이야!! 주전자가 말했어. 자기 때린 거, 너 아니라고……. 나 분명 들었어. 도대체 어떻게 된 거야?"

"그 새끼가 헛소리 지껄이는 거야."

순간,

"맞잖아!! 형 아니잖아!!"

지호의 고함 소리가 클럽 전체에 울려 퍼졌다. 깜짝 놀라 지호를 돌아보니, 뭔가 단단히 결심한 듯한 얼굴로 날 쳐다보며 천천히 입을 열기 시작한다.

"나예요. 그놈 때린 거… 나라구요."

"한지호!!"

덜덜덜 떨려오는 손. 그게 무슨 소리야? 주전자를 때린 게… 지호 너라니? 아찔한 충격에 할 말을 잃고 지호를 바라보는데 괴로운 표정의 지호가 빠르게 말을 이어나간다.

"형하고 누나 헤어진 거… 다는 아니지만 그 자식 때문이라는 생각이 들었어요. 그 자식 나타나고부터 누나랑 형 사이 안 좋아지고, 결국은 헤어지기까지하는 거 보면서 정말… 뭐라 말할 수 없을 정도로 맘 많이 아팠어요. 화가 났어요. 그냥 화가 나서… 참을 수 없이 화가 나서… 그 자식 찾아가서 죽도록 패줬어요."

"……."

"정신을 차렸을 땐… 이미 형이 와 있었어요. 형은 입 다물고 있으라고 하면서 자기가 저지른 일이라고, 모든 책임은 자기가 질 테니까 넌 그냥 입만 다물고 있으라고 했어요. 난 싫었어요. 내가 저지른 일… 형한테 덮어씌울 생각, 눈곱만큼도 없었으니까요. 그런데 형이 말했어요. 난 되지만 넌 안 된다고……. 어차피 자기는 학교에서 안 좋은 평판이니까, 징계받아도 별 상관없지만… 넌 안 된다고… 게다가 전 다음달에 태권도 전국체전이 있어요. 만약 징계받으면 전국체전도 나갈 수 없을뿐더러 제 꿈도 포기해야 할지도 모르는 상황이었죠. 그래서 형이… 형이……."

말을 하다 말고 지호가 천천히 고개를 숙인다. 부들부들 떨리는 주먹을 꽉 쥔 채…….

"미안해요. 누나한테까지 숨기고 싶지는 않았는데… 정말 너무나도 미안한 마음에……. 미안해요. 오늘 누나한테 모두 사실대로 털어놓으려고……."

…그랬구나. 그럼 결국 모든 일은 나 때문이구나, 나 때문……. 한숨을 푹 내쉬며 은빈을 쳐다봤을 때, 은빈은 아무 말 없이 다시 모자를 푹 눌러쓴 상태였다.

"형… 나 다 사실대로 말할래. 내가 했다고. 그냥 내가……."

"끝났어. 이미 잘 마무리된 일, 다시 번복하지 마. 이 일 다시 들추면… 나 너 용서 안 해. 진짜야, 절대로 용서 안 해, 한지호."

"하지만… 형."

"부탁이다. 그냥 내가 하자는 대로… 나 믿고 따라와 줘, 임마."

왠지 눈물이 날 것 같다. 정말… 정말 진한… 눈물겨운 의리. 그래, 넌 원래 이렇게 따뜻한 마음을 지닌 사람이야. 이렇게 너무도 따뜻한 마음. 그래서 나도 너의 그 마음에… 조금씩 조금씩 끌리고 있었나봐.

"언제… 가냐?"

은빈이가 나를 향해 조용히 물었다. 순간 아파오는 가슴.

"응, 내일 아침……."

"누나, 꼭 가야 돼요? 그냥 여기서 우리랑 같이 있으면 안 돼요?"

"고마워. 하지만 이미 결정했어. 아마 평생 잊지 못할 거야. 너희들과 함께했던 그 많은 추억들… 즐겁고 기뻤던… 그 추억들……."

"오늘 저녁은 우리랑 같이 보내요."

구석에 있던 지호의 친구가 조용히 말했다. 그래, 오늘 저녁은 그동안 나에게 소중한 추억을 주었던 이 고마운 아이들과 함께 보내자. 슬퍼지지 말자. 울지도 말자. 그냥 웃자. 이 추억들… 이 소중한 추억들… 한 방울 눈물로 흘려버리지 말고 내 가슴속에 고이 남겨두자. 그러자. 일부러 환한 얼굴로 아이들과 얘기했다. 맛있는 음식들이 나오고 통기타 연주도 시작되고… 시간은 점점 흘러 흘러… 어느새 클럽 안에는 사람들이 꽉 들어차 있었다.

어느새 창밖에는 어둠이 내려앉아 있다.

"에이, 뭐야… 하나도 재미없어!! 분위기가 이게 뭐야? 너희들 나가는 마지막 날인데 이렇게 재미없게 할 거야? 얘기 좀 해!!"

가라앉은 분위기를 바꾸려고 일부러 밝게 웃으며 소리치지만 자꾸만 허전해지는 가슴 한구석을… 시려오는 가슴 한구석을 나도 어쩔 수 없다.

"은빈아, 넌 아까부터 왜 아무 말도 안 해? 감기 걸려서 피곤하니?"

조심스럽게 말을 걸어보지만… 은빈은 아무 말 없이 탁자만 응시한다. 그러다가 천천히 고개를 들더니 작게 중얼거린다.

"…선물이다, 마지막 선물."

그리고는 갑자기 모자와 마스크를 벗는다. 슬픈 눈동자 위에 내려오는 짧은 머리카락. 은빈은 머리를 쓸어 넘기더니 천천히 일어서서 무대 쪽으로 걸어간다. 카운터에 앉아 있던 누군가에게 무슨 얘기를 하는가 싶더니 무대 위에 올라서서 마이크를 잡는다.

"어머~ 저기 봐. 저 남자 노래 부르려나 봐."

"오호~ 너무 멋진걸?"

노래. 마지막 선물… 노래?

"형… 노래 부르려나봐요."

지호가 싱긋 웃으며 말한다.

"와… 이거 흔한 일이 아닌데… 나도 형 노래 딱 한 번밖에 못 들어봤는데……. 누나 단단히 각오해요. 너무 멋있어서 뒤로 쓰러질지도 모르니까. 후훗."

지호의 장난 섞인 목소리를 들으며 무대로 시선을 돌렸을 때, 감미로운 반주가 천천히 흘러나오기 시작했다. 아름다운 선율. 마이크를 잡은 은빈의 눈빛이 말할 수 없이 슬프게 보인다.

"구름 낀 하늘은 왠지 네가 살고 있는 나라일 것 같아서 창문들마저도 닫지 못하고 하루 종일 서성이며 있었지. 삶의 작은 문턱조차 쉽사리 넘지 못했던… 너에게 나는 무슨 말이 하고 파서였을까."

아름다운 반주에 맞춰 흘러나오는… 너무도 멋진 노랫소리. 노래… 잘하는구나. 정말 잘하는구나…….

어느새 주위에서 들려오기 시작하는 환호와 들뜬 목소리들. 나도 들뜬 마음으로 은빈의 노랫소리에 귀를 기울였다. 나도 모르게 볼을 타고 흐르는 눈물. 왠지 자꾸만 눈물이 난다. 눈물이 난다. 도저히 참을 수 없을 정도로 눈물이 난다. 뿌옇게 흐려진 눈… 은빈의 멋진 모습을 내 가슴속에 깊이 새겨두기 위해 난 애써 흐려지는 눈을 자꾸만 문질렀다.

"먼 산 언저리마다 너를 남기고 돌아서는 내게 시간은 그만 놓아 주라는데… 난 왜 너 닮은 목소리 마저 가슴에 품고도 같이 가자 하지 못했나……."

쓰라려. 가슴이 너무 아파. 누군가 칼로 난도질하는 것처럼 너무 아파.

"…세상에서 가장 사랑스러운 바보에게 이 노래를 바친다."

은빈의 마지막 말에 난 무릎에 얼굴을 묻고 그만 울어버렸다. 내 마음… 이렇게 널 원하는데……. 온몸의 신경이란 신경은 다 널 향해 있는데… 너만 찾고, 네 이름만 부르는데……. 나 정말 널 두고 갈 수 있을까? 그럴 수 있을까? 가슴이 터져 버릴 것 같은데… 이렇게, 이렇게도 아픈데…….

"야, 얘 왜 이래? 너무 감동해서 우는 거냐?"

사람들의 열렬한 환호 소리 사이로 어느새 다가온 은빈의 목소리가 들린다. 난 천천히 고개를 들어 눈물을 닦으며 은빈을 쳐다봤다. 흔들리는 슬픈 눈동자.

"뭘 그렇게 감격스러워하냐? 꼭… 죽도록 사랑하는 애인이 노래 불러줘서 감격스러워 미치겠다는 표정이네. 쿡."

바보… 바보… 이 바보야…….

"…좋아해."

나도 모르게 중얼거리듯 흘러나오는 작은 목소리. 순간, 떨리는 은

빈의 음성이 내 귓가에 들려온다.

"…지금 뭐라고 했냐? 내가 잘못 들었나?"

"좋아해… 좋아한다고… 너 좋아한다고! 네가 너무 좋아서… 가슴이 터져 버릴 것 같단 말야. 바보… 이 바보야!"

나의 커다란 외침에 순식간에 조용해진 클럽. 사람들은 작은 소리 하나 내지 않고 우릴 쳐다보고 있었다. 누구보다도 가장 놀란 은빈이가 멍한 표정으로 날 응시한다.

"널 잊을 자신이 없어. 널 두고 갈 자신이 없어. 너를 잊는 게 널 위한 일이라고 생각했는데… 그래서 죽을 만큼 마음 아파도 꾹 참고 네 슬픈 얼굴 외면했는데… 어떡해……. 머리는 그러면 안 된다고 소리치는데… 마음은… 마음은 끝없이 너만 원해. 너만 찾아. 너무 커다란 소리로 널 찾아서… 커다란 소리로 내 온몸을 다 울려대서… 널 부르지 않고는 견딜 수 없을 만큼 마음이 아파. 어떻게 해야 돼? 나 어떻게 해야 되는 거니……."

나조차도 놀랐다. 스스럼없이 줄줄 흘러나오는 내 마음속의 진심. 내 진심이야… 이건 내 진심이야. 가슴이 너무 아파서 손으로 내 가슴을 지그시 눌렀고 그와 동시에 눈물이 또르르 볼을 타고 흐른다. 잠시 후, 거짓말처럼 은빈의 따뜻한 손가락이 내 볼에 와 닿았고 녀석의 따뜻한 두 팔이 내 어깨를 안아버렸다.

"너무 오래 기다렸어. 너무 간절히 기다렸다. 힘들고 지쳤었지만, 그래도 끝까지 포기 안 하길 잘한 것 같다. 지금 너 이렇게 내 품에 있잖아."

"고마워… 그리고 미안해."

녀석의 따뜻한 가슴에 머리를 기대며 중얼거렸다. 나 아마도… 많이 힘들겠지? 이러면 부산 가기 더 힘들어지겠지. 하지만 지금 이 순간을 후회하지는 않아. 내 진심을 후회하지 않아. 너의 따뜻한 얼굴… 따뜻한 손… 포근한 품… 목소리… 절대로 영원히 잊지 않을게. 그렇게. 문신처럼 내 가슴에 깊이 새겨서 영원히 지우지 않을게. 아니, 영원히 지워지지 않을 거야. 그래, 넌 문신이야. 영원히 지울 수 없는, 지워지지 않는…….

어떻게 시간이 흘러가 버렸는지 모르겠다. 클럽을 나오고, 아이들과 작별 인사를 하고 난 은빈과 함께 우리 집을 향해 천천히 걸었다. 쓰린 마음을 감추기 위해 일부러 밝게 웃으며 하늘을 올려다보았다. 구름에 가려 달은 보이지 않는다. 대신 오랜만에 많은 별들이 빛을 발하며 어두운 하늘에 보석처럼 박혀 있었다. 바람이 따뜻하다. 가로등 불빛도 따뜻하다. 그리고 무엇보다도 내 손을 꽉 잡은 은빈의 손이 말로 표현할 수 없을 정도로 너무나 따뜻하다. 그래서… 더 눈물이 난다.

"…나 부산 가서 너 보고 싶으면 어떡하지?"

"……."

"한 달에 한 번씩 놀러올게, 꼭. 그리고… 전화도 매일하고……."

"안 해도 돼."

"어?"

"그런 거 할 필요 없다고……."

설마… 이 녀석, 나 가면 완전히 인연 끊을 생각 아니야? 그런 생각이 들자 왠지… 말할 수 없이 섭섭해지기 시작했다.
"그럼… 나 내일 부산 갈 때 마중은 나와줄 거지?"
"그런 거 뭐 하러 하냐? 안 해도 돼."
녀석의 말에 할 말이 없어졌다. 그간의 정을 생각해서라도 마지막 떠나는 길, 배웅은 해주지. 네 녀석 매정한 거 알고는 있었지만… 너무 하는 거 아니냐?
"진짜? 진짜 배웅도 안 해줄 거야? 마지막인데……."
아무 말 없는 은빈. 난 고개를 설레설레 젓고는 애써 씩씩하게 웃어 보였다.
"그, 그래. 그럼 할 수 없지 뭐. 하하… 휴, 집에 다 왔네. 은빈아, 너 들어가."
서운한 마음을 애써 감추며 그렇게 중얼거리는데, 말 없이 서 있던 은빈이가 저벅저벅 걸어가 우리 집 대문 앞에 선다. 뭐야, 저 녀석?
"야… 너 지금 헷갈리는 거야? 거긴 우리 집이잖아. 너네 집은 옆……."
내가 말을 마치기도 전에 벨을 꾹 눌러 버리는 녀석. 난 녀석의 이해할 수 없는 행동에 멍하니 서 있었다.
"뭐 해? 안 들어갈 거야?"
"어? 어."
얼른 은빈에게 다가가니 은빈은 아무 말 없이 내 손목을 낚아채 열린 대문 안으로 쑥 밀고 들어간다.
"너, 설마 우, 우리 집 놀러오려고? 늦었는데."

"매일매일 전화하면 전화비 아까워. 한 달에 한 번씩 왔다 갔다 하면 차비도 아까워. 그리고 보고 싶을 때 못 보면… 못 참아. 내가 보고 싶을 땐 봐야 돼."

느닷없이 날 보며 그렇게 말하는 은빈. 난 잠시 영문을 몰라 눈만 말똥말똥 뜨고 은빈을 쳐다봤다.

"…무, 무슨 소리야?"

"너 바보냐? 왜 생돈 버려? 그냥 같이 살면 되지."

은빈의 말에 순간 두근두근 요동치기 시작하는 심장.

"나 너 못 보내. 아니, 안 보내. 네가 끝까지 가야 한다고 해도 나 절대 너 안 놔줘. 이렇게 꼭 붙잡고 한 발도 못 움직이게 네 손 절대 안 놓을 거야."

얼굴까지 발갛게 달아오르는데 은빈은 내 손을 꽉 잡고 현관문을 힘차게 걸어간다. 곧 이어 나타난 이모의 얼굴.

"어머, 세별아? 근데… 이 애는?"

"아줌마, 부산 혼자 가세요."

헉!! 느닷없이 흘러나온 은빈의 목소리에 순간 난 경직되고 말았다. 이모도 황당한 얼굴로 은빈을 쳐다보는데…….

"얘 두고 혼자 가시라구요. 얘 우리 집에서 살 거예요."

"…그게 무슨 소리니, 대체? 너 누구니? 세별아, 이 애…….."

"평생을 함께할 사람이에요."

야야야야야!! 너 도대체 무슨 소리야? 난데없이!! 난 무언의 비명을 내지르며 은빈의 옷자락을 잡아끌었다. 얼굴색이 변하기 시작

하는 이모를 보며 은빈의 옷자락을 힘차게 잡아끄는데,
"훗… 네가 세별이 남자 친구니?"
표정이 부드럽게 풀리는 이모가 조용히 묻는다. 이 황당한 녀석…….
"아줌마, 부산 혼자 가세요."
"나 대신 세별이를 책임지겠다는 소리니? 훗, 내가 널 어떻게 믿고?"
"아줌마보다 행복하게 해줄 자신 있어요."
은빈의 음성에 난 움켜잡았던 은빈의 옷자락을 스르르 놓았다. 가슴이 찡해지는 기분. 말할 수 없이… 따뜻해지는 그런 기분.
"야… 너도 부산 가기 싫지? 싫다고 했잖아, 아까. 이상한 사투리 쓰는 그런 데 가기 싫다고 말했잖아."
야!! 내가 언제!!
"늙다리 이모랑 같이 살아봤자 골치만 아프고 재미 하나도 없어. 그냥 여기서 살아."
은빈의 말에 이모가 손으로 입을 가리며 웃기 시작한다. 난 하도 어이가 없어 멍하니 이모와 은빈을 번갈아 보는데 싱긋 웃으며 말하는 이모.
"그래… 우리 세별이, 어떻게 행복하게 해줄 거니?"
"결혼할 거예요."
은빈의 말에 난 드디어 뒤로 쓰러져 버렸다. 정신을 차려보니… 꿈이라고 생각했던 그 모든 게 현실이 되어 있었다지.

에필로그 '예쁜 해피엔딩?!'

제14장 에필로그
예쁜 해피엔딩?!

한 달 후.

"은빈아! 늦었어! 한 시간이나 늦었다구! 얼른 나와!!"

"아씨, 알았어! 잠깐만 기다려! 자기는 맨날 꿈지럭거리면서, 우씨……."

은빈의 집에서 살게 된 지 어느새 한 달 반이란 시간이 흘렀다. 홀로 부산으로 내려간 이모를 생각하면 마음이 허전해지지만, 그 마음을 채워주는 아줌마, 아저씨, 은혜, 그리고 은빈. 뭐라 말할 수 없을 정도로 감사하고 있다. 감사하다는 말로는 모자라는 가슴 벅참을 선물해 준 그들에게…….

"야, 그냥 딴 거 입으면 안 돼? 쪽팔리게……."

투덜투덜거리며 모습을 드러낸 은빈. 저번에 지호가 선물해 줬던 똑같은 디자인의 남방을 입고 있다. 물론 나도. ^-^

"안 돼, 안 돼. 오늘 같은 날 입어야지. 헤헷, 자, 가자!"

오늘은 세영과 지호의 집들이 있는 날이다. 내가 모르는 사이에 어느새 화해하고 같은 집에서 살기로 했다는 그들. 처음에 들었을 땐 정말 놀랐지만 나도 모르게 기뻐오는 마음을 감히 막지는 못했다. 잘된 거야. 정말 잘된 거야.

"야, 잠깐만!! 너 먼저 내려가 있어봐."

은빈은 그렇게 말하고 다시 방문을 닫고 나갔다. 난 그런 은빈을 쳐다보다가 거울에 내 모습을 한 번 더 비추어보고 싱긋 웃으며 걸음을 옮겼다. 그때 그런 내 눈에 들어오는, 책상 위에 가지런히 놓여 있는… 100개의 인형들. 날 닮은 인형들……. 녀석은 아직도 자기가 만들었다고 주장하지만, 난 안다. 주문하면 만들어주는 가게가 있다는 거. 후훗. 어찌 됐든 그냥 보고 있는 것만으로도 행복해지는 그런 인형들이다. 직접 만들지는 않았지만 은빈의 마음이 고스란히 담긴 듯한 그런 인형. 난 그 인형들을 쭈욱 훑어보고 행복한 마음으로 방을 나섰다.

은빈과 함께 세영과 지호의 집으로 가면서 선물에 대해 고민하기 시작했다.

"음… 선물 뭐 사가지?"

"어제 내 친구가 그러는데… 요강이 제일 좋대. 근데 요강이 뭐야?"

은빈의 얼굴이 어이없다는 듯 굳어진다. 음? 왜 그러지?

"뭐? 요강?"

"응, 어제 은진이가 그랬단 말이야. 새로 집들이하는 데 뭐 사가는 게 좋겠냐고 물어봤더니 요강이 최고라던데?"

"푸하하하하……."

느닷없이 웃기 시작하는 은빈. 뭐, 뭐야 그 기분 나쁜 웃음은!

"누구냐? 진짜 어이없네. 큭큭, 뭐 요강? 옛날에 여자가 시집갈 때 바리바리 싸들고 갔던 그 이동식 화장실? 쿡!"

이동식 화장실? 이해가 가지 않아 은빈에게 다시 물어봤지만 은빈은 웃기만 할 뿐, 끝까지 대답해 주지 않았다. 우씨… 다른 사람한테 물어봐야지. 한참을 선물에 대해 고민하고 열렬히 토론하던 우리는! 결국 두루마리 화장지와 세제를 샀다.

"이런 선물 받고 과연 좋아할까?"

"집들이 때는 이런 게 짱이야!"

큰소리로 호언장담하는 은빈과 함께 세영과 지호의 집에 도착한 나. 현관문을 열자 고소하고도 맛있는 냄새가 솔솔 풍겨오기 시작한다. 우와~ 맛있는 냄새!

"형, 누나, 어서 와!"

앞치마를 두른 지호가 귀엽게 웃으며 우리를 맞아준다. 하하하. 너무 귀여운걸. 앞치마 되게 잘 어울리네.

"왔어?"

곧 이어 세영도 부엌에서 나오며 우리를 맞아줬다. 앞치마를 두르고 있지는 않았지만 지호처럼 왠지 모르게 귀엽게 느껴지는 건 왜일까? 풋… 가만 보니까 너희 둘 상당히 닮았잖아!

"맛있는 거 많이 했어? 맛있는 냄새 난다~ 나 배고팠는데!"

"돼지."

은빈이었다. 난 그 말에는 아랑곳하지 않고 세영과 지호가 내온 윤기가 좔좔 흐르는 맛있는 음식들을 먹어대기 시작했다. 맛, 정말 최고다!!

"와~ 이거 누가 한 거야? 되게 맛있네."

"지호가 한 거야."

"형이 다 했잖아. 난 만들 줄도 모르는데."

헛! 벌써부터 서로를 칭찬하는 저 아름다운 모습, 정말 눈물겹구나. 너무너무 보기 좋다. 잘됐어, 너무 잘됐어. 너희 둘 다 행복해져서 정말 다행이야. 눈물이 날 것 같은 기분에 속으로 울컥 하고 있는데, 갑자기 초인종이 울린다.

"어? 누구지? 올 사람 없는데."

지호가 의아해하며 현관으로 다가갔다. 곧 이어 문이 열리고 들어서는 사람을 보고 난 깜짝 놀랐다.

"어? 빛나야!! 주전자!! 너희들이 여긴 웬일이야?"

깔끔한 블루 정장을 입은 빛나. 그리고 캐주얼 복장의 주전자가 싱글싱글 웃으며 들어오고 있었다. 놀라서 입을 커다랗게 벌리는데 은빈이가 옆에서 말한다.

"내가 불렀어. 오늘같이 좋은 날, 여럿이 축하해 주면 좋잖아."

"형."

그래, 빛나와 주전자까지 세영과 지호의 새 생활을 축하해 준다면 더 더욱 의미있겠구나.

"야, 선물 뭐 사왔는지 물어봐. 쿡!"

은빈이가 옆에서 중얼거리며 내 옆구리를 쿡 찔렀다. 선물?

"축하해. 너희 둘 앞으로 서로 아끼면서 멋지게 살아가길 기도할게."

빛나가 싱긋 웃으며 세영과 지호를 축하해 준다.

"축하한다. 그동안 안 좋은 일도 많았지만 난 이제 다 잊었다. 나쁜 감정은 모조리 풀어버리고 내 축하 받아라. 잘들살아라."

주전자가 따뜻한 웃음을 지으며 세영과 지호에게 말한다. 가슴이 따뜻해지는 느낌. 와~ 이렇게 모두 한자리에 모여서 따뜻한 웃음을 주고받게 되다니. 정말 너무 기뻐서 눈물이 날 것 같아. 세영과 지호도 고개를 끄덕이며 따뜻하게 웃고 있다. 다행이다, 이렇게 모두 행복하게 웃을 수 있어서……

"야, 강은빈, 니들은 선물 뭐 사왔냐? 어? 이게 뭐야? 휴지랑 세제? 쿡! 이게 뭐야, 이게……. 야, 우리 걸 좀 봐라. 보고 배워."

갑자기 주전자가 중얼거리며 들고 왔던 쇼핑백 속에서 포장된 꾸러미를 꺼낸다. 와, 포장지 예쁘다!! 뭘까? 뭘까? 두근거리는 마음으로 잔뜩 기대를 하며 선물 꾸러미를 바라보는데…드러난 꾸러미의 정체를 보고 다들 어이없어하는 분위기. 조용해진 실내. 머리 빗 세트와 주전자 세트. 저게 뭘까?

"하하하. 우리의 트레이드 마크!! 자, 어떠냐? 야, 이거 세트야, 세트. 젤 비싸고 좋은 걸로 골라온 거란 말야."

주전자의 말에 쿡쿡 웃기 시작하는 지호와 세영. 고개를 돌려 웃음을 참고 있는 은빈. 어, 어이없다. 하하……

"고맙다, 잘 쓸게."

세영이가 웃음을 참으며 말한다. 지호는 말은 하지 않았지만 행복한 표정이다. 기쁘다. 모두들 이렇게 함께 웃을 수 있어서… 행복할 수 있어서… 정말 기쁘다.

집에 오는 길에 은빈이와 엄마의 산소에 들렀다. 시원한 바람이 살랑살랑 머리카락을 스치며 지나간다. 엄마의 산소를 보자… 저절로 솟구치는 눈물. 눈가에 고인 눈물을 몰래 닦아내는데 그런 내 손을 꽉 잡아주는 은빈.

엄마…….

나… 지금 너무 행복해.

엄마 생각하면 한없이 눈물이 나는 나지만… 한없이 슬퍼지는 나지만… 그런 나 달래주고 토닥여 주는 은빈이 녀석이 있어서 나 얼마나 감사한지 몰라. 정말 얼마나 감사하고 있는지 몰라.

엄마 생각으로 참을 수 없을 만큼 고통스러워 질 때마다 나… 은빈이한테 기대도 되지? 내가 엄마한테 기댔던 것처럼… 그렇게 기대도 되지?

엄마… 나… 잘살게. 슬프지 않고 행복하게…….

지켜봐 줘… 엄마 딸…….

나중에 다시 만나면 엄마 없이도 꿋꿋하게 잘살아온 나 대견하다고 칭찬해 줘야 해.

꼭… 안아줘야 해……. 꼭 그래야 해…….

알았지? 알았지, 엄마?

"또 우냐? 너 그러다가 진짜 찐빵 되겠다, 팅팅 불어서."

"아냐… 이젠 안 울 거야. 헤헷."

난 눈물을 닦아내며 싱긋 웃고는 은빈의 손을 더 꽉 잡았다. 고마운 녀석. 이런 바보 같은 나, 평생 지켜주겠다고 약속한… 바보 같은 녀석. 나도 너 지켜줄게… 평생 네 옆에 있을게…….

"은빈아… 예전에 세영이가 이런 말을 한 적 있다."

"무슨 말?"

"세영이가 어느 날 뜬금없이 이런 말을 했어. 은빈이 너 믿어주라고. 도저히 너 믿을 수 없는 상황이 오더라도… 그냥 무조건 믿어주라고. 지금은 무슨 말인지 몰라도 나중에 자기가 한 말의 의미를 깨닫게 되면 작은 부탁을 들어달라고."

"부탁?"

"응, 세영이의 부탁. 뭔지 아니? 행복한 모습 보여달라는 거였어. 너랑 나… 행복한 모습. 영원히 행복한 모습 보여달라는 게… 세영이의 부탁이었어."

"쿡."

은빈은 웃었지만 눈엔 한가득 행복을 담고 있다. 행복한 모습… 너와 내가 행복한 모습. 우리… 영원히 이렇게 서로를 아껴주며 행복할 수 있을까? 그럴 수 있을까?

"은빈아, 너… 세상에서 내가 제일 좋지?^-^"

은빈의 팔을 흔들며 애교스럽게 물어봤다. 그러자 말없이 행복한 표정으로 날 쳐다보는 은빈.

"그래. 지금의 행복한 네 표정… 평생 지켜줄게. 평생 네 옆에 있을게."

"헤헤."

"평생 네 옆에 있으면서… 평생 동안… 평생 동안… 평생 동안… 아주아주아주… 괴롭혀 주마! 이 찐빵 돼지 기집애야. 쿡쿡!"

헉!! 우씨… 너란 녀석…

세상에서 제일 싫어!!

character story

은세별

1. 프로필

이름: 은세별

생년월일: 1985년 10월 18일 서울 출생(8살 때 미국으로 이민, 18살 때 다시 한국으로 귀국)

혈액형&별자리: O형 천칭자리

키&몸무게: 158cm 55kg(약간 통통한 편. 선천적으로 먹는 걸 좋아하는 탓)

가족 관계: 아빠(미국에서 심장마비로 사망), 엄마(뇌종양으로 사망)

결론=고아

외모: 볼 살이 있다 코는 아담한 편. 입술이 핑크빛이다

전체적인 외모는 귀여운 편

성격: 어렸을 때부터 현재까지 다양하다. -_- 본인은 환경 탓이라고 생각함

현재는 털털하고 씩씩한 편

이상형: 남자에 관심이 없었다. 그럼 현재는? '은빈' 이 같은 타입 -_-;;

보물 1호: 은빈이 선물해 준 자신을 닮은 100개의 인형

※참고: 프로필은 소설을 연재했던 2002년을 기준으로 합니다.

취미: 특별한 취미 없음

특기: 한 자리에서 케이크 세 개 이상 먹기 -_-;

성적: 보통, 암기 과목에 약한 편

좋아하는 과목: 수학 -_-^

감명 깊게 본 영화: 영화를 별로 안 좋아한다. 쇼프로는 많이 봄

주량: 소주 한 잔

술버릇: 푼수가 된다. 맘에 있는 얘기 다 한 후 깨어나서는 기억 못한다 -_-

좋아하는 것: 엄마 품, 생크림 케이크, 그 외 많은 음식들, 여행, 기분 좋은 목소리, 잠

싫어하는 것: 강요, 짓궂은 장난, 불편한 분위기, 놀이기구, 바퀴벌레, 돼지라는 말 -_-;

기타 특징: 아주 심각한 길치에 어지럼증, 고소공포증까지 있다. 비교적 슬픔을 잘 극복하는 타입 분위기에 약하고 우유부단한 면이 없지 않아 있다.

2. 이름의 유래

중학교 때 옆 반에 '세별' 이라는 이름을 가진 아이가 있었습니다. 아마도 '이세별' 로 기억합니다. 잘 아는 아이는 아니었어요. 공부도 잘하고 성격도 활발했

던 모범생으로 기억합니다(어쩌면 푼수였을지도?). 이름이 예뻐서 따온 것이랍니다. ^-^

3. 캐릭터 이야기

'세별' 이라는 캐릭터는 주인공임에도 불구하고 참 많은 미움을 받았던 불행한 캐릭터입니다. 훗, 남자 주인공의 마음도 몰라주고 답답하게 굴 뿐만 아니라 눈치도 없고 멍청하기 때문이죠. 원래의 성격은 털털하고 활발하지만 미국에서 살면서 상당히 내성적으로 변합니다.

사실 이 주인공도 나름대로 과거에 마음에 상처를 받았답니다. 그 이야기는 '은빈' 의 번외 중, '은빈' 과 '미소' 의 이야기나 본편의 '미소' 와 '세별' 의 이야기 속에서 자세히 나오죠.

이 여주인공은 사랑이라는 감정을 모르던 한 소녀가 사랑을 깨닫기까지의 과정을 예쁘게 보여줍니다. 저의 표현력 부족으로 다소 이야기를 잘 이끌어내지 못한 것 같아 섭섭한 마음도 있네요.

여주인공은 사랑을 깨닫게 되면서부터 성격이 외향적으로 바뀝니다. 겉으로 잘 표현하지 못하고, 할 말도 마음속에 담아두는 성격에서 자기 표현도 잘하고, 자기 주장도 강하고, 결국 남주인공에게 당당하게 고백까지 하는 엄청난 발전을

하죠. ^^

   어렸을 때부터 지금까지 가장 많은 성격 변화를 보이는 인물입니다. 어쨌든 사랑스럽고 귀여운 캐릭터예요. ^-^

character story

강은빈

I. 프로필

이름: 강은빈

생년월일: 1985년 3월 17일 서울 출생

혈액형&별자리: B형 물고기자리

키&몸무게: 183cm 68kg

가족 관계: 아빠(회사원), 엄마(주부), 여동생 강은혜(중학생)

외모&특징: 쌍꺼풀 없는 큰 눈, 피부는 흰 편, 콧날이 예쁘다

성격: 자기중심적, 냉정함, 필요한 말만 하는 타입. 타인에게는 관심없고 신경도 안 쓰지만, 소중한 사람에게는 헌신적이고 따뜻하다.

이상형: 없음

보물1호: 준일이 형의 유품인 커다란 칼

그럼 2호: 세별이 직접 떠준 스웨터

취미: 컴퓨터 게임

특기: 노래, 태권도와 검도(어렸을 때부터 단련한 실력자)

성적: 원래 공부와는 인연이 없다 그래도 항상 중간은 한다(미스테리 -_-)

감명 깊게 본 영화: 포레스트 검프, 인생은 아름다워… 영화광이다(주로 비디오를

즐겨봄)

주량: 본인도 알 수 없음

술버릇: 평소보다 더 침착하고 진지해진다 -_-

좋아하는 것: 파도 소리, 다큐멘터리, 엄마가 해주시는 음식, 우정, 의리, 은세별 놀려먹기

싫어하는 것: 매미(왜일까? -_-a), 콧소리, 거짓말, 느끼한 음식 등 -_-;; 그 외 다수

기타 특징: 세별을 다시 만나기 전까지 별명이 '여성혐오증' 이었다. -_- 여자랑 말도 안 할 것같이 차가워 보이지만 정작 할 말은 다 하는 타입. 약간 다혈질적인 면이 없지 않아 있다. 은근히 로맨틱한 분위기파

2. 이름의 유래

'은빈' 이라는 이름은 평범하게 탄생했습니다. 인터넷 소설들을 보니까 멋진 남자 주인공들의 이름에는 거의 '은' 이나 '빈' 자가 들어가더라구요. 그냥 합쳐서 썼습니다. 풋!

3. 캐릭터 이야기

'은빈' 녀석의 과거는 아픔입니다. -_- 여주인공의 극심한 괴롭힘에 시달려 그 후유증이 여성혐오증으로 발전해 그 어떤 여자에게도 사랑을 느끼지 못합니다. 주위 사람들은 여자에 대한 그의 기피를 여성혐오증이라고 왜곡하고 있지만, 사실은 다릅니다. 단지 마음을 열지 않을 뿐이죠.

10년 후, 그의 닫힌 마음에 사랑의 바람을 불어넣은 운명의 여인이 나타납니다. 그녀는 참 아이러니하게도 그의 마음을 굳게 닫히게 만든 '세별' 입니다.

자, 여기서 한 가지 심오한 사자성어가 나옵니다. 결자해지! 맺은 사람이 풀라는 뜻이죠. 과거, 녀석의 마음에 상처를 준 세별이가 10년 후, 사랑이라는 약으로 녀석을 치료해 주니까요. 후후. '은빈' 이라는 캐릭터는 여성들이 동경하는 전형적인 캐릭터입니다. 멋있고, 남자답고, 끝내주는 의리파에 한 여자만을 바라보는 남자죠. 판에 박힌 남주인공의 모습을 담고 있어 식상한 면도 있지만 그 나름대로의 독특한 매력도 있기에 많은 사랑을 받았던 것 같네요. ^^

character story

한세영

I. 프로필

이름: 한세영

생년월일: 1985년 7월 5일 경기도 부천 출생(현재 거주지는 서울)

혈액형&별자리: AB형 게 자리

키&몸무게: 178cm 64kg

가족 관계: 아빠(12살 때 미국으로 출장 가신 후 소식 없음), 엄마(불의의 사고로 사망), 아빠가 다른 동생 지호

외모: 조각 같은 꽃미남, 약간 여성스러운 이미지를 풍기는 외모, 특히 귀가 예쁘다

성격: 생각이 깊고 진지해 보이지만 사실 짓궂고 재미있는 성격. 다정다감하고 책임감이 강한 편이다 한 번 결심한 것은 해내고야 마는 타입. 외곬수적인 기질도 다분해서 타인에게 관여하는 것을 별로 좋아하지 않는다. 첫인상은 도도하고 차가움

이상형: 귀여운 여자, 웃을 때 눈이 안 보이는 여자 -_-

보물1호: 어렸을 때 아빠에게서 받은 넥타이 핀

취미: 독서, 조깅, 포켓볼

특기: 태클 거는 놈 확실히 밟아주기 -_-;

성격: 머리가 좋다 별로 열심히 하는 것 같지 않지만 성적은 항상 상위권

감명 깊게 본 영화: 벤허, 바람과 함께 사라지다

주량: 예의상 소량만 마시는 타입

좋아하는 것: 조용한 것, 독서, 겨울, 영화 보기

싫어하는 것: 쓸데없는 관심, 소음, 눈물

기타 특징: 차갑고 묵묵한 성격인 것 같지만 정이 상당히 많다 자신이 생각하는 것을 겉으로 표현하지 않기 때문에 아무도 그의 진정한 속마음을 모른다 알면 알수록 더욱 알 수 없는 인물 -.-

2. 이름의 유래

'세영' 이라는 이름은 약간 중성적인 이름입니다. 여자 이름으로도 남자 이름으로도 손색이 없죠. 훗, 처음 등장부터 얼마 동안은 여자로 오해를 받는 인물이기 때문에 중성적인 이름으로 결정했답니다. ^-^

3. 캐릭터 이야기

관찰력이나 추리력이 뛰어난 분들은 아시겠지만, '세영' 과 '지호' 는 성이

같습니다. 그들의 첫 만남을 눈여겨보면 분명 특별한 관계라는 것을 알 수 있죠. 세영을 바라보는 지호의 시선이나 행동들을 살펴보면, 세영에 대한 감정이 썩 좋지 않다는 것을 알 수 있습니다. 이때 독자들은 한 가지 추측을 하죠. 둘의 성이 같다면 혹시 이복형제? 하지만 둘은 씨 다른 형제였습니다. 어찌 보면 뻔한 추리이지만 약간 색다른 재미를 주기 위해 둘의 성을 같게 설정했던 거랍니다. ^^

자, '세영' 이라는 캐릭터를 살펴보죠. 세영의 말투나 행동을 보면 생각이 깊다는 것을 알 수 있습니다. 매우 진지한 인물로 보이지만, 때때로 보이는 행동들에서 사실은 짓궂고 재미있는 성격이라는 것을 알 수 있죠. 외모 또한 거의 완벽에 가까운 천상의 미모 수준입니다. 그래서인지 정말 많고도 많은 사랑을 한몸에 받았던 캐릭터예요. 인기도 많았습니다(어쩌면 남주인공보다 더 많았을 지도?). 많은 사랑을 받았음에도 불구하고 등장이 많지 않아 아쉬움을 남겼던 캐릭터입니다.

'세영' 에 대해 특이한 점이 하나 있다면, 앞을 예견하는 능력이나 충고하는 능력이 거의 천재적이라는 겁니다. -_-; 세영이는 모르는 게 없습니다. -_-; 모든 다 알고 있죠. 알 듯 모를 듯 여주인공에게 충고하는 여러 장면들을 보면 저 녀석은 어떻게 모든 걸 다 알고 있을까 궁금해지기도 합니다. 실제로 많은 독자 분들이 "세영이는 어떻게 모든 걸 다 알고 있나요? 천재인가요?" 라는 질문을 퍼부었을 정도니, 그 녀석은 정녕 미스테리한 녀석인가 봅니다. 후후. 자, 그럼 여기서 그 궁금증을 해결해 볼까요?

3. '은빈'과의 관계-그들의 숨겨진 이야기

'사실 그들의 사이는 좋았다?'

소설 속에서 그들의 관계는 그리 좋게 나오지 않습니다. 때때로 여주인공을 사이에 두고 우스운 감정 싸움을 하기도 하죠. 하지만 사실 그들은 나름대로의 우정을 키우고 있었답니다. 그들의 우정은 '은빈'과 '세별'이 한강에서 폭력배에게 맞아 쓰러진 세영을 은빈의 집으로 옮기던 날 시작되죠. 세영에게 은빈은 폭력배에게 맞은 이유를 묻고 세영은 순순히 그 이유, 그리고 어머니와 지호에 얽힌 이야기를 들려주게 됩니다. 그 이야기를 다 듣고 세영의 아픈 상처를 알게 된 은빈은 세영에 대한 좋지 않았던 감정과 오해를 누그러뜨리게 되죠. 그리고 세영은 은빈에게 멋지게 고백해 보라고 귀띔까지 해줍니다. 물론 그러면서도 자신이 세별에게 관심있는 척하는 짓궂은 짓도 하지만 요. 후후.

은빈의 촛불 고백도 사실은 세영의 아이디어랍니다. 세영은 다 알고 있었죠. 그래서 세영은 설악산으로 떠나기 전 세별에게 "너 나한테 평생 고마워해야 된

다. 오늘이 네 생애 최고의 날이 될 테니까"라고 말할 수 있었던 겁니다. ^-^

'세영'이가 '빛나'에게 좋지 않은 감정을 가진 것도 빛나의 행동이나 태도들이 은빈을 향한 접근이라는 걸 직감적으로 알았기 때문이죠. 빛나와 얽혀 오해가 빚어질 것을 우려해 세별에게 빛나와 가까이 하지 말라는 충고를 했던 겁니다. 또 무슨 일이 있어도 은빈을 믿어주라고 당부했던 거구요.

세영은 은빈이 세별에게 이별을 고한 후에도 녀석의 마음이 변함없다는 것을 알았기 때문에 세별이 절대로 떠나지 못할 거라는 예상도 했죠. 은빈과 세영의 이야기는 따로 써볼까 했지만 저의 능력 부족으로 -.- 번외를 쓰지 못해 아쉬운 마음과 죄송스런 마음도 있네요. 이 캐릭터 이야기 편에 그 궁금증을 약간 해소할 수 있는 이야기를 실었으니 이걸로 만족해 주세요. T_T

character story

한지호

1. 프로필

이름: 한지호

생년월일: 1986년 7월 26일 서울 출생

혈액형&별자리: O형 사자자리

키&몸무게: 173cm(본인은 항상 175cm라고 우긴다. -_-) 59kg

가족 관계: 아빠(14살 때, 알코올 중독 후 간암으로 사망). 엄마(불의의 사고로 뇌사 상태, 결국 사망), 그리고 역시 다른 아빠에게서 태어난 형 세영

외모: 얼굴이 작고 하얗다 버섯 코에 작은 입, 웃는 모습이 매력적임 웃을 때 눈이 반달 모양이 된다. 귀여운 외모 때문에 누나들에게 인기가 많다 항상 시달린다 -_-;

성격: 선천적으로 낙천적이고 활발한 타입 단순하고 아무 생각 없어 보이지만, 은근히 속이 깊고 생각도 깊다 아픈 과거를 갖고 있는 아이치고는 비교적 밝은 성격의 사랑스러운 아이

이상형: 착한 여자, 일편단심 민들레형의 여자, 외모는 별로 안 따짐

보물1호: 엄마가 남기고 간 보석 상자, 소중한 친구, 형

취미: 자신만의 특별 요리 해 먹기

특기: 태권도 공인 4단

성격: 은근히 노력파, 암기 과목에 강하다 성적은 중상위권

감명 깊게 본 영화: 이연걸의 탈출, 영웅, 보디가드 등등 이연걸 시리즈

주량: 맥주 3병

술버릇: 평소보다 더 귀여워진다. 애교는 거의 최강 -.-

좋아하는 것: 긍정적인 생각, 용기, 우정, 포근함, 여유

싫어하는 것: 곤충(특히 메뚜기. -_-;), 더운 것, 비열한 것

2. 이름의 유래

사실 '지호'라는 이름은 탤런트 김지호 씨에게서 따왔습니다. 본편에서 '지호'의 외모는 귀엽고 약간 여성스러운 쪽에 속하죠. 탤런트 김지호 씨의 신인 시절 짧은 머리에 풋풋하고 다소 중성적인 이미지를 회상하며 이름을 따왔답니다. 신인 시절의 김지호 씨를 생각해 만든 캐릭터이니 지금의 김지호 씨와 '한지호'의 이미지를 맞추려 하시면 안 돼요. 풋!!

3. 캐릭터 이야기

'지호'라는 캐릭터는 상당히 활발하고 밝은 캐릭터입니다. 항상 웃고 다니는

푼수죠. 하하. 하지만 많은 아픔을 갖고 있는 아이이기도 합니다. 나이에 비해 생각이 깊고 철이 일찍 들었죠. 어렸을 때 가장 사랑하는 사람을 잃었기 때문에 사랑에 대한 집착이 강합니다. 일단 마음을 나눈 사람이나 정이 든 사람은 절대로 놓치거나 잃지 않으려 하고, 무조건으로 사랑하고 의지하죠. 아픔이 큰 만큼 그 아픔을 사람에게 의지하며 기대는 것으로 치료하려는 인물입니다. '세영'을 절대적으로 미워하지만 결국 그 미움이라는 감정도 사랑의 다른 이름이라는 것을 알게 되죠. 미워하는 것도 애정이 있어야 가능한 거니까요. 처음엔 '세영'에 대해 강한 거부 반응을 보이다가 세영의 진실한 마음을 알고 차차 마음의 문을 열게 됩니다. 아무리 미워해도 결국엔 사랑이라는 이름으로 서로를 용서하는 걸 보면 역시 피는 물보다 진한가 봅니다. 후후.

character story

윤미소

1. 프로필

이름: 윤미소

생년월일: 1983년 4월 16일 경기도 성남 출생(중학교 때 서울로 이사)

혈액형&별자리: A형 양자리

키&몸무게: 167cm 48kg

가족 관계: 아빠(검사), 엄마(공무원), 큰오빠(27세에 가정 불화로 자살), 둘째오빠(경찰), 셋째 오빠(군복무 중), 남동생(학생)

외모: 편안하고 기품이 있는 외모, 웃는 모습이 예쁘고 목소리가 곱다

성격: 천사표. 주위 사람들을 잘 챙겨주고, 아껴주며, 어려운 일에 처한 사람을 보면 발 벗고 나서서 도와준다 남자 형제들 사이에서 귀여움만 받으며 자란 아이

이상형: 다정다감하고 유머있는 남자

보물 1호: 준일이와 주고받았던 선물과 편지

취미&특기: 음악 듣기, 예쁜 것 수집하기, 어렸을 때 발레를 해서 몸이 유연함 고로 춤을 잘 춘다 -.-

성적: 모범생으로 성적도 뛰어나다. 현재 S여대 재학 중
감명 깊게 본 영화: 천녀유혼, 야반가성, 패왕별희(주로 홍콩 영화를 즐겨본다)
주량: 맥주 2병
술버릇: 말이 없어진다. 우울한 날 마시면 운다 -_-
좋아하는 것: 따뜻한 바람, 아이스크림, 블랙커피, 파란색
싫어하는 것: 당근, 끈적끈적 한 것, 미지근한 물, 우울함

2. 이름의 유래

'미소' 라는 인물의 묘사를 보면 웃는 모습이 참 예쁘고 기품있다라는 부분이 나옵니다. 웃는 모습이 따뜻하고 매력적인 여자를 만들기 위해 이름도 미소로 했어요.

3. 캐릭터 이야기

'윤미소' 라는 인물은 매우 다정다감하고 따뜻한 인물입니다. 모범적이고 다른 사람에게 친절하며 해야 될 일과 하지 말아야 할 일의 기준을 정확히 알고 있는 바른생활걸이죠. 타인에 대한 관심도 많아서 자칫 오해를 불러일으킬 수 있지만 그녀 천성이 의리에 넘치는 탓에 행여 오해를 받더라도 그녀는 다른 사람

의 일에 끼어들고 맙니다. -_- 생각도 깊고 머리도 비상해서 다른 사람의 아픔을 잘 들어주고 해결책도 제시해 주죠. '은빈'의 여성혐오증을 바로 잡아주었을 뿐만 아니라, '은빈'과 '세별'이 서로의 아픔을 깨닫고 이해하며 서로를 보듬어 안을 수 있는 계기를 만들어주는 인물이 바로 '미소'입니다. 그녀가 아니었더라면 그들은 아름다운 커플이 될 수 없었겠죠. 후후. '은빈'과 '세별'이라는 커플 탄생에 결정적인 역할을 한 인물입니다.

생각해 보니 정말 없어서는 안 될 인물이었군요. -_-; 다른 사람의 아픔을 내 아픔처럼 이해하고 나누려 하는 여자. 미소가 참 예쁜 여자 '미소'라는 인물은 참 매력적이네요. ^^

사랑이라는 게…그리 쉬울 줄 알았어?

다죽자 N세대 연애 소설
『그래도 지구는 돈다』1, 2

나 하나 사랑해 주는 것보다 죽는 게 더 쉬웠니?

'나 살아도 되는 건가? 너도 날 떠날까 봐 두려워.'
불안하고 아슬아슬한 자유 비행을 꿈꾸는 자살 중독증 소년 아로하.
'내 삶, 가도 가도 상처뿐인 삶이었다.'
행복이 갖고 싶다며 두 눈을 감은 외로운 영혼 사천.
'그 딴 약속, 하는 게 아니었는데…
차라리 1년 후에 온다고 할 걸 후회하고 또 후회했다.'
야쿠자의 아들, 초코 아이스크림이면 죽고 못 사는 귀여운 아림돼지 이데.
'그렇게 살아가겠지. 그렇게 살아야지. 그렇게 살다 가야지.'
친구를 위해 마음을 숨긴 채 한 여자의 곁에 머무는 바보사랑 반산.
'아슬아슬한 널 잡고 싶었는데 끝내 놓쳐 버렸어.
네가 없는데도 이 빌어먹을 지구는 돌아간다.'
눈물보다 밝은 웃음으로 아픔을 대신하는 굳센 소녀 산어래.

● 다죽자 지음

도서출판 **청어람**　　　　E-mail : eoram99@chol.com
부천시 원미구 심곡1동 350-1 남성빌딩 3층 우420-011　☎ 032-656-4452　FAX 032-656-4453